传世励志经典

U0654893

崇高的价值

历代经典励志诗词

徐 潜 编

中华工商联合出版社

图书在版编目（CIP）数据

崇高的价值：历代经典励志诗词 / 徐潜编. --北京：中华工商联合出版社，2014.11

ISBN 978-7-5158-1148-2

Ⅰ．①崇… Ⅱ．①徐… Ⅲ．①诗词—作品集—中国 Ⅳ．①I22

中国版本图书馆 CIP 数据核字（2014）第 246760 号

崇高的价值
——历代经典励志诗词

作　　者：徐　潜
出 品 人：徐　潜
策划编辑：魏鸿鸣
责任编辑：林　立
封面设计：周　源
责任审读：郭敬梅
责任印制：迈致红
出版发行：中华工商联合出版社有限责任公司
印　　刷：天津旭丰源印刷有限公司
版　　次：2014 年 12 月第 1 版
印　　次：2023 年 4 月第 4 次印刷
开　　本：710mm×1020mm　1/16
字　　数：250 千字
印　　张：16.5
书　　号：ISBN 978-7-5158-1148-2
定　　价：59.80元

服务热线：010－58301130
销售热线：010－58302813
地址邮编：北京市西城区西环广场 A 座
　　　　　19－20 层，100044
http://www.chgslcbs.cn
E-mail：cicap1202@sina.com（营销中心）
E-mail：gslzbs@sina.com（总编室）

工商联版图书
版权所有　侵权必究

凡本社图书出现印装质量问题，请与印务部联系。
联系电话：010－58302915

序

　　为了给《传世励志经典》写几句话，我翻阅了手边几种常见的古今中外圣贤大师关于人生的书，大致统计了一下，励志类的比例，确为首屈一指。其实古往今来，所有的成功者，他们的人生和他们所激赏的人生，不外是：有志者，事竟成。

　　励志是动宾结构的词，励是磨砺，志是志向，放在一起就是磨砺志向。所以说，励志不是简单的立志，是要像把刀放在石头上磨才能锋利一样，这个磨砺，也不是轻而易举地摩擦一下，而是要下力气的，对刀来说，不仅要把自身的锈磨掉，还要把多余的部分都要毫不留情地磨掉，这简直是一场磨难。所有绚丽的人生都是用艰难磨砺成的，砥砺生命放光华。可见，励志至少有三层意思：

　　一是立志。国人都崇拜的一本书叫《易经》，那里面有一句话说：天行健，君子以自强不息。这是一种天人合一的理念，它揭示了自然界和人类发展演化的基本规律，所以一切圣贤伟人无不遵循此道。当然，这里还有一个立什么样的志的问题，孔子说：士不可以不弘毅，任重而道远。古往今来，凡志士仁人立的都是天下家国之志。李白说：大丈夫必有四方之志，白居易有诗曰：丈夫贵兼济，岂独善一身，讲的都是这个道理。

二是励志。有了志向不一定就能成事，《礼记》里说：玉不琢，不成器。因为从理想到现实还有很大的距离。志向须在现实的困境中反复历练，不断考验才能变得坚韧弘毅，才能一步一个脚印地逐步实现。所以拿破仑说：真正之才智乃刚毅之志向。孟子则把天将降大任于斯人描述得如此艰难困苦。我们看看历代圣贤，从三大宗的创始人耶稣、默哈穆德、释迦牟尼到孔夫子、司马迁、孙中山，直至各行各业的精英，哪一个不是历经磨难终成大业，哪一个不是砥砺生命放射出人生的光芒。

三是守志。无论立志还是励志都不是一朝一夕、一蹴而就的，它贯穿了人的一生，无论生命之火是绚丽还是暗淡，都将到它熄灭的最后一刻。所以真正的有志者，一方面存矢志不渝之德，另一方面有不为穷变节、不为贱易志之气。像孟子说的那样：富贵不能淫、贫贱不能移、威武不能屈。明代有位首辅大臣叫刘吉，他说过：有志者立长志，无志者常立志，这话是很有道理的。

话说回来，励志并非粘贴在生命上的标签，而是融汇于人生中一点一滴的气蕴，最后成长为人的格调和气质，成就人生的梦想。不管你做哪一行，有志不论年少，无志空活百年。

这套《传世励志经典》共收辑了100部图书，包括传记、文集、选辑。为励志者满足心灵的渴望，有的像心灵鸡汤，营养而鲜美；有的就是萝卜白菜或粗茶淡饭，却是生命之必需。无论直接或间接，先贤们的追求和感悟，一定会给我们带来生命的惊喜。

徐　潜

2014 年 5 月 16 日

前　言

　　这是一部历代经典励志诗词的选集，所选诗词自《诗经》至清诗，长达两千多年的历史。对于中国这个诗的国度来说，在如此漫长的岁月中，大浪淘沙积淀下的励志诗词中，选一本小书不是难事，但能够毫无遗漏地把优秀励志作品都筛选出来，我的水平还是有些吃力，因为喜欢所以做了这件事。

　　诗以言志，这是历来的传统，那些美好正直的感受和想法，都可以通过诗来表达。唐以来词的出现，其实为心灵的溢泄找到了另一个出口。人的心灵是丰富的，即使都是励志，有的正经地言志抒情说理；有的谈笑欢娱中酬唱游戏矫情。词更像是流行歌曲，把缠绵悱恻的情愫更加艺术化了，所以在词里找赤裸裸的励志作品更困难。即使如此，在诗词这种以意象和情感凝聚语言的艺术形式中，直接表达励志的作品还是少数，更多的还是间接体现出来的，大致说来，有这样几类：

　　一是把志向和思想融汇于昂扬的意象中，清新健康的境界给读者带来充满活力和激发生命的临场感。像一道洁净的清流，荡涤读者的心灵。

　　二是把志向和思想化解于浓郁的情感中，美好的情景和醉人的情愫洋溢于读者的胸怀，在感动中升华读者的心灵。

　　三是以另面来表现志向和思想。这主要体现在那些揭露、鞭挞、讽刺社会丑恶和现实弊端的作品中。作者没有正面说自己的志向和思想，但以对假恶丑的抨击来展示对真善美的褒奖，这样的作品像一副良药，通过对社会和人生中痼疾的冲击很好地提振了读者对社会正义的信心和勇气。

　　四是有不少励志诗词对志向和思想的展示更含蓄曲折，或是描景状物，或是叙事写人，或是并没有直接励志或鼓舞功勉亲友，但其情真意切，其积极健康的生活态度，足以令读者启迪心智、砥砺心灵。它培养的是一种积极的人生态度，一种美好的生活眼光，一种健康的人文素养，其深层次的激发作用自不待言。

　　从以上几个角度出发来选择励志诗词，我以为就可以了，这里大多诗词是名家名作，堪称经典。也有一些出自无名，部分作品亦非众所周知，但主题一定有励志的意义。对所选作品做了简注，重在疏通文字，能读懂即可；赏析也不做繁琐考证，揭示主题即可。

　　注析中也多参考了前辈和专家对作品的理解，但我的水平依然有限，欢迎专家和读者提出意见，以便把书编得更完美。

　　有的直接选编了前辈学长通俗易懂的注释和评价。《楚辞》选用了王锡荣先生的四篇注释；宋诗大部分采用了喻朝刚、周航老师的注评；唐诗都是从吕树坤先生和我编著的《唐诗一千首》中选的，题解部分由我补写。总之，因为不是学术著作，对通俗易懂的一些注评做了一些删改和选用，在此一道表示谢忱。

编　者

目 录

唐代诗词

宋代诗词

北岭卖饼儿，每五鼓未旦即绕街呼卖，

虽大寒烈风不废，而时略不少差也。

元明清诗词

诗 经

关 雎①

佚 名

关关雎鸠②，在河之洲③。窈窕淑女④，君子好逑⑤。

参差荇菜⑥，左右流之⑦。窈窕淑女，寤寐求之⑧。

求之不得，寤寐思服⑨。悠哉悠哉⑩，辗转反侧⑪。

参差荇菜，左右采之。窈窕淑女，琴瑟友之⑫。

参差荇菜，左右芼之⑬。窈窕淑女，钟鼓乐之⑭。

[题解与注释]

　　①选自《诗经·周南》，表现了青年男子健康美好的爱情追求。关雎(jū)：一种水鸟，即鱼鹰，捕鱼为食。②关关：连续的鸣叫声。③洲：水中突出来的沙滩。④窈窕(yǎo tiǎo)：幽静闲雅而又年轻。淑：美好。⑤君子：这里指男性青年。好逑(qiú)：佳偶。⑥参差(cēn cī)：高低不齐。荇(xìng)菜：一种水草，可食。⑦流之：放置它。⑧寤寐(wù mèi）：醒来，睡着。⑨服：想念。⑩悠哉：愁闷的样子。⑪辗转：翻来覆去。反侧：左右侧身。⑫友之：和她交朋友。⑬芼（mào）之：把它堆积起来。⑭乐（yào）之：令她欢爱。

兔 罝^①

佚 名

肃肃兔罝^②，椓之丁丁^③。赳赳武夫^④，公侯干城^⑤。

肃肃兔罝，施于中逵^⑥。赳赳武夫，公侯好仇^⑦。

肃肃兔罝，施于中林^⑧。赳赳武夫，公侯腹心^⑨。

［题解与注释］

①选自《国风·周南》，是一首赞美武士勇猛、堪为国家栋梁的诗。②肃肃：形容紧密的状态。罝（jū）：网。③椓（zhuó）：击打，此指击打木桩以设网。丁丁（zhēng）：敲击声。④赳赳：勇武的样子。⑤干：盾。此句赞美武士堪为国之守护神。⑥施：设置。中逵：犹逵中。逵，四通八达的道路。⑦仇（qiú）：伴侣。⑧中林：即林中。⑨腹心：心腹。

行 露^①

佚 名

厌浥行露^②，岂不夙夜^③？谓行多露^④。

谁谓雀无角^⑤，何以穿我屋？谁谓女无家^⑥，何以速我狱^⑦？虽速我狱，室家不足^⑧。

谁谓鼠无牙，何以穿我墉^⑨？谁谓女无家，何以速我讼？虽速我讼，亦不女从^⑩。

[题解与注释]

①选自《国风·召南》，描写了一个女子不畏强暴，反抗有妇之夫的逼婚。②厌浥（yì）：潮湿。行露：道路上的露水。③夙夜：早夜，天未明时。④谓：即"畏"，惧怕。⑤角：同"噣"，鸟嘴。⑥女：通"汝"，你。⑦速：招致。狱：诉讼。⑧室家：结为夫妻。此句强调要求结婚的理由不充分。⑨墉：墙。⑩女从：听从你的意思。

柏　舟①

佚　名

泛彼柏舟②，在彼中河③。髧彼两髦④，实维我仪⑤，之死矢靡它⑥。母也天只⑦，不谅人只⑧。

泛彼柏舟，在彼河侧。髧彼两髦，实维我特⑨，之死矢靡慝⑩。母也天只，不谅人只。

[题解与注释]

①选自《鄘风》，大约是今河南新乡西北部一带。表现了一位女子对爱情的忠贞不渝。②泛：漂流。柏舟：柏木做的船。③中河：河中。④髧（dàn）：头发下垂的样子。髦（máo）：上古时未成年男子的发式。将披着的头发分向两侧，长与眉齐。⑤仪：匹配。⑥之：到。矢：通"誓"。靡：无。它：其他。⑦只：语助词。⑧谅：体谅。⑨特：配偶。⑩慝（tè）：通"忒"，改变。

角 弓①

佚 名

骍骍角弓②，翩其反矣③。兄弟昏姻④，无胥远矣⑤。

尔之远矣，民胥然矣⑥。尔之教矣，民胥效矣⑦。

此令兄弟⑧，绰绰有裕⑨。不令兄弟，交相为瘉⑩。

民之无良⑪，相怨一方。受爵不让⑫，至于己斯亡⑬。

老马反为驹⑭，不顾其后。如食宜饇⑮，如酌孔取⑯。

毋教猱升木⑰，如涂涂附⑱。君子有徽猷⑲，小人与属⑳。

雨雪瀌瀌㉑，见晛曰消㉒。莫肯下遗㉓，式居娄骄㉔。

雨雪浮浮㉕，见晛曰流㉖。如蛮如髦㉗，我是用忧㉘。

[题解与注释]

①本诗选自《诗经·小雅》，告诫君子不要疏远兄弟而亲近小人。②骍骍（xīng）：弓调和的样子。角弓：镶有牛角的弓。③翩：通"偏"，向外翻的样子。反：即向外翻。④昏姻：即婚姻。《说文》："婚，妇家也。""姻，婿家也。"诗中泛指异姓亲戚。⑤胥：互相。一说胥通"疏"。⑥胥：皆。⑦效：仿效。⑧令：善。⑨绰绰（chuò）：宽裕的样子。裕：宽容，气量大。⑩瘉（yú）：病。⑪民：诗中泛指人。良：善。⑫受爵：接受爵禄。⑬斯：语助词。亡：通"忘"。⑭驹：小马。⑮饇（yù）：饱。⑯酌：舀酒。孔取：多取。⑰毋：语助词，无实义。猱（náo）：猿猴。升木：上树。⑱涂：第一个涂为名词，指泥。第二个涂为动词，指抹泥。猱性善升，涂性善附，以此比喻小人。⑲徽：美好。猷（yóu）：道。⑳与属：来依附。㉑雨雪：下雪。瀌瀌（biāo）：大雪纷飞状。㉒晛（xiàn）：太阳的热气。曰：语助词。消：溶化。㉓下：谦下。遗：柔顺貌。谓小人莫肯卑下而隤顺也。"㉔式：语助词。居：通"倨"，傲慢。娄：通"屡"，多次。

㉕浮浮：雪纷飞的样子。㉖流：化。㉗蛮：古代对南方少数民族的蔑称。髳通"髳"，西部少数民族。㉘是用：是以，因此。

凯　风①

佚　名

凯风自南②，吹彼棘心③。棘心夭夭④，母氏劬劳⑤。

凯风自南，吹彼棘薪⑥。母氏圣善⑦，我无令人⑧。

爰有寒泉⑨，在浚之下⑩。有子七人，母氏劳苦。

睍睆黄鸟⑪，载好其音。有子七人，莫慰母心。

［题解与注释］

　　①选自《诗经·邶风》。这是一首歌颂伟大母爱的诗篇，同时又是不孝之子的自责。②凯风：南风，温暖之风。③棘心：枣树的嫩芽。④夭夭：茁壮的样子。⑤劬（qú）劳：辛苦劳累。⑥棘薪：已经长大的枣树。薪，草木的通称。⑦圣善：聪明智慧而又善良。⑧令：善、美好。⑨爰：发语词。⑩浚（jùn）：卫国地名，在今河南濮阳。⑪睍睆（xiàn huǎn）：羽毛光亮的样子。

蒹　葭①

佚　名

蒹葭苍苍②，白露为霜。所谓伊人③，在水一方④。溯洄从之⑤，道阻且长⑥；溯游从之⑦，宛在水中央⑧。

蒹葭凄凄⑨，白露未晞⑩。所谓伊人，在水之湄⑪。溯洄从之，道阻且跻；溯游从之，宛在水中坻⑫。

蒹葭采采⑬，白露未已⑭。所谓伊人，在水之涘⑮。溯洄从之，道阻且右⑯；溯游从之，宛在水中沚⑰。

[题解与注释]

①选自《诗经·秦风》。写秋色中男子对意中人的苦苦追求。折射出人生追求的艰辛及不易。②蒹葭（jiān jiā）：荻和芦苇。苍苍：茂盛之状。③伊人：那人，诗中指意中人。④一方：一旁，一侧。⑤溯洄（sù huí）：溯着河流的方向往上走。⑥阻：险阻。⑦溯游：逆水游泳。⑧宛：仿佛、好像。⑨凄凄：茂盛的样子。⑩晞（xī）：晒干。⑪湄：水滨，岸边水与草相接的地方。⑫坻（chí）：水中突出的小块陆地。⑬采采：茂盛的样子。⑭已：停止、完结。⑮涘（sì）：水边。⑯右：迂回曲折。⑰沚（zhǐ）：同坻，水中突出的小块陆地。

无　衣①

佚　名

岂曰无衣，与子同袍②。王于兴师③，脩我戈矛，与子同仇④。

岂曰无衣，与子同泽⑤。王于兴师，脩我矛戟，与子偕作⑥。

岂曰无衣，与子同裳⑦。王子兴师，脩我甲兵⑧，与子偕行。

[题解与注释]

①选自《诗经·秦风》。这是一首激昂的战歌，展示了秦国将士踊跃参战的热情，极具鼓舞力。②袍：指战袍。③王：谓周王。于：大。兴师：出兵作战。④同仇：共同对付敌人。⑤泽：谓内衣。⑥偕作：一起动作。⑦裳：指下裙。⑧甲兵：铠甲武器。兵，谓兵器。

楚 辞

离 骚①

屈 原

帝高阳之苗裔兮②，朕皇考曰伯庸③。摄提贞于孟陬兮④，惟庚寅吾以降。皇览揆余初度兮⑤，肇锡余以嘉名⑥：名余曰正则兮⑦，字余曰灵均。纷吾既有此内美兮⑧，又重之以脩能⑨；扈江离与辟芷兮⑩，纫秋兰以为佩⑪。汩余若将不及兮⑫，恐年岁之不吾与⑬。朝搴阰之木兰兮⑭，夕揽洲之宿莽⑮。日月忽其不淹兮⑯，春与秋其代序；惟草木之零落兮，恐美人之迟暮⑰。不抚壮而弃秽兮⑱，何不改乎此度⑲？乘骐骥以驰骋兮⑳，来吾道夫先路㉑！

[题解与注释]

①《离骚》是屈原的代表作，是屈原开创的一种独特的诗体，也是一首伟大的千古流传的名作。"离骚"的字面意义是离开祖国而内心挥之不去的忧愁。这种忧愁一是对祖国的担忧，体现出作者忧国爱国精神；二是

担忧楚王和楚人对自己的不理解，所以要表明心志。总之，屈原在这部旷世奇文中，所展示的对历史文化和人生人格的认识，千百年来一直激励着中华儿女，上下求索、自强不息。②高阳：五帝之一颛顼氏称帝之号。苗裔：后代。据《史记·楚世家》，颛顼五代孙季连，芈姓，为楚的始祖。屈原与楚同姓，故云。③朕：王逸注："朕，我也。"于省吾《楚辞新证》谓先秦金文及文献中均用作"我的"。秦以后始为皇帝称"我"时所专用。皇考：据《礼记·祭法》，大夫的始祖庙称皇考庙。这里指屈氏的始祖。王逸以为是指屈原的亡父。伯庸：楚先帝熊渠的长子。《史》一作"毋康"。始封于屈，遂以为氏。④摄提：即摄提格。古代用木星纪年，周天分十二宫，木星在寅位之年称摄提格。贞：正，正当。或云"摄提贞"连读，即"摄提格"之意。孟陬：孟春正月。陬，正月。⑤皇：皇考的省称。览揆：观察度量。初度：初生的器度。⑥肇：读为"兆"，卦象。古时贵族幼儿生后在祖庙里卜卦命名，意谓祖先所赐。锡：赐。嘉名：美名。⑦正则：屈原幼名。下文"灵均"为屈原幼字。王逸说："言平正可法则者莫过于天，养物均调者莫神于地。"以为前者即"平"，后者即"原"的意思，非幼名幼字也。⑧纷：盛貌。内美：美好的天赋。⑨脩能：长才，非一般之能。能，朱骏声谓为"态"之借字，兼姿容才艺而言。亦通。⑩扈：衣被，动词。王逸曰："楚人名被为扈。"辟：纺绩。王夫之曰："辟绩为裳。"江离、芷：皆香草名。⑪纫：索结。佩：带在身上的饰物。这里用来象征爱美的追求。王逸曰："所以象德。"⑫汩（yù）：聿，语助词。按，字应作"汩（gǔ）"，王逸曰："去貌，疾若水流。"可证。这里指时光流逝得很快。不及：追赶不上。⑬与：待。⑭搴（qiān）：拔取。楚方言。陂（pī）：王夫之《通释》谓同"陂"。大山坡，楚方言。木兰：香木。《本草》云："皮似桂而香，状如楠树，高数仞。"⑮揽：采摘。洲：水中露地。宿莽（读 mǔ）：香草，一名"紫苏"，经冬不死。楚人名曰"宿莽"。⑯淹：久留。⑰美人：指楚怀王。或以为屈子自指，衔下文观之，恐非也。迟暮：指年老。⑱不抚壮弃秽：谓何不趁盛壮之年远弃秽恶之行与谗佞之人也。《文选》此句前无"不"字。⑲此度：谓指邪曲不正之行。或谓指楚国现行的政治制度。亦通。⑳乘骐骥以驰骋：比喻任用贤能、修明法度，而有所作为也。骐骥，骏马。㉑来：呼唤之辞。道：读为"导"，引导。先路：前路。

昔三后之纯粹兮①，固众芳之所在②；杂申椒与菌桂兮③，岂惟纫夫蕙茝④？彼尧、舜之耿介兮⑤，既遵道而得路⑥；何桀、纣之猖披兮⑦，夫唯捷径以窘步⑧！惟夫党人之偷乐兮⑨，路幽昧而险隘⑩，岂余身之惮殃兮⑪，恐皇舆之败绩⑫！忽奔走以先后兮⑬，及前王之踵武⑭；荃不察余之中情兮⑮，反信谗而齌怒⑯。余固知謇謇之为患兮⑰，忍而不能舍也⑱，指九天以为正兮⑲，夫唯灵修之故也⑳！曰黄昏以为期兮㉑，羌中道而改路。初既与余成言兮㉒，后悔遁而有他㉓；余既不难夫离别兮㉔，伤灵修之数化㉕。

[注释]

①三后：三位君主。其说非一。或说指夏商周之禹、汤、文王（王逸），或说指楚国的某三位贤能的君主（王夫之、戴震）。如从当时大文化背景来看，以逸说为近。纯粹：指德行精一不杂。②众芳：比喻群贤。五臣注《文选》说："三王所以有纯美之德，以众贤所在故也。"或言当指各种美好之品德（蒋骥），亦通。③杂：混杂非一。申椒：谓申地所产之椒。椒，木实之香者。菌桂：戴震谓当作"箘桂"，沈德鸿说："箘桂，即今肉桂也。"椒桂，均为烈香之物，比喻贤德之大者。④蕙茝（chǎi）：二香草。蕙一名薰，茝一名芷。⑤耿介：光明正大。王逸云："耿，光也；介，大也。"⑥得路：谓其路坦平而畅行无碍。⑦猖披：穿衣不系带之貌。这里比喻政教堕弛、法度败坏。这句是自设问。⑧夫唯：只因。捷径以窘步：由不行正路而困踬颠蹶。⑨党人：蒋骥云："谓靳尚、上官、子兰、郑袖之属。"偷乐：苟且行乐。⑩幽昧：黑暗不明。险隘：危而且狭。⑪惮殃：畏惧祸患。⑫皇舆：犹言大车。皇，大而有光。这里用来比喻国家。败

绩：车覆。洪《补》引《左传》："大崩曰败绩。"⑬忽：疾速貌。奔走：效力。先后：指在国君左右来进行辅佐。⑭前王：泛指从前贤明有为的君主，如三王、尧、舜、楚先君等。踵武：足迹。这里指业绩。⑮荃：香草名。这里比喻楚怀王。中情：内情、本心。⑯齌（jì）怒：骤然发怒。齌，烧饭火急猛。王夫之解此句说："凡谗言之入，姑缓而察之，则其情见。愚者如溅滴水于沸油，速发而不可抑止，谗之所以行也。"（《楚辞通释》）⑰謇謇：直言貌。⑱谓安于受患而亦不舍此直言之行。忍：安耐之也。舍：止息，舍弃。⑲让上天来作证。此乃古发誓之言。九天：九重天。谓天之最高处，上帝所居。正：与"徵"、"证"同义。验正，证明。⑳灵修：王逸曰："灵，神也；修，远也。能神明远见者，君德也。故以喻君。"王夫之则说："灵，善也；修，长也。称君为灵修者，祝其所为善而国祚长也。"均属望文生训。按，楚谓神附巫体为灵，《九歌》数称巫所降神为"灵修"，则原以之称谓楚王，固含宗教崇敬之意也。㉑"曰黄昏"两句，王逸无注。验之本诗句式，应删。㉒成言：古人谓约为婚姻为成言。这里用来比喻君臣契合。㉓悔遁：因后悔而逃避。㉔不难：犹言不畏。㉕数化：变化无常。化，变化，王夫之云："变前约也。"（《通释》）按，怀王无恒定主张，态度极易变化，所谓反复无常之人，故原伤之。"数化"二字，触及怀王致命处。

　　余既滋兰之九畹兮①，又树蕙之百亩。畦留夷与揭车兮②，杂杜衡与芳芷③。冀枝叶之峻茂兮④，愿竢时乎吾将刈⑤；虽萎绝其亦何伤兮⑥，哀众芳之芜秽！

[注释]

　　①滋：莳，栽种。畹（wǎn）：古时计算面积单位。其说不一，班固、许慎谓三十亩，王逸谓二十亩，三占从二，以三十为是。②畦：本义为田垄，这里作"种植"讲，动词。留夷：或谓即芍药。揭车：一名"乞舆"。

③杜衡：俗名马蹄香。以上四句，用栽植各种香花香草比喻为国培养各种有用人才。④冀：希望。峻茂：高而盛。峻，《文选》作"夋"，盛貌。⑤竢（sì）：同"俟"。等待。刈（yì）：收割。⑥"虽萎绝"两句：李光地《离骚经注》说："言我昔者有志于为国培植，冀其及时收用。今则不伤其萎绝，而哀其芜秽。虽萎绝，芳性犹在也。芜秽，则将化而萧艾，是乃重可哀已。"萎，枯萎。绝，陨落。

众皆竞进以贪婪兮①，凭不厌乎求索②；羌内恕己以量人兮③，各兴心而嫉妒。忽驰骛以追逐兮④，非余心之所急⑤，老冉冉其将至兮⑥，恐脩名之不立⑦。朝饮木兰之坠露兮⑧，夕餐秋菊之落英⑨；苟余情其信姱以练要兮⑩，长顑颔亦何伤⑪！揽木根以结茝兮⑫，贯薜荔之落蕊⑬；矫菌桂以纫蕙兮⑭，索胡绳之纚纚⑮。謇吾法夫前脩兮⑯，非世俗之所服⑰；虽不周于今之人兮⑱，愿依彭咸之遗则⑲！

[注释]

①众：指群小。竞进：钻营。贪婪：贪财好色。朱骏声《离骚补注》："爱色曰婪。"②凭：满。犹今言"腰包已满"。厌：满足。不厌，谓尚不知足。③羌：发语词，楚方言。有乃、将、且诸义。恕：以心比心。王夫之《通释》解此与下句说："小人以己之贪，度人之贪，因生嫉妒。"④忽：急忙。驰骛：骑马快跑。洪兴祖《补注》："骛，乱驰也。"与前句"竞进"义同。追逐：追名逐利。⑤屈子所急者，盖在修身、治国、平天下也。⑥老：王逸注："七十曰老。"此据古礼。然通常人过五十，步入更年期，即得曰老矣。冉冉：渐渐。⑦脩名：美名。⑧坠露：落露。古人以露为从天所降者，故云。⑨落英：刚刚开的花。《尔雅·释诂》："落，始也。"上二句，以服食美好之物比喻自己的修身养德，由朝至夕，孜孜不倦。⑩信姱（kuā）：确实美好。姱，美好。练要：不琐屑。戴震《屈原赋

注》："精练要约。"⑪颟颔（kǎn hàn）：吃不饱饭，面黄肌瘦的样子。⑫揽：持。结：系结。木根：指兰槐之根。《荀子》："兰槐之根是为芷。"注云："苗名兰槐，根名芷。"则茝（即芷）与木根本为一物，前后变文以避复耳。⑬贯：穿。薜荔：香草，缘木而生。落蕊：即落花。蕊，花心。⑭矫：揉。矫菌桂，揉菌桂使柔，便于纫蕙也。纫：缝连。⑮索：缚结。胡绳：香草名。或解为延胡之绳，亦通。**纚纚**（xǐ）：索好貌。或曰绳垂貌。以上四句，言穿结各种香花香草以为佩饰。盖前言服食，此言佩饰，合而喻进德修业之勤而且厚也。⑯謇：发语词，楚方言。或作：蹇"。前修：前代的贤人。⑰服：习用。⑱周：合。⑲彭咸：古代贤人。王逸云："殷贤大夫，谏其君不听，自投水而死。"或曰巫彭、巫咸，古代神巫。遗则：遗留的法则。

长太息以掩涕兮①，哀民生之多艰②；余虽好脩姱以靰羁兮③，謇朝谇而夕替④。既替余以蕙纕兮⑤，又申之以揽茝⑥；亦余心之所善兮⑦，虽九死其犹未悔！

［注释］

①掩涕：掩面而泣。②民生：人生。民生多艰，谓世道艰险，是屈原由自身遭遇而发出的感叹。诸家多以此为诗人同情人民群众生活困苦，实误。③虽：同"唯"。脩姱：修洁与姱美。**靰**（jī）羁：本指马的缰绳（靰）和络头（羁），这里比喻被系累束缚。王念孙释此句说："余唯有此脩姱之行，以致为人所系累也。"（《读书杂志余编》）朱熹释："靰羁"为自我检束，似更好。④谇（suì）：谏诤。替：废黜。此言早晨进谏晚上就被罢官。⑤纕（xiān）：佩带。这句是说，既然因我佩带蕙草而遭废黜。⑥申：重新。揽茝：秉持芷茝。这句是说，我又重新拿上芷茝的香草。以示坚持忠贞之意。⑦亦余心之所善：只要我内心认定是好的。

怨灵修之浩荡兮①，终不察夫民心②；众女嫉余之蛾眉兮③，谣诼谓余以善淫④。固时俗之工巧兮⑤，偭规矩而改错⑥；背绳墨以追曲兮⑦，竞周容以为度⑧。忳郁邑余侘傺兮⑨，吾独穷困乎此时也⑩；宁溘死以流亡兮⑪，余不忍为此态也⑫！

[注释]

①浩荡：本形容大水横流，这里引申为放纵恣肆。②民心：人心。指诗人自己的用心。③众女：指群小。蛾眉：眉细长匀称如蛾的触角。后多借指女子貌美。④谣诼（zhuó）：谣言毁谤。诼，谮毁。⑤工巧：善为乖巧之事。⑥偭：违背、背离。规矩：指法度。错：措置。亦指法制。⑦绳墨：正直。追：随。⑧周容：委曲求容。度：姿态。⑨忳（tún）：忧郁、烦闷。郁邑：忧貌。侘傺（chà chì）：失意的样子。⑩穷困：谓走投无路，不得施展才智。⑪溘（kè）死：忽然死去。以：与。流亡：流放而死。⑫此态：工巧、周容之态。

鸷鸟之不群兮①，自前世而固然；何方圜之能周兮②，夫孰异道而相安！屈心而抑志兮③，忍尤而攘诟④；伏清白以死直兮⑤，固前圣之所厚⑥！

[注释]

①鸷鸟：猛禽。谓鹰鹯之类。常独飞，故曰"不群"。②圜：同"圆"。周：合。③屈心抑志：委屈压抑其心志。④忍尤：含忍罪过。攘诟：包容羞耻。攘，取也。诟，耻辱。⑤伏：抱。或曰同"服"，保持。死直：死于直道。⑥厚：嘉美。

悔相道之不察兮①，延伫乎吾将反②；回朕车以复路兮③，及行迷之未远④。步余马于兰皋兮⑤，驰椒丘且焉止息⑥，进不入以离尤兮⑦，退将复脩吾初服⑧。制芰荷以为衣兮⑨，集芙蓉以为裳⑩，不吾知其亦已兮⑪，苟余情其信芳！高余冠之岌岌兮⑫，长余佩之陆离⑬；芳与泽其杂糅兮⑭，唯昭质其犹未亏⑮。忽反顾以游目兮⑯，将往观乎四荒；佩缤纷其繁饰兮⑰，芳菲菲其弥章⑱！民生各有所乐兮，余独好修以为常⑲！虽体解吾犹未变兮⑳，岂余心之可惩㉑！

[注释]

　　①相道：选择道路。相，看、视。察：审慎。②延伫：引颈而望，驻足而立。迟疑之貌。反：回走。③复路：回复未出仕时的道路。④及：趁。行迷：行走迷误。盖诗人辅君导路之志，因党人之谗、怀王之怒而不得遂，至此乃有退意。言早知世途艰险若此，何必行此相君之路乎！不若及此迷途未远之时，速退为佳也。王逸谓原欲返朝廷以终己导路之志，大误。⑤步：徐行。兰皋：生有兰草的水旁地。王逸："泽曲曰皋。"⑥驰：马疾行。椒丘：长有椒树的山丘。且：暂且。焉：于此。洪《补》云："语助。"也通。五臣《文选注》谓："行息依兰、椒，不忘芳香以自洁也。"⑦离尤：遭遇罪过。离，读为"罹"，遭也。⑧初服：未仕时的衣装。⑨芰（jì）荷：按《本草》："嫩者荷钱，帖水者藕荷，出水者芰荷。"则芰荷为出水之大叶，故可裁制成衣。衣：上衣。⑩芙蓉：洪《补》引《本草》："其叶名荷；其华未发为菡萏，已发为芙蓉。"裳：下衣。裙裤之类。芰荷、芙蓉，以喻修洁的品德。⑪"不吾知"两句：是说，我的内心真的芳洁，别人不知道也无所谓。苟，诚然。⑫岌岌：高貌。⑬陆离：参差众多的样子。⑭泽：垢腻，污秽。王夫之《楚辞通释》说。杂糅：混杂在一起。⑮昭质：清白之质。亏：损。盖原久立怀王之朝，与奸佞并列，而皎然独立，涅而不缁，故自许如此。⑯"忽反顾"两句：王逸、蒋骥均谓原欲远游四方，求贤君而相之。然细核诗意，甚觉突兀。观下文经反复之思虑，始决心远举，而此处故不应骤生远行相君之念也。然则此乃为游

嬉之意，与"修吾初服"旨不相悖。四荒：荒远之地四方。⑰缤纷：盛众貌。繁饰：谓佩带之饰物甚多。⑱菲菲：犹"勃勃"，形容香气很盛。章：同彰，明显。⑲常：习惯、法则。⑳体解：肢解。古时一种酷刑。㉑惩：戒惧，惩创。

　　以上为第一大段。始言家世出生；次少年砺志；再次立朝相君，抗俗直谏，逢妒遇贬；更次作退步之想。其间唯"脩洁"二字贯彻始终。

　　女嬃之婵媛兮①，申申其詈予②；曰："鲧婞直以亡身兮③，终然殀乎羽之野④。汝何博謇而好脩兮⑤，纷独有此姱节⑥？薋菉葹以盈室兮⑦，判独离而不服⑧。众不可户说兮，孰云察余之中情⑨？世并举而好朋兮，夫何茕独而不予听⑩！"

[注释]

　　①女嬃（xū）：女巫之名。见《汉书·广陵王胥传》颜师古注。此外尚有屈原之姊、妹、妾诸说。婵媛：王逸谓"一作'㵎援'，注为"牵引"。按，二字为联绵词，亦可写作"啴喛"（chān xuān）。凡因恐惧或哀伤引起的喘息，南楚江湘之间统谓之"啴喛"（《方言》）。喘息则腹部作牵引状，此王注本意。后之释为"牵持不舍"或"眷恋"之义者，均误。《周礼》"女巫"下云："凡邦有大灾，歌哭以请。"歌哭则必喘息矣。②申申：烦絮貌。詈（lì）：责备。③鲧（gǔn）：字又作"鮌"，禹的父亲。神话传说他治水因违抗尧的命令而被终身囚禁。婞直："婞"王逸解为"很"，与"犟"义近，有"一条道跑到黑"的意思。亡身：《文选》作"方身"。"方身"就是"方命"（身、命可通假），意即不服从命令。④殀（yāo）：《文选》作"夭"，夭遏。《左传·宣公十二年》孔颖达疏："夭遏是壅塞之义。"据《天问》：鲧曾被"永遏在羽山"。羽：羽山。⑤博謇：学问广博而秉性忠直（朱熹说）。⑥纷：众多。姱节：美好的节操。⑦薋（chí）：与"茨"通，有聚积之义（梁章钜《文选旁证》引姜皋说）。菉葹

(lù shī)：荩草（王刍）与苍耳，两种恶草。此句谓他人。⑧判：别。谓与众不同。离：弃（王夫之说）。此句指屈原。⑨孰云：为何说。余：女媭代屈原说。⑩茕独：孤独。予：女媭自谓。女媭责备之言至此。

依前圣以节中兮①，喟凭心而历兹②，济沅、湘以南征兮③，就重华而陈词④：启《九辩》与《九歌》兮⑤，夏康娱以自纵⑥，不顾难以图后兮⑦，五子用失乎家巷⑧。羿淫游以佚畋兮⑨，又好射夫封狐⑩；固乱流其鲜终兮⑪，浞又贪夫厥家⑫。浇身被服强圉兮⑬，纵欲而不忍⑭；日康乐而自忘兮，厥首用夫颠陨⑮。夏桀之常违兮⑯，乃遂焉而逢殃⑰；后辛之菹醢兮⑱，殷宗用而不长⑲。汤、禹俨而祗敬兮⑳，周论道而莫差㉑，举贤而授能兮，循绳墨而不颇㉒。皇天无私阿兮㉓，览民德焉错辅㉔；夫维圣哲以茂行兮㉕，苟得用此下土㉖。瞻前而顾后兮㉗，相观民之计极㉘；夫孰非义而可用兮㉙？孰非善而可服㉚？阽余身而危死兮㉛，览余初其犹未悔㉜；不量凿而正枘兮㉝，固前修以菹醢㉞。曾歔欷余郁邑兮㉟，哀朕时之不当㊱；揽茹蕙以掩涕兮㊲，沾余襟之浪浪㊳。

[注释]

①节中：折中。此言自身言行多以前圣训则为依违准的，无过错也。②喟：叹。凭心：凭任忠心。历兹：到这种地步。此诗人言己凭任忠心以辅佐君王，而所历则如是之穷困，颇难理解。③济：渡过。南征：下言就舜陈词，舜死葬苍梧之九嶷山，在湖南之南部，故曰南征。④重华：舜号。陈词：陈述己之冤结，希望能得到喻解。⑤启：禹子，传说禹把天下传给了他。九辩、九歌：两部乐歌名。据《山海经》记载，启三次到天帝那里作客，得到《九辩》与《九歌》两部乐歌带回下方。《天问》也说："启棘宾商（帝），九辩九歌。"⑥夏：读为"下"，谓启回到下方（采王念孙说）。康娱：大乐。康，大。关于启淫乐之事，《墨子·非乐篇》、《竹书

纪年》等均有明文记载，可参看。⑦这句是说，启不顾患难，不谋后世。⑧五子：即五观（或作"武观"），启的幼子，相传他趁启耽于淫乐，遂作乱，结果被启流放到西河。见《逸周书》、《竹书纪年》。用失乎家巷：据王引之考证"失"字为衍文。用乎家巷，意即"因此而起内哄"。用乎，即用之、用夫。巷，读作"哄"。扬雄《宗正箴》作"降"，与"哄"音义相同。⑨羿（yì）：夏时有穷国君，善射。淫游：游而无节制。佚畋：恣纵于畋猎。畋，猎。⑩封狐：大狐。或云封，毛盛貌。⑪乱流：犹今言"胡搞"，如水乱流而无常道。鲜终：没有好的归宿。⑫浞：寒浞，羿相。羿代夏政，荒淫佚乐，为家众所杀，浞因夺其家室，生浇及豷。详见《左传》襄公四年。家：妻室。⑬浇：寒浞之子。奉浞命灭斟寻、斟灌，杀夏君相（相依于二斟），日作淫乐，卒被相子少康所杀。被服强圉：身负强力。圉，同"御"，谓力大足以御人。⑭不忍：不能自我克制。⑮用夫：因此。颠陨（yǔn）：坠落于地。⑯夏桀：夏朝的最后一个君主，残暴无道，卒被商汤放于南巢。常违：违背常道。⑰遂焉：终竟之意。殃：祸。指被灭。⑱后辛：商的最后一个君主纣王的名字，他宠爱妲己，乱杀无辜，卒被周武王所灭。菹醢（zū hǎi）：原义是把菜切成末（菹），把肉剁成酱（醢）。这里指把人剁成肉酱的一种酷刑。据《礼记》、《淮南子》、《史记》诸书记载，九侯、鄂侯、梅伯等，都曾被纣王剁成肉酱或制成肉脯赐给群臣食用。⑲殷宗：指殷商的宗庙。不长：国灭则不复能祭祀矣。⑳俨：同"严"，严肃。祗敬：恭敬。这句与下句是互文见义。㉑周：周合。或谓指周文武，然与上下文意不符，恐非。论道：讲论经邦治国之道。㉒绳墨：法度、法制。颇：偏颇。上两句概括了三王的重要政绩，也是屈原所追求之美政的主要内容。㉓私阿：偏爱曰私，徇私曰阿。见钱杲之《离骚集传》。㉔这句是说，视人之有德者而辅佑之也。㉕圣哲：谓聪慧之智。以：犹"与"。茂行：谓嘉美之德。㉖苟：庶几、差不多。用：有。下土：天下。㉗前、后：括指夏、商二代上述历史事件发展的经验教训。㉘相：览视。计极：虑事的标准。极，准则、标准。㉙这句是说，苟非义有何人可使为用？㉚这句是说，苟非善有何人可使钦服？㉛陟

(diàn)：近边欲堕的意思。㉜初：指当初好脩洁、秉忠贞的性行。㉝凿(zuò)：榫眼。正枘 (ruì)：制作榫头。正，治。枘，榫头。这句意谓做事不看对象。㉞前修：古代的贤人。如比干、梅伯等。上两句是说，不视君之贤否，但以己忠贞之心事之，此固前贤取祸之由，则余之见疏被黜固亦宜矣。陈词毕于此。㉟曾：一作"增"，益、愈发。欷歔：叹泣的声音。㊱不当：谓不遇举贤之世，恰遇菹醢之时。㊲茹蕙：柔软的蕙草。茹，柔软，或云亦香草名。掩涕：拭泪。㊳襟：衣襟。浪浪 (平声)：流湿貌。上四句，是写陈词之后的伤感悲痛。

　　跪敷衽以陈辞兮①，耿吾既得此中正②，驷玉虬以乘鹥兮③，溘埃风余上征④。朝发轫于苍梧兮⑤，夕余至乎县圃⑥；欲少留此灵琐兮⑦，日忽忽其将暮。吾令羲和弭节兮⑧，望崦嵫而勿迫⑨；路曼曼其修远兮⑩，吾将上下而求索⑪。饮余马于咸池兮⑫，总余辔乎扶桑⑬；折若木以拂日兮⑭，聊逍遥以相羊⑮。前望舒使先驱兮⑯，后飞廉使奔属⑰，鸾皇为余先戒兮⑱，雷师告余以未具⑲。吾令凤鸟飞腾兮⑳，继之以日夜；飘风屯其相离兮㉑，帅云霓而来御㉒。纷总总其离合兮㉓，斑陆离其上下㉔；吾令帝阍开关兮㉕，倚阊阖而望予㉖。时暧暧其将罢兮㉗，结幽兰而延伫㉘；世溷浊而不分㉙，好蔽美而嫉妒㉚。

[注释]

　　①敷衽：铺开前襟。衽，衣前襟。②耿：光明、透彻。中正：不偏不倚。指上述善善恶恶的道理。朱熹说："此言跪而敷衽，以陈如上之词于舜，而耿然自觉吾心已得此中正之道。"（《楚辞集注》）③驷：驾车的马。这里作动词用。玉虬：用玉作饰物的虬龙。虬，《说文》谓："龙子有角者。"鹥：凤凰的别名。或云，五色鸟，飞蔽日。这句是说，以鹥为车而驾以玉虬。④溘：奄忽。埃：当作"俟"，传写之误（王夫之说）。这句

说，待风至则我倏然上天而行。⑤发轫（rèn）：起程。轫是止车木，去之则车始行。苍梧：舜所。传说谓舜死葬于此地之九嶷山上。⑥县圃：王逸说在昆仑山上，洪兴祖列《山海经》、《穆天子传》等五六事，所言各异。按神话传说本无定址，谓昆仑之一级可也。此句是拟设之辞，实犹未至。古今注家以己至解之，故多误。⑦欲少留：屈原就舜陈词已毕，犹不忍遽去，故云。灵琐：舜神所居之宫殿，故称。琐：青琐。古时宫殿门窗上所刻的青色连环文。注家多解此为指悬圃，误甚。⑧羲和：给太阳赶车的神。《初学记》引《淮南子》许慎注："日乘车，驾以六龙，羲和御之。"弭（mǐ）节：犹后言偃旗息鼓之意。弭，止；节，旌节。林仲懿《离骚中正》："《秋官》所谓道路用旌节也。"王逸谓按节徐行。节，止车器。⑨崦嵫（yān zī）：日入之山。⑩漫漫：长远貌。⑪求索：指下文之求女。王逸云："求索贤人，与己合志者也。"⑫咸池：日浴之所。⑬总：系结。扶桑：日所居处。《山海经》："黑齿之北曰汤谷，有扶木，九日居下枝，一日居上枝。皆戴鸟。"《说文》："扶桑，神木，日所出。"⑭若木：即扶木、扶桑。《淮南·地形训》云："若木……末有十日，其华照下地。"是若木即扶木。段玉裁《说文·桑部》注谓："盖若木即谓扶桑，'扶若'字即'搏桑'字也。"此东方之若木。然据《山经》西方亦有若木，则非诗人所折之木矣。拂日：蔽日。谓障蔽日使不得过。⑮相羊：即徜徉，徘徊也。此句有二解：一谓使日徐行不进，己得争取更多时间；一谓己得逍遥徘徊，从容求索。⑯望舒：给月亮赶车的神。先驱：先锋、向导。⑰飞廉：风伯，风神。奔属：殿后。王逸说："驾乘龙云，必假疾风之力，使奔属于后。"⑱鸾皇：鸾鸟与皇鸟。鸾是凤凰之佐；皇同"凰"，是雌凤。先戒：犹后来的传令官、喝道人之类，部署启程之事。⑲雷师：雷神丰隆。未具：仪仗尚未全备。盖雷电之发必以云霓，此时云霓独缺，故特言雷师告之也。⑳凤鸟飞腾：谓督促云霓速至。㉑飘风：旋风。屯：聚。相离：相近。离，近，读若"菦"。㉒云霓：洪《补》引郭氏说，谓"雄曰虹，谓盛明者；雌曰霓，谓微暗者"。御：读为"迓"，迎。云霓至，则仪仗备矣。㉓纷：乱。总总：相聚积的样子。㉔斑：斑驳，彩色错杂。陆离：参差貌。上两句是写仪仗挟云霓而行进的样子。㉕帝阍（hūn）：上帝的司门。神话谓帝居在昆仑之上。㉖阊阖（chāng hé）：天门。倚门而望，盖不纳之状。㉗暧暧（ài ài）：昏暗的样子。罢（pí）：倦。同"疲"。时暧暧，照应前"夕余至乎县圃"一句。㉘帝阍不纳，则己空结幽兰，无可遗赠。喻帝旁无女可求。求女一。㉙溷（hùn）浊：不清洁。不分：是非不明。㉚蔽美：掩蔽他人美好之处。

朝吾将济于白水兮①，登阆风而绁马②；忽反顾以流涕兮③，哀高丘之无女④。溘吾游此春宫兮⑤，折琼枝以继佩；及荣华之未落兮，相下女之可诒⑥，吾令丰隆乘云兮⑦，求宓妃之所在⑧；解佩纕以结言兮⑨，吾令蹇修以为理⑩。纷总总其离合兮，忽纬𫛭其难迁⑪；夕归次于穷石兮⑫，朝濯发乎洧盘⑬。保厥美以骄傲兮⑭，日康娱以淫游；虽信美而无礼兮，来违弃而改求。览相观于四极兮⑮，周流乎天余乃下；望瑶台之偃蹇兮⑯，见有娀之佚女⑰。吾令鸩为媒兮⑱，鸩告余以不好；雄鸩之鸣逝兮⑲，余犹恶其佻巧⑳。心犹豫而狐疑兮，欲自适而不可，凤凰既受诒兮㉑，恐高辛之先我㉒。欲远集而无所止兮㉓，聊浮游以逍遥㉔；及少康之未家兮㉕，留有虞之二姚㉖。理弱而媒拙兮㉗，恐导言之不固㉘；世溷浊而嫉贤兮，好蔽美而称恶。闺中既已邃远兮㉙，哲王又不寤㉚；怀朕情而不发兮㉛，余焉能忍与此终古！㉜

[注释]

①白水：水名。《淮南子》言，白水出昆仑之山，饮之不死。洪《补》引《河图》曰："昆山出五色流水，其白水入中国，名为河也。"为黄河之源。②阆风：山名，在昆仑之上。按，即悬圃，是昆仑山的第二级。绁（xiè）：系住。③反顾：反顾阊阖帝所，为留恋之意。④高丘：谓昆仑主丘，即阊阖所在。诸言楚山、高唐、阆风者均谬。无女：无可求之女。

女，比喻与屈原志同道合、可与共同匡君的贤臣。其言求贤君、求贤妃、求可通君侧之媒介者，均未安。帝所无女可求，喻朝廷无贤臣也。⑤春宫：谓东方青帝之宫。蔡邕《独断》注："青帝，太昊，木行。"即太昊伏羲之宫。屈原游此，与次行求宓妃（伏羲女）之所在，似有某种关联。琼枝：玉树之枝。琼，玉之美者。继：续。⑥下女：下方女子。与帝女相对而言。⑦丰隆：即上文之雷师，名丰隆。⑧宓妃：相传伏羲之女溺洛水而死，遂为洛神。见《文选·洛神赋》注。王逸以为喻指隐士。求女二。⑨结言：谓结成婚约之言。前言"解佩纕"者，盖以之为信物也。⑩蹇修：王逸谓为伏羲臣。理：媒介，使者。《左传》："行理之命，无月不至。"杜预注："使人通礼问者。"《广雅·释言》："理，媒也。"⑪纬繘（huà）：乖戾不合。王夫之云："如纬丝之繘结，乖戾不就绪也。"难迁：谓态度不好改变。蒋骥释以上二句说："神女之意，始犹离合未定，终至乖刺而不迁移也。"（《山带阁注楚辞》）⑫归次：归宿。次，舍、宿。穷石：山名，在今甘肃张掖，相传后羿曾由钼迁于此地，神话传说，宓妃与羿曾有恋爱关系。⑬洧盘：水名，传说出崦嵫山。马茂元《楚辞选》说："濯发洧盘……也是一种炫耀自己美色，引诱别人的放荡行为。"盖总言其放荡不羁之意。⑭保：倚仗。此下四句，是比喻说像这种隐士，倚仗他的清高而傲慢无礼，每日娱游不节，更无法与之共同事君，故弃而改求他贤。⑮览相观：都是看的意思。王夫之说："览也、相也、观也，重叠言者，明旁求之不止也。"⑯瑶台：用玉石筑城的台。瑶，《说文》："玉之美者。"偃蹇：夭矫屈曲貌。这里是形容瑶台曲折连绵的样子。王逸训"高貌"，误。⑰有娀佚女：谓帝喾之妃，契母简狄。有娀，国名。佚女，游佚之女。在台上游玩。王夫之说："此喻四方之贤者，原欲为君致之，与己匹合共匡君也。"是指周游列国而求用之士。求女三。⑱鸩（zhèn）：传说中的一种毒鸟。羽毛放在酒中，能毒死人。此喻谗言蔽美的小人。⑲雄鸠：鸟名。我国有许多种类，这里指鹘鸠，即杜鹃。鸣逝：鸣而欲往。⑳佻巧：作风轻浮而巧于言说。㉑自适：谓自荐也。㉒凤凰：善鸟。这里比喻贤能的使者。受诒：受托。这里指受高辛氏之托，故下言恐其先得。

㉓高辛：即帝喾。㉔集：依、就。止：于省吾谓当作"之"。往义。㉕浮游：如萍漂流而无所定止。㉖少康：寒浞使其子浇伐斟灌、斟寻二国，杀夏君相。相妃缗有娠，逃至有仍，生少康。浇复伐有仍，少康逃至有虞，虞妻以二姚。详《左传》哀公元年。未家：尚未成家。㉗留：指留闺待字。有虞二姚：虞国的二位姚姓姑娘。有虞，姚姓国，舜的后代。此句所喻指为何，说甚歧，然均未能洽，要以留止草泽而思用之贤，尚未为他国所瞩目者，如古之傅说、吕望、宁戚者流为是。求女四。㉘理：与"媒"同义。这句乃指楚王昏庸，政局腐败，难为嘉言以美之，实非媒理之劣与钝也。㉙导言：诱导撮合之言。不固：不能使婚约坚固不变。㉚闺：指女子闺阁。邃远：深远。这里喻难求之意。这句是承上求宓妃至"导言不固"一段的总结。㉛哲王：指如尧、舜、禹、汤之圣王。寤：犹"逜"，遇也。㉜情：指为国效力的愿望。㉝与此：如此。终古：了此一生。

以上为第二大段。写四次求女（帝女、宓妃、有娀佚女、有虞二姚）的失败。以求女喻为国求贤，实以抒发坚韧不拔的爱国之情。开头一段陈词，通过总结历史的经验教训，以坚定自己的信念。

索藑茅以筳篿兮①，命灵氛为余占之②。曰："两美其必合兮③，孰信修而慕之④？思九州之博大兮，岂唯是其有女⑤！"曰："勉远逝而无狐疑兮⑥，孰求美而释女？何所独无芳草兮，尔何怀乎故宇？"世幽昧以眩曜兮⑦，孰云察余之善恶？民好恶其不同兮，惟此党人其独异⑧；户服艾以盈要兮⑨，谓幽兰其不可佩。览察草木其犹未得兮⑩，岂珵美之能当⑪？苏粪壤以充帏兮⑫，谓申椒其不芳！

［注释］

①索藑（qióng）茅：索取灵草。藑茅，草名。以：犹"与"。筳篿（tíng zhuān）：折竹、小断竹。据颜师古、戴震说。于省吾以为是用草绳

与八段竹相结合的一种占卜方法。见《楚辞新证》。②灵氛：古代神巫。或即《山海经》所说的巫盼。占：预测卦象。《史记·龟策列传》："灼龟观兆，变化无穷，是以择贤而占焉。"原命灵氛，即择贤之意。③曰：盖草竹所示乃无文之象，问卜者必先提示所疑，占者始能从而断之。故"曰"下四句，必原问无疑。两美必合：此述世人之言，谓大家都说两个美好的人最终必将结合。④这句是说，谁为真正美好之人，而又爱慕我的美好呢？⑤岂惟是：是，这里。汪瑗《楚辞蒙引》以为系括指前所经数地。然而结合下文来看，乃专指楚邦。⑥"曰勉远逝"四句：是灵氛的占辞。分别回答了诗人所问的两个问题：头两句，回答"孰信修而慕之"；后两句，回答"岂惟是其有女"。总的精神是让他远走高飞，不要死守楚国。"孰求美而释女"的"女"读为"汝"。故宇，指楚国。⑦世：世风、世道。眩曜：惑乱。从此至"谓申椒其不芳"十句，是诗人自思之辞。⑧党人：指上官大夫、子兰、子椒等人。独异：与一般人的好恶不一样。⑨户：读为"扈"，披也。艾：蒿类。盈要：满腰。要，同"腰"。⑩未得：谓不分美恶香臭。⑪程（chéng）：美玉。当：同"党"。《方言》："党、晓、哲，知也。楚谓之党。"⑫苏：索取。按，苏、索一声之转。帏：囊。这里指香囊。

欲从灵氛之吉占兮，心犹豫而狐疑；巫咸将夕降兮①，怀椒糈而要之②。百神翳其备降兮③，九疑缤其并迎④；皇剡剡其扬灵兮⑤，告余以吉故⑥。曰："勉升降以上下兮⑦，求矩矱之所同⑧，汤、禹严而求合兮⑨，挚、咎繇而能调⑩。苟中情其好修兮，又何必用夫行媒；说操筑于傅岩兮⑪，武丁用而不疑⑫。吕望之鼓刀兮⑬，遭周文而得举⑭；宁戚之讴歌兮⑮，齐桓闻以该辅⑯。及年岁之未晏兮⑰，时亦犹其未央⑱；恐鹈鴃之先鸣兮⑲，使夫百草为之不芳⑳！"

[注释]

①巫咸：古代传说中的神巫。《说文》："巫咸初作巫。"②椒糈（xǔ）：谓香料与精米。糈，祭神用米。要：请，祈求。③百神：天上诸神。翳（yì）：遮蔽貌。形容百神下降遮天蔽日的样子。④九疑：舜所葬之山。这里代表地上众神。缤：纷纷。迎：迎接天上众神。⑤皇：这里指巫咸。剡剡（yǎn yǎn）：形容发光的样子。扬灵：发挥灵光，显示灵异。⑥吉故：灵氛吉占的缘故。盖吉占所示甚简，屈原未解而疑之，因复要巫咸，咸乃告以详故也。⑦升降：上去下来，动词。上下：在上或在下，指处所。名词。这是巫咸让屈原到处遨游，不必滞留于楚。从此到"恐百草为之不芳"均巫咸告以去故之语。⑧榘矱（jǔ hù）：绳墨。引申为衡量事物的准则。这句是巫咸告诉诗人，到九州各地寻找与己志同道合的君主来辅佐他。⑨严：敬。求合：寻求志同道合之人。⑩挚：商汤王的大臣伊尹的名字。咎繇（gāo yáo）：先为舜掌刑狱之官，后为禹臣。调：适合。古读"同"音。⑪说（yuè）：傅说，殷高宗的相。传说他原来是一名奴隶，在傅岩筑墙，被高宗发现。筑：木杵，今谓之"夯"。傅岩：地名。⑫武丁：殷高宗的名字。⑬吕望：姜尚。先人封于吕，亦称吕尚。"望"是他的字，传说他曾在朝歌卖过肉，因卖不出而发臭。鼓刀：古时刀上有环，鼓动则发声。⑭周文：周文王。据《天问》注："吕望鼓刀在列肆，文王亲往问之。"一云，文王聘于渭水。⑮宁戚：春秋卫人，经商宿在齐都临淄东门外，边喂牛边唱歌，被齐桓公听到，知道他贤，举为客卿。⑯该辅：以备辅佐。以上数例，是详说"两美必合"、"孰求美而释女"的道理。⑰晏：晚。⑱时：季节。这里指春天。未央：未尽。央，尽。⑲鹈鴂（tí jué）：大杜鹃，候鸟。在各地出现时间不一。在江南一些地方大概春分前后啼叫。⑳使百草为之不芳：是说花季已过。照应前"何所独无芳草"句，进一步说，虽有芳草时过也就不芳了。促其速行之意。巫咸之言至此。

何琼佩之偃蹇兮①，众薆然而蔽之②，惟此党人之不谅兮③，恐嫉妒而折之④。时缤纷其变易兮⑤，又何可以淹留⑥；兰芷变而不芳兮^⑦，荃蕙化而为茅^⑧。何昔日之芳草兮，今直为此萧艾也^⑨？岂其有他故兮，莫好修之害也^⑩！余以兰为可恃兮^⑪，羌无实而容长^⑫；委厥美以从俗兮^⑬，苟得列乎众芳^⑭。椒专佞以慢慆兮^⑮，樧又欲充夫佩帏^⑯；既干进而务入兮^⑰，又何芳之能祗^⑱！固时俗之流从兮，又孰能无变化？览椒兰其若兹兮，又况揭车与江离^⑲！惟兹佩之可贵兮^⑳，委厥美而历兹^㉑；芳菲菲而难亏兮^㉒，芬至今犹未沬^㉓。和调度以自娱兮^㉔，聊浮游而求女^㉕；及余饰之方壮兮^㉖，周流观乎上下^㉗。

[注释]

①此句承接前"折琼枝以继佩"言。偃蹇：夭矫屈曲貌。从此至"周流观乎上下"三十二句，是巫咸告以吉故之后，诗人的自我思考。②薆（ài）然：草叶遮盖的样子。③不谅：不诚信，或曰，不正直。④恐：读为"共"，共同。⑤缤纷：纷乱。⑥淹留：久留。⑦兰芷：香草，喻贤才。下同。⑧茅：贱草，喻庸佞，下同。⑨萧艾：蒿类贱草。⑩这句是说，全由不好修洁而带来的害处。⑪恃：依靠。⑫容长：容貌壮美。全句意谓徒有其表。⑬委：弃。从俗：与世俗同流合污。⑭苟：侥幸。⑮专佞：专横而又阿谀。即上谄下骄之义。慢慆（tāo）：傲慢而又怠惰。慆，怠惰。⑯樧（shā）：茱萸的一种，似椒而非。佩帏：见前注。⑰干进：用不正当手段求进。务入：专事钻营。⑱祗：读为"振"（王引之说）。按，上文"帏"字古读与"殷"同音，与"振"谐。⑲揭车、江离：皆香草，其香不如椒兰之盛。按，屈原在诗中谓芳草变化之因有二：一为不好修，二为流俗之渐染。从主观说，不好修乃所以变之第一因。故好修，虽流俗之染亦不变矣。如下文所言即是。⑳兹佩：此佩。诗人所服者。㉑委厥美：丢弃其美质。历兹：达到此种地步。上二句，解者甚歧，然均窒碍难通。于省吾《楚辞新证》以为"贵"与下文"沬"为韵，故应作"委厥美而历兹兮，唯兹佩之可贵"。原文误倒。"委厥美"句，承上芳草变化而言。极确。

㉒亏：减损。㉓沬（mèi）：通"昧"，微暗。洪《补》云："微晦也。"即此意。诸作"沬"者，疑误。㉔和：调整，和谐。调度：指玉佩的声调节奏。详钱澄之《屈诂》说。㉕求女：按此当指诗人有心离开楚国后之举。灵氛、巫咸均劝其出走，择贤君而事之。屈原既欲听之，则此"求女"喻指亦应有所变化。即由喻为楚国求贤臣而改喻为己求贤君。㉖饰：佩饰。壮：盛。㉗上下：天上地下。犹言"到处"。

灵氛既告余以吉占兮①，历吉日乎吾将行②。折琼枝以为羞兮③，精琼靡以为粻④。为余驾飞龙兮⑤，杂瑶象以为车⑥；何离心之可同兮⑦，吾将远逝以自疏⑧！邅吾道夫昆仑兮⑨，路修远以周流；扬云霓之晻蔼兮⑩，鸣玉鸾之啾啾⑪。朝发轫于天津兮⑫，夕余至乎西极⑬；凤皇翼其承旂兮⑭，高翱翔之翼翼⑮。忽吾行此流沙兮⑯，遵赤水而容与⑰；麾蛟龙使梁津兮⑱，诏西皇使涉予⑲。路修远以多艰兮⑳，腾众车使径待㉑；路不周以左转兮㉒，指西海以为期㉓。屯余车其千乘兮㉔，齐玉轪而并驰㉕；驾八龙之蜿蜿兮㉖，载云旗之委蛇㉗。抑志而弭节兮㉘，神高驰之邈邈；奏九歌而舞韶兮㉚，聊假日以媮乐㉛。陟升皇之赫戏兮㉜，忽临睨夫旧乡㉝；仆夫悲余马怀兮㉞，蜷局顾而不行㉟。

[注释]

①洪兴祖《补注》说："灵氛告以吉占，百神告以吉故，而此独曰灵氛者，初疑灵氛之言，复要巫咸，巫咸与百神无异词，则灵氛之占诚吉矣。"②历：选择。③羞：美味菜肴。④精：凿，捣。琼靡（mí）：玉屑。靡，屑。粻（zhāng）：粮。⑤驾飞龙：以飞龙为驾车之马。飞龙，有翼的龙。⑥瑶象：美玉与象牙。所以饰车。⑦离心：谓楚王与己不一条心。⑧自疏：主动疏远楚君。盖闺中邃远，哲王不遇，在楚已确无可为，又不忍见楚之日蹙，故莫如远逝为得也。⑨邅（zhān）：回转。楚方言。昆仑：

神山。上帝所居。转道昆仑，盖欲行之更远。⑩云霓：指画在旌旗上的彩虹。晻（yǎn）蔼：旌旗蔽日的样子。⑪玉鸾：用玉装饰的车铃，鸾，车铃。啾啾：鸣声。⑫天津：天汉的别名。在箕斗之间。《晋书·天文志》："天津九星，横河中，一曰天汉。"⑬西极：《淮南子》云："西方西极之山，曰阊阖之门。"盖犹在昆仑之西。上二句仍是拟设之辞，西极乃是终点。以下所言，均为中途之事。⑭翼：辅佐貌。或曰，恭敬貌。承旟：犹云护旟。古时旟建于车上，车行则旟行，凤凰随车而飞以为护持。《周礼》："交龙为旟，熊虎为旗。"⑮翼翼：和洽的样子。⑯流沙：西方沙漠之地。⑰赤水：水名，传说出于昆仑。容与：和舒的样子。⑱麾：同"挥"，指挥。梁津：做（赤水）渡口的桥梁。梁，作动词用。⑲诏：告。西皇：少皞，传说为西方之帝。战国时五方天帝之一。⑳路远多艰：意谓己之求索甚需时日。故下言使众车快速而行，径直待于期会之地。㉑腾：奔腾。径待：直接等待。㉒不周：山名，在昆仑西北。《山海经》："西北海之外，大荒之隅，有山而不合，名曰不周。"郭注："此山形有缺，不周匝，因名之。"㉓西海：西极之海，古神话传说地名。期：会。谓会合之地。㉔屯：聚集。这句承接西海为言。㉕轪（dài）：车毂端的帽。洪《补》引《方言》谓："轮，韩楚之间谓之轪。"齐玉轪，言并毂而驰。㉖蜿蜿：形容龙飞屈伸的样子。㉗云旗：画有云霓之旗。委蛇（yí）：原为蛇行貌，这里形容旗帜随风飘摆的样子。㉘抑志：犹言"掩旗"。志，当作"帜"。弭节：见前注。㉙邈邈：远貌。上两句，朱熹云："言虽按节徐行，然神犹高驰，邈邈然而逾远，不可得而制也。"㉚九歌：见前注。韶：舜乐名。㉛假日：犹言"及时"。假，借。娱乐：愉乐、娱乐。娱，同"愉"；或云作"偷"。㉜陟升：登上。皇：天。赫戏：光明貌。戏，同"曦"。旧注大致如此。唯朱骥《离骚辨》云："'升皇'者，初日出之名也。……赫者，言其赫赫然也。曦，日之光明也。陟者，谓赫赫然之日光，从下而上也。"录以备考。㉝临：视（《尔雅·释言》）。睨（nì）：邪视（《说文·目部》）。旧乡：指楚。㉞仆夫：指驾车人。马怀：犹马病伤也（马瑞辰《毛诗传笺通释》）。㉟蜷（quán）局：手足不伸舒的样子。

以上是第三大段。四次求女失败，诗人无奈，遂索藑茅以卜，并命灵氛、要巫咸而问之。二神所言一致，均劝其去国远行，又经己反复思考，乃下定去国求女决心。转道昆仑，所行西指，盖昆仑之外，诗人之所未曾至，且楚在东南而此行西北，岂亦远逝以自疏之意欤！然诗人终于欲离去之际，故国之思又油然而生，此正屈原之所以为屈原也。

乱曰①：已矣哉②！国无人莫我知兮③，又何怀乎故都？既莫足与为美政兮，吾将从彭咸之所居！

[注释]

①乱：古乐章节奏名，多用于篇末。有总而理之的意思。②已矣：发端叹词，表示绝望之义。③国无人：国无匡辅之臣。《管子·明法》云："国无人者，非朝臣之衰也。家与家务相益，不务尊君也。"④美政：美好的政治措施。诗人所向往的美政，具体说即前文所言之"举贤才而授能兮，循绳墨而不颇"。⑤此句，王逸谓屈原欲效彭咸沉渊而死。彭咸，见前注。⑥结尾：提出"美政"一事，这是屈原毕生的追求，也是《离骚》一篇之眼。抓住这个"眼"，《离骚》也就大半读懂了。

国 殇①

屈 原

操吴戈兮被犀甲②，车错毂兮短兵接③。旌蔽日兮敌若云，矢交坠兮士争先④。凌余阵兮躐余行⑤，左骖殪兮右刃伤⑥。霾两轮兮絷四马⑦，援玉枹兮击鸣鼓⑧，天时坠兮威灵怒⑨，严杀尽兮弃原野⑩。

出不入兮往不反，平原忽兮路超远⑪。带长剑兮挟秦弓⑫，首身离兮心不惩⑬；诚既勇兮又以武，终刚强兮不可凌。身既死兮神以灵，魂魄毅兮为鬼雄⑭！

［题解与注释］

①这是一首为追悼为国牺牲将士之歌。属于上古时代进行战争时祭祀活动中的唱词，脱胎远古民风，反映当时人对战争和死者的敬意。②吴戈：吴地所产的戈。质量最优，驰名各国。犀甲：犀牛皮作的铠甲。③错：交错、相撞。毂：车轮安轴的部分，相当于今天的轴承。④矢：箭。交坠：纷纷落下。⑤凌：侵犯。躐（liè）：践踏。行：行列。⑥殪（yī）：死。⑦霾：同"埋"。絷（zhí）：绊住。⑧援：持。枹（fú）：鼓槌。⑨天时：天赐给人的机会。坠：陨落，毁灭。威灵：威严的神灵。⑩弃原野：弃尸荒野。⑪忽：远。超：同"迢"，亦远义。⑫秦弓：秦地所出产的弓。指良弓。⑬不惩：犹不悔。⑭毅：果决。鬼雄：鬼中雄杰。

天 问①

屈 原

曰遂古之初②，谁传道之③？上下未形④，何由考之⑤？冥昭瞢闇⑥，谁能极之⑦？冯翼惟像⑧，何以识之？明明闇闇⑨，惟时何为⑩？阴阳三合⑪，何本何化⑫？

［题解与注释］

①《天问》是一首很奇特的长诗。全诗374句，用诘问的口吻，一连提出172个问题，而没有一句回答。问题中有自然现象、历史传说和神话故事，涵盖了十分广阔的领域，表现出诗人博大精深的思想和积极探索的精神。②遂古：远古。③传道：传说。④上下：指天地。形：成形。⑤考：考究。⑥冥昭：幽明。指昼夜。瞢（méng）闇：混沌不清。是说昼夜、阴阳尚未剖解分明之时。⑦极：穷究。⑧冯（píng）翼：充盈奋发。

冯，充盛；翼，蓬勃奋发。盖气体浮动之貌也。像：影像。气体浮动，在无形有形之间，是惟影像而已。⑨明明阇阇：昼夜既分，则明暗相代，明而又暗，暗而又明。阇，同"暗"。⑩时：是。指昼夜交替的现象。何为：何人所为。⑪三合：指阴、阳与天三者结合。⑫本：主宰。化：参与变化者。盖阴、阳、天三合之变化，必有主宰者与参与者，其各为谁耶？以上一段，问天地开辟之事。

圜则九重①，孰营度之②？惟兹何功③，孰初作之④？斡维焉系⑤？天极焉加⑥？八柱何当⑦？东南何亏⑧？九天之际⑨，安放安属⑩？隅隈多有⑪，谁知其数⑫？天何所沓⑬？十二焉分⑭？日月安属⑮？列星安陈⑯？出于汤谷⑰，次于蒙汜⑱，自明及晦⑲，所行几里？夜光何德⑳，死则又育㉑？厥利维何㉒，而顾菟在腹㉓？女歧无合㉔，夫焉取九子㉕？伯强何处㉖？惠气安在㉗？何阖而晦㉘？何开而明？角宿未旦㉙，曜灵安藏㉚？

[注释]

①圜：同"圆"，指天体。在古人观念中天是圆的，地是方的。九重：即九层。②营：营造。度：度量。③兹：此。指营度九重天。何功：何等巨大之功力。④初：始。作：兴建。⑤斡维：指维系天体旋转的大绳。斡，旋；维，系车盖的绳。古"盖天说"谓天如伞盖，以北极星为轴而不停地旋转，且以绳系之，不使坠落。焉系：系在何处。⑥天极：天体中央的最高点，相当于伞盖旋转中轴的顶端。焉加：置于何处。加，放置。上两句问天。⑦八柱：八根地柱。古时认为地是方的，有八个方位，每个方位的下面有一根大柱在支撑着。何当：托于何处。当，托。⑧东南何亏：大地东南为何塌陷。我国地貌西北高而东南低，大河大川都由西北流向东南，古人认为这是大地东南塌陷的缘故。这句的意思是，既然大地有八根柱子支着，那么东南又为何塌陷的呢？上两句问地。⑨九天之际：古人认

为天有九野或九区。⑩放：至。属：连。这句是问，至于何所，连于何处。上两句复问天。⑪隈隈（wēi）：山水的角落与曲处。隈，弯曲的地方。⑫数：隈隈之数。上两句复问地。⑬沓（tà）：会合。谓天与地在哪里会合？⑭十二：十二次，也叫十二宫。人们把黄道按恒星（二十八宿）定位，分成十二等分，每一等分叫一次或一宫。根据岁星（木星）在十二次（宫）的移动来纪年。这句是问，十二次（宫）在哪里分界？⑮属：附着，依托。这句是问，日月是怎样依附在各自的轨道上。⑯陈：陈列。这句是问，列星是怎样陈列在那里的。⑰汤（yáng）谷：一作"旸谷"，传说日所出处。以下四句，都说的是日。⑱蒙汜（sì）：即昧谷。传说日所入处。⑲明：早晨。晦：夜晚。⑳夜光：指月。何德：有什么性质。此下四句，都说的是月。㉑死则又育：谓缺而复圆，暗而复明。㉒利：利益，好处。㉓顾菟：蟾蜍与兔。顾，蟾蜍。㉔女歧：女神名。合：匹。指丈夫。㉕取：得。九子：指二十八宿的尾宿。㉖伯强：二十八宿箕宿之神。㉗惠气：指春日阳和玄气。以上四句，承日月之间后而问及星辰。㉘"何阖"二句：探问天之或明或暗的因由。㉙角宿：二十八宿东方苍龙之宿的第一宿。这里代指东方。未旦：未明。㉚曜灵：太阳。以上一段，问天体构造与日月星辰的运行。

不任汩鸿①，师何以尚之②？佥曰何忧③，何不课而行之？鸱龟曳衔④，鲧何听焉？顺欲成功⑤，帝何刑焉⑥？永遏在羽山⑦，夫何三年不施⑧？伯禹腹鲧⑨，夫何以变化⑩？纂就前绪⑪，遂成考功⑫。何续初继业⑬，而厥谋不同⑭？洪泉极深⑮，何以窴之⑯？地方九则⑰，何以坟之⑱？应龙何画⑲，河海何历⑳？

[注释]

①任：胜任。汩鸿：治理洪水。②师：众。尚：推崇。之：指鲧。③"佥曰"两句：大家都向尧进言说，不必忧虑，何不让鲧试着做一下。

佥（qiān）：皆，同。课：试。④"鸱龟"两句：鸱（chī）：鸱鸮，猫头鹰。曳（yè）衔：牵引衔接。鲧：尧臣，大禹的父亲。尧用他来治理洪水，他用堵塞的方法，结果失败，后来被舜杀死。⑤顺欲成功：谓鲧治水本是顺着大家把水治好的愿望，以求得成功的。⑥帝：天帝。《天问》常常把他们混淆起来，尧舜做的事也就成了天帝做的事。刑：惩罚。⑦永：长久。遏：遏止，囚禁。羽山：山名。⑧施：判罪。⑨伯禹：即禹。伯是诸侯之长的意思。腹鲧：在鲧腹中生出。⑩变化：谓鲧刚愎自用而禹则从谏如流。⑪纂：同"缵"，继承。就：因，袭。前绪：指治水。绪，业，端。⑫考：父死的称呼。⑬续初继业：接替鲧所开始的治水事业。⑭谋：考虑，筹划。不同：鲧用壅塞法而禹则用疏导法。⑮洪泉：洪水渊泉。⑯何以寘（tián）之：禹用什么方法来填平它。⑰九则：九等。或曰，指九州。⑱坟：分。或曰：坟，高也，谓使九州高起来。⑲应龙：神话中长翅膀的龙。传说应龙用尾画地成沟，帮禹疏通洪水。⑳历：经历。以上一段，问的是鲧、禹治水的问题。

鲧何所营①？禹何所成②？康回冯怒③，墜何故以东南倾④？九州安错⑤？川谷何洿⑥？东流不溢⑦，孰知其故⑧？东西南北，其修孰多⑨？南北顺椭⑩，其衍几何⑪？昆仑县圃⑫，其尻安在⑬？增城九重⑭，其高几里？四方之门⑮，其谁从焉⑯？西北辟启⑰，何气通焉？日安不到⑱？烛龙何照⑲？羲和之未扬⑳，若华何光㉑？何所冬暖㉒？何所夏寒？焉有石林㉓？何兽能言㉔？焉有虬龙㉕，负熊以游？雄虺九首㉖，儵忽焉在？何所不死㉗？长人何守㉘？靡蓱九衢㉙，枲华安居㉚？一蛇吞象㉛，厥大何如？黑水玄趾㉜，三危安在㉝？延年不死㉞，寿何所止？鲮鱼何所㉟？鬿堆焉处㊱？羿焉彃日㊲？乌焉解羽？

[注释]

①营：经营。②成：成就。③康回：共工名。冯（píng）怒：盛怒。④坠：古"地"字。倾：低。按着神话，天柱不周山倒塌，形成西北地势隆起，东南塌下。⑤九州：大禹治水成功之后，把天下划分为九州：冀州、梁州、兖州、青州、徐州、扬州、荆州、豫州、雍州。安错：怎样设置的。⑥何洿（wū）：为何那样深。洿，深。⑦不溢：不满而外流。⑧故：缘故。⑨修：长度。多：指更长。⑩顺：指纵的走向。古以东西为横，南北为纵。椭：狭而长。⑪衍：曼衍。同蔓延。⑫昆仑县圃：谓昆仑山上之县圃。⑬凥（jū）：古居字。址也。或言当作"尻（kāo）"，指昆仑根部。⑭增城：重叠的城。⑮四方之门：指昆仑四面的门户。⑯从：自。所言谁从此门出入。⑰"西北"两句：是说西北之门敞开，什么气流从这里通过？气，犹风也。⑱日安不到：太阳哪里照不到？⑲烛龙何照：烛龙在哪里照耀？⑳羲和：给太阳赶车的神，一曰日母。未扬：还没有扬鞭。指夜间。㉑若华：若木之花。何光：为什么能放光？㉒"何所"二句：冬暖、夏寒之说，当是据热带与极带的传闻。㉓石林：石竖立如林。㉔何兽能言：能言，谓能作人言，非兽言也。㉕"焉有"二句：哪里有没角的龙，背负着熊遨游？虬龙，无角龙。㉖雄虺（huī）九首：有九只头的虺蛇。㉗何所不死：《山海经·海外南经》："不死民，在交胫国东，其为人黑色，寿不死。"㉘长人：指防风氏，相传身长十有三丈。㉙靡萍：蔓延而生的浮萍。靡，蔓。九衢：许多枝杈相重互出。㉚枲（xǐ）华：大麻雄株开的花。枲，古专称大麻雄株为枲，又称"牡麻"，只开花而不结子。㉛一蛇吞象：一蛇，当作"巴蛇"。㉜黑水：古南方水名。㉝三危：古国名。国内有山名三危之山，以露水著称。㉞"延年"二句：是问黑水的玄趾与三危之民都能长寿不死，究竟能活多久呢？㉟鲮鱼：鲮，一作"陵"。㊱鬿（qí）堆：即鬿雀。㊲"羿焉"两句：古代盛传天有十日之说，《淮南子·本经训》则载有羿射九日的故事，说尧时十日并出，把庄稼和草木都晒死了，民无所食，于是尧命令羿射掉九个日头，拯救了人类。羿，是古神话传说中的英雄，善于射箭。彃（bì）：射。乌：古神话传说，神鸟驮载着太阳。以上一

段，问的是大地的问题。

禹之力献功①，降省下土四方。焉得彼涂山女②，而通之于台桑③？闵妃匹合④，厥身是继。胡为嗜不同味⑤，而快朝饱？启代益作后⑥，卒然离蠥⑦。何启惟忧⑧，而能拘是达⑨？皆归射鞫⑩，而无害厥躬⑪。何后益作革⑫，而禹播降⑬？启棘宾商⑭，《九辩》《九歌》⑮。何勤子屠母⑯，而死分竟地⑰？帝降夷羿⑱，革孽夏民⑲。何射夫河伯⑳，而妻彼洛嫔？冯珧利决㉑，封豨是射㉒。何献蒸肉之膏㉓，而后帝不若㉔？浞娶纯狐㉕，眩妻爱谋㉖。何羿之射革㉗，而交吞揆之㉘？阻穷西征㉙，岩何越焉㉚？化为黄熊㉛，巫何活焉？咸播秬黍㉜，莆雚是营。何由并投㉝，而鲧疾修盈？白蜺婴茀㉞，胡为此堂？安得夫良药㉟，不能固臧？天式从横㊱，阳离爰死。大鸟何鸣㊲，夫焉丧厥体？蓱号起雨㊳，何以兴之？撰体协胁㊴，鹿何膺之？鳌戴山抃㊵，何以安之？释舟陵行㊶，何以迁之？惟浇在户㊷，何求于嫂？何少康逐犬㊸，而颠陨厥首？女歧缝裳㊹，而馆同爰止。何颠易厥首㊺，而亲以逢殆？

[注释]

①"禹之力"二句：为倒装句。是说大禹从天而降来省察下土四方，把精力贡献给治水事业。功，指治水事业。②涂山：在今绍兴西北。③通：私通幽会的意思。④"闵妃"二句：是说考虑都是为了获得继承自身的后代。闵：忧。妃：配偶。匹合：结婚。厥身：其身。继：继嗣。⑤"胡为"二句：是问禹为何与众不同，而只图满足一时之情欲呢？嗜：嗜好。饱：指情欲的满足。⑥启：禹的儿子，涂山氏所生。益：禹的臣子。传说禹临死传位给益，启攻杀益，又把权位夺了回来。⑦卒（cù）然：仓促貌。离蠥（niè）：遭遇灾祸。离，通"罹"，遭；蠥，灾祸。⑧惟忧：遭忧。惟，一作"罹"。⑨拘：拘禁。达：颇通。谓摆脱拘禁。

⑩"皆归"句：是说禹和益都在治水中备受辛劳困苦。皆：指禹与益。射：借为斁（yì）"，倦也。籟（jū）：同"鞠"，穷，困。⑪害：妨害。躬：行。这句是说，禹和益的治水工作却没有受到阻碍。⑫后益：益在禹后曾为三年君主，故称。作革：同"祚革"，帝位变更。祚，帝位。⑬禹：这里指禹的后嗣。⑭棘：通"亟"，屡次。宾：做客。商："帝"字的形误，上帝。⑮九辩、九歌：均夏乐曲名。⑯勤子：爱惜其子。屠母：屠杀其母。⑰死：通"尸"。竟地：满地。以上十二句，是说启夺益位而建立夏朝之事。⑱帝：天帝。降：下。指从天上派下来。夷羿：有穷国君。属东夷族，故称。⑲革孽夏民：革除夏民的忧患。⑳"胡射夫"二句：是问，羿为何把河伯射瞎，又娶洛水女神做妻子？㉑冯珧（píng yáo）：拉满弓。冯，满；珧，弓上的饰物。㉒封豨（xī）：大野猪。《方言》："猪，南方谓之豨。"㉓献：献给上帝。膏：肥肉。㉔后帝：天帝。不若：不称心。若，顺。㉕浞：寒浞。传说是羿的臣。纯狐：传说是羿的妻。㉖眩妻：迷惑人的妻子。指纯狐。爱谋：与谋。爱，与，谓同谋而杀羿也。㉗射革：传说羿善射，能射穿七层皮革。㉘交吞揆之：谓众人合力而吞灭了羿。揆，破，灭。㉙阻穷：隔绝。穷，绝。西征：西行。㉚岩：通"险"。越：过。是说途中险隘难得越过。㉛"化为"二句：是问鲧被杀后，巫祝又怎样使他变为黄熊而复活了呢？㉜"咸播"二句：是说陆地播种粮食，水中种植蒲苇。均为治水取得的功效。咸：都、皆。秬（jù）：黑黍。莆萑（pú huán）：蒲草与芦苇。莆，同"蒲"。㉝"何由"二句：是问为何与共工、骥兜等一起被放逐于荒远之地，而只有鲧受的罪这么长、这么多？投：放逐。疾：病。指灾难。修：长。盈：满，多。㉞"白蜺"二句：是问为什么白色的虹蜺会曲折蟠绕在这座殿堂里？婴：环绕。茀（fú）：曲折。堂：殿堂。㉟"安得"二句：是问羿从何处获得长生不死的良药，不能妥善收藏，而被嫦娥所窃取以投奔月宫？㊱"天式"二句：与下二句都说的是关于夏桀的故事。天式：上天的法则、常规。纵横：指阴阳的变化消长。阳离：即太阳。㊲大鸟，即指鹤。厥体：太阳之体。亦指夏桀。㊳蓱（píng）：屏翳。王逸云："雨师名也。"号：呼唤。起雨：兴起云雨。㊴"撰

体"二句：是问，体形骈胁而雀头鹿身的风神飞廉，是怎样配合屏翳的呢？撰：造。协胁：犹云骈胁。胁骨并连在一起。鹿：指风神飞廉。⑩"鳌戴"二句：是问，鳌驮载神山在水面漂浮，怎样能够使它安稳？抃（biàn）：拍手。这里是形容大鳌浮水的姿态。㊼"释舟"二句：是问，龙伯国大人是怎样把大鳌从水中移至陆地而携归其国的呢？释：舍。陵：陆。㊷"惟浇（ào）"二句：王逸注："言浇无义，淫佚其嫂，往至其户，佯有所求，因与行淫乱也。"浇：寒浞与羿妻纯狐所生。㊸"何少康"二句：言夏之少康趁田猎放犬逐兽，遂袭杀浇而断其头。㊹"女歧"二句：是说浇借求其嫂缝补衣裳的机会而同房止宿。女歧：浇溲。馆：舍。爰：于。㊺"何颠易"二句：是问女歧为何身受灾祸而错被砍头？易厥首：本欲杀浇而反杀女歧。易，变换。亲：身。指女歧。殆：危险。以上一段，问的是有关夏朝的一些问题。

汤谋易旅①，何以厚之？复舟斟寻②，何道取之？桀伐蒙山③，何所得焉？妹嬉何肆④？汤何殛焉？舜闵在家⑤，父何以鳏？尧不姚告⑥，二女何亲？厥萌在初⑦，何所亿焉？璜台十成⑧，谁所极焉？登立为帝⑨，孰道尚之？女娲有体⑩，孰制匠之？舜服厥弟⑪，终然为害。何肆犬体⑫，而厥身不危败？吴获迄古⑬，南岳是止。孰期去斯⑭，得两男子？缘鹄饰玉⑮，后帝是飨。何承谋夏桀⑯，终以灭丧？帝乃降观⑰，下逢伊挚。何条放致罚⑱，而黎服大说？简狄在台⑲，喾何宜？玄鸟致贻⑳，女何喜？该秉季德㉑，厥父是臧。胡终弊于有扈㉒，牧夫牛羊？干协时舞㉓，何以怀之？平胁曼肤㉔，何以肥之？有扈牧竖㉕，云何而逢？击床先出㉖，其命何从？恒秉季德㉗，焉得夫朴牛？何往营班禄㉘，不但还来？昏微遵迹㉙，有狄不宁。何繁鸟萃棘㉚，负子肆情？眩弟并淫㉛，危害厥兄。何变化以作诈㉜，后嗣而逢长？成汤东巡㉝，有莘爰极。何乞彼小臣㉞，而吉妃是得？水滨之木㉟，得彼小子。夫何恶之⑤，滕有莘之妇？汤出重泉⑥，夫何罪尤？不胜心伐帝⑱，夫谁使挑之？

［注释］

①"汤谋"二句：是问商汤赏赐他的部下，为何这样优厚；汤：商汤王。易：同"锡"，赏赐。旅：军旅。厚：优厚。②"覆舟"二句：问的是浇伐灭斟寻国的事。相，夏君，仲康之子。③"桀伐"二句：与下二句都是问的关于夏桀的事。④"妹嬉"二句：是问妹嬉有何放荡行为？商汤为什么惩罚她？殛，诛杀。⑤"舜闵"二句：是问，舜恐怕无后，所忧虑者在于未有家室，其父瞽叟为何不许其娶妻，而使之鳏居？闵：忧。家：妻室。⑥"尧不"二句：是问，尧未告瞽叟，为何以二女嫁给舜。姚：姚姓。指瞽叟。二女：娥皇与女英。⑦"厥萌"二句：是问，生民之初，其事渺茫，谁能臆测而知道呢？萌：通"氓"，民也。亿：通"臆"，意料，猜度。⑧"璜台"二句：是问，璜台有十层，谁建筑得这样高？璜台：用美玉砌成的台。成：重、层。⑨"登立"二句：是问，女娲氏登位为帝，是谁推而使她居民之上的呢？⑩"女娲"二句：是问，女娲的身体，是谁为她制造的呢？⑪"舜服"二句：是说，舜服侍他的弟弟象，象却始终欲加害他。服：侍。⑫"何肆"二句：是问，象逞其犬豕之心，为什么自身却不危败？犬体：一作"犬豕"，指猪狗之心。⑬"吴获"二句：是说，吴国在南岳建立了自己的国家，而获得长远发展。吴：春秋国名。获：得到。迄古：终古，长远。南岳：衡山。⑭"孰期"二句：是说，谁能料到吴国离开了这里，而得到太伯、虞仲（仲雍）两名君子做他们的国君。斯：指衡山。两男子：指太伯、虞仲。周先人古公亶父有三子太伯、虞仲和季历，季历生圣子文王，古公欲立季，令及文王。太伯、虞仲去而至吴，吴人立为君。勾曲山，后称茅山，在江苏西南部，地跨勾容、金坛、溧水、溧阳等县境。⑮"缘鹄"二句：是说夏代诸王用镶着象牙饰着宝玉的祭器享祀上帝。⑯"何承"二句：是问为什么继承先王谋划的夏桀，终于灭亡？谋：谋划。指享祭上帝的规模、办法。⑰"帝乃"二句：是说上

帝于是降而察访，在下方遇见了伊尹。帝：上帝。观：观察，采访。伊挚：伊尹，名挚。⑱"何条"二句：是问为何给夏桀以流放于鸣条的惩罚，而天下百姓十分喜悦？条：鸣条，地名。放：流放，放逐。致罚：给以惩罚。⑲"简狄"二句：是问简狄在高台游息，帝喾为什么以为她很宜于作自己的妃子？简狄：有娀氏之女。传说因吞玄鸟卵而生契，契为商的始祖。台：高台。宜：宜室宜家的意思。⑳"玄鸟"二句：是问燕子送给简狄燕卵，她为何高兴地把它吞掉？玄鸟：燕子。贻：遗赠。㉑"该秉"二句：是说殷先王该继承父亲季的品德，以之作为良好榜样。该：即殷先王亥。㉒"胡终"二句：是问为何到有易国去放牧牛羊，而终于被有易所杀？毙：与"毙"通，杀死。㉓"干协"二句：是问王该拿着盾牌优美地起舞，为什么这样安抚他？干：盾。协：和形容优美。时：是。怀：安抚。㉔"平胁"二句：胸脯丰满、肌肤柔润，有易为什么使王该吃得这样胖？以上四句，是说有易起初麻痹王该使用的手段。㉕"有扈"二句：是问有易派遣刺杀王该的牧僮，是怎样撞上王该与有易女子淫乱的？有扈：应为"有易"。牧竖：牧僮。指刺客。㉖"击床"二句：是问刺杀王该而后逃走，是听从谁的命令？㉗"恒秉"二句：是问，王恒继王该之后，秉承其父季的事业，是怎样讨回朴牛的呢？恒：该弟。继该立为殷王，与有易重修旧好，前往有易求得他的承认，并讨回王该朴牛。这种牛在当时很可贵，因而引起有易的垂涎。㉘"何往"二句：是问恒如何往有易取得他的承认，又得到意外收获而如愿归来的呢？营班禄：求得对自己爵禄地位的承认。㉙"昏微"二句：是说，上甲微循王该遇害线索追究其原因，从而对有易进行报复。昏微：殷先王上甲微，昏是名号。有狄：即有易。不宁：不安宁。㉚"何繁"二句：是问，为何战场上勇士云集，上甲微逞其复仇之情？繁鸟：形容士兵众多。萃棘：集聚于丛林。棘，丛生木。形容士兵云集。负子：国君世子。㉛"眩弟"二句：是说，上甲微诸弟荒淫作乱，危害到他们的兄长。眩：乱。㉜"何变化"二句：是问，为何经过尔诈我虞的权力之争，商的后嗣能够福祚绵长？后嗣：如至成汤而取得天下。逢：遇。从"该秉季德"到此廿四句，都是就商代先公先王该、恒、上甲微等人的事迹发问。反映了成汤之前商先人一段曲折发展的历史。㉝"成汤"二句：是说，商汤向东巡行到达有莘国之地。成汤：商代开国之君。东巡：东行。有莘（shēn）：国名。㉞"何乞"二句：是问，为何讨取有莘国的一位小臣，而反得到一位贤妃呢？吉：淑善。㉟"水滨"二句：是说，有优国一位采桑女，在水边的一株空桑里拾到一个小孩。㊱"夫何"二句：是问，有优国君为何不喜欢伊尹，而把他当作女儿的陪嫁？媵（yìng）：古时随嫁之人。㊲"汤出"二句：是问，商汤从重泉的地牢里被释放出来，他是犯什么罪过而被囚禁的呢？㊳"不胜心"二句：是问，商汤本无胜桀的打算却去讨伐他，是谁唆使挑动的呢？帝：指夏桀。以上一段，问的是有关商朝的一些历史。

会朝争盟①，何践吾期？苍鸟群飞②，孰使萃之？列击纣躬③，叔旦不嘉。何亲揆发④，定周之命以咨嗟？授殷天下⑤，其德安施？及成乃亡⑥，其罪伊何？争遣伐器⑦，何以行之？并驱击翼⑧，何以将之？昭后成游⑨，南土爰底。厥利惟何⑩，逢彼白雉？穆王巧梅⑪，夫何为周流？环理天下⑫，夫何索求？妖夫曳衔⑬，何号于市？周幽谁诛⑭，焉得夫褒姒？天命反侧⑮，何罚何佑？齐桓九合⑯，卒然身杀。彼王纣之躬⑰，孰使乱惑？何恶辅弼⑱，谗谄是服？比干何逆⑲，而抑沈之？雷开何顺⑳，而赐封之？何圣人之一德㉑，卒其异方？梅伯受醢㉒，箕子详狂。稷维元子㉓，帝何竺之？投之于冰上㉔，鸟何燠之？何冯弓挟矢㉕，殊能将之？既惊帝切激㉖，何逢长之？伯昌号衰㉗，秉鞭作牧。何令彻彼岐社㉘，命有殷国？迁藏就岐㉙，何能依？殷有惑妇㉚，何所讥？受赐兹醢㉛，西伯上告。何亲就上帝罚㉜，殷之命以不救？师望在肆㉝，昌何识？鼓刀扬声㉞，后何喜？武发杀殷㉟，何所悒？载尸集战㊱，何所急？伯林雉经㊲，维其何故？何感天抑地㊳，夫谁畏惧？皇天集命㊴，惟何戒之？受礼天下㊵，又使至代之？初汤臣挚⁴¹，后兹承辅。何卒官汤⁴²，尊食宗绪？勋阖梦生⁴³，少离散亡。何壮武厉⁴⁴，能流厥严？彭铿斟雉⁴⁵，帝何飨？受寿永多⁴⁶，夫何久长？中央共牧⁴⁷，后何怒？蜂蛾微命⁴⁸，力何固？惊女采薇⁴⁹，鹿何祐？北至回水⁵⁰，萃何喜？兄有噬犬⁵¹，弟何欲？易之以百两⁵²，卒无禄。

[注释]

①"会朝"二句：周武王伐纣，会于孟津那个早晨，诸侯争赴盟约，为什么践期是这样迅速呢？吾：指武王。②"苍鸟"二句：伐纣队伍像苍鸟群飞，是谁使它们聚集在一起的呢？萃：聚集。③"列击"二句：诸侯整列队伍向纣发起攻击，周公以为时机未到而不赞许。列：整列队伍。叔旦：周公。武王之弟，名旦。嘉：赞许。④"何亲"二句：周公曾亲身参与谋划与发兵灭商之事，为什么奠定周朝数百年基业，他反而咨嗟叹息表示惋惜呢？揆发：谋划与发兵。定：奠定。一作"足"。咨嗟：惋惜而叹。⑤"授殷"二句：上帝既把天下授给殷，殷商又行何德政而享有它的呢？德：德政。施：行。⑥"及成"二句：殷商既得天下而又灭亡，它究竟有什么罪孽呢？伊：唯。⑦"争遣"二句：诸侯争着派遣军队，他们为什么这样做？遣：派。伐器：攻伐之器，指军队。⑧"并驱"二句：周的军队齐驱并进，两翼夹击，武王是怎样统率指挥的呢？击翼：攻击敌军的两翼。将：指挥。⑨"昭后"二句：周昭王到外边去巡游，一直到达南方之地。昭后：周昭王。后，君王。底：达到；止住。⑩"厥利"二句：昭王巡游渴望什么好处，而遇到一只大白鸡？厥：指巡游。白雉：白色野鸡。⑪"穆王"二句：周穆王巧于贪求，他又为什么去周游天下呢？穆王：周昭王之子。巧梅：巧于贪求。⑫"环理"二句：穆王周游天下，他到底要寻求什么呢？理：通"履"，行。⑬"妖夫"二句：怪异的夫妇互相牵引着且行且卖，到底在市上叫卖什么呢？妖夫：怪异之人。曳：牵引。⑭"周幽"二句：周幽王是被谁所杀，褒姒又是从哪里被得到的呢？周幽：周幽

王，周宣王之子。褒姒（bāo sì）：褒人所献，先为宫女，幽王三年被立为皇后。⑮"天命"二句：天命变化无常，惩罚谁保佑谁，以什么标准呢？反侧：变化无常。⑯"齐桓"二句：齐桓公九次召集诸侯会盟，以稳定周朝，终于身亡得很惨。齐桓：春秋时齐国君，是春秋五霸之一。他用原来的仇人管仲做宰相，使齐国得以强盛。⑰"彼王"二句：那商纣王之身，是谁扰乱他视听、迷惑他心志的呢？王纣：殷商末帝，名辛。⑱"何恶"二句：为何厌恶忠直辅佐之臣，而信用谗谄奸佞之辈？恶：憎。辅弼：正直贤良的辅佐之臣，如比干、箕子、微子、商容之属。谗谄：谗佞阿谀之臣，如费仲、恶来之徒。服：用。⑲"比干"二句：比干何处逆了纣的心愿，而打击制裁他？比干：纣叔父，殷贤臣。⑳"雷开"二句：雷开哪里顺了纣的心，而用爵禄赏他？雷开：纣佞臣。㉑"何圣"二句：为什么圣人的品德都是相同的，而其归宿的方式却是不同的？一：同。卒：终结，归宿。方：方式、道路。㉒"梅伯"二句：梅伯被剁成肉酱，而箕子却假装疯狂。梅伯：纣臣，因屡次直谏被杀。箕子：纣的叔父，因谏纣不听，惧杀，乃披发佯狂为奴。㉓"稷维"二句：后稷是一位长子，上帝为何降灾于他而使其受苦呢？稷：后稷，姜嫄所生，是周人的始祖。㉔"投之"二句：把后稷弃置在冰上，为什么大鸟用翅膀来温暖他？燠（yù）：温暖。㉕"何冯弓"二句：后稷为何携带弓箭，特别善于指挥师旅呢？冯：挟。将：指挥。㉖"既惊帝"二句：后稷之生，上帝着实为之震动不宁，则不宜保佑他，为何反而使其子孙享国长久呢？帝：上帝。切激：深切而强烈。㉗"伯昌"二句：西伯姬昌号令于衰世，执政为官。伯昌：周文王姬昌。殷商末封为西伯，即西部诸侯之长。号衰：发号施令于殷之衰世。衰，指衰世。秉鞭：喻执政。牧：长官。㉘"何令"二句：上帝为何命令他撤销岐山之社稷而代殷享有全国？令：上帝令。彻：毁坏，撤销。岐社：建于岐山的一方之社。社，社稷，祀土谷之神，盖有土者所建。㉙"迁藏"二句：太王把货藏从邠地迁徙到岐下，他倚仗什么来立国呢？藏：指库藏财物。就：到。依：倚仗，依靠。㉚"殷有"二句：殷纣王有一位蛊惑人心的妇人，臣下为何还要对他进谏呢？惑妇：指妲己。讥：

谏。㉛"受赐"二句：殷纣王赐给诸侯用人肉做的酱，于是西伯文王将此事上告苍天。受：纣王的字。或云，接受。㉜"何亲"二句：纣王为何身受上帝的惩罚，殷商的国运以致不可救药？亲：身。㉝"师望"二句：姜太公在列肆卖肉，文王姬昌是怎样识出他的呢？师望：太师吕望。即姜太公。姜是姓，吕是氏。㉞"鼓刀"二句：姜太公鼓刀发出声音，文王听到为什么喜欢？鼓刀扬声：古时刀上有环，鼓动即可发出有节奏的声音。后：君。指文王。㉟"武发"二句：武王姬发攻克殷商，他仇恨的是什么呢？武发：即武王姬发。杀殷：克殷。㊱"载尸"二句：武王用车载着文王的牌位来会战，他所急的是什么呢？尸：木主，牌位。㊲"伯林"二句：周公的兄弟管叔自缢身亡，到底是什么缘故？伯林：地名，在今河南省中部。据说是管叔自缢之地。境内又有管城，管叔封地所在。雉经：用牛鼻绳上吊。雉，同"绖"，穿牛鼻子的绳；经，自缢，上吊。周初成王年幼，周公辅政，周公的三个兄弟管叔、蔡叔、霍叔散布流言，说周公将谋篡位，于是挟武庚叛变。朝廷平息了叛乱，管叔畏罪，自缢而死。㊳"何感"二句：为什么震撼了天地，周公既秉心公正，又怕的是谁？感天抑地：使天地为之震动。感：读为"撼"，摇；抑，按。据传，三叔流言，周公为避嫌，回归封国，待真相大白后，乃重返朝廷。后来，周公受冤之事感动了上天，上天发怒，掀起雷电大风，倒禾稼，拔大木。于是朝廷震怒，打开藏机密文件的柜子，发现昔日武王病危时，周公祷告上天，愿以身代武王受祸的祷辞。周公心迹乃进一步大白于天下。㊴"皇天"二句：上天既然把大命授予王者，那么又该怎样保持其爵禄，使之不失掉呢？集命：成命。授予天下之命。㊵"受礼"二句：王者受命治理天下，又使后来者代替他。受：接受上天的成命。礼：用同"理"，治理。至：来到。指后之王者。㊶"初汤"二句：起初商汤以伊尹为普通之臣，后来知道他有才能，遂用为辅弼大臣。臣挚：指以汤为普通之臣。挚，伊尹名。后兹：泛指后年。兹，年。承辅：承担辅佐之任。㊷"何卒"二句：为何最终作了商汤的官，被尊崇与殷人祖宗一起而庙食千秋呢？何卒官汤：意谓伊尹曾几次在夏桀与成汤之间去来不定，而卒官汤也。卒，终。食：指死后血食。宗绪：历代祖宗的序列。㊸"勋阖"二句：功勋卓著的阖庐本是吴王寿梦之孙，少年时曾遭到离散流亡的苦难。勋：有功勋。阖：阖庐。春秋时吴国君，名光。先为公子，后杀吴王僚自立。用伍子胥而国强。梦：寿梦。生：读为"姓"，孙也。㊹"何壮"二句：为何到了壮年却威武猛厉，以致威名传播后世？壮：壮年。武厉：威武猛厉。流：流布，传播。严：本作"庄"，避汉明帝讳改。㊺"彭铿"二句：彭祖进献他所烹调的野鸡汤给上帝，上帝为何飨而食之？彭铿：姓篯名铿，封于彭城，故称。传说他活到八百岁。㊻"受寿"二句：彭祖享受的天年那么长久，他为何还惆怅？王逸："彭祖至八百岁，犹自悔不寿，恨枕高而唾远也。"㊼"中央"二句：朝廷发生共和执政之事，厉王为何发怒而导致这样的后果呢？中央：指朝廷。共牧：指共和执政。后：周厉王。怒：怒国人诽谤自己。㊽"蜂蛾"二句：蜂类和蚂蚁都是微小的生命，他们的力量为何是那么坚牢？蜂蛾（yǐ）：蜂类和蚂蚁。蛾，今作"蚁"。这里比喻民众。㊾"惊女"二句：有位女子警告采薇而食的伯夷、叔齐，那么白鹿又为何帮助他二人呢？惊女：犹言"女惊"，女子警告之也。㊿"北至"二句：伯夷、叔齐北至首阳山所在的河曲，他们虽然聚会在一起，又有什么可喜的呢？回水：河曲。首阳山所在。51"兄有"二句：哥哥有一只咬人的狗，弟弟为什么想要得到？噬犬：咬人的狗，猛犬。52"易之"二句：是说成以百辆兵车换得"噬犬"，然而最终却失去爵禄。百两：百辆。指兵车。无禄：绝嗣。以上一段，问的是关于周朝的一些问题。

薄暮雷电①，归何忧？厥奉不严②，帝何求？伏匿穴处③，爰何云？荆勋作师④，夫何长？悟过改更⑤，我又何言？吴光争国⑥，久余是胜。何环穿闾社⑦，以及丘陵，是淫是荡⑧，爰出子文？吾告堵敖⑨，以不长。何试上自予⑩，忠名弥彰？

[注释]

①"薄暮"二句：薄暮之时雷电大作，楚灵王有家难归，这是出于何

种忧虑呢？②"厥奉"二句：灵王失去君主的尊严，接替他是更为无道的平王，上帝到底何所求呢？③"伏匿"二句：逃窜隐藏在洞穴里，还有什么可说的呢？伏匿：潜伏藏匿。洞处（chǔ）：住在洞穴里。④"荆勋"二句：楚庄王兴建师旅，兵力为何长期称雄南方，居于领先地位？荆勋：指楚庄王。⑤"悟过"二句：楚昭王知父平王有过，而痛改前非，复兴楚国，又有何言可说呢？⑥"吴光"二句：吴国的公子光争得王位，国力强盛，曾多次打败我楚。⑦"何环闾"二句：为何斗伯比追随郧女环绕里门，穿越社稷神祠，一直到达丘陵。闾：里门。社：里社。及：到。⑧"是淫"二句：二人幽会私通，怎会生出贤令尹子文？出：生出。子文：斗谷於菟，字子文，楚成王令尹，有政声。⑨"吾告"二句：我告知君王，堵敖何以不能长久之故。堵敖：熊囏。楚文王之子，成王之兄。⑩"何诚上"二句：我何敢以告诫君王而自诩，以博取更加显赫的忠名呢？诚：谓以堵敖不长之事告诫之。自予：犹言自诩、自夸。弥章：愈加彰显。以上一段，是问关于楚国的历史。

橘　颂①

屈　原

　　后皇嘉树②，橘徕服兮③。受命不迁④，生南国兮。深固难徙⑤，更壹志兮。绿叶素荣⑥，纷其可喜兮。曾枝剡棘⑦，圆果抟兮⑧。青黄杂糅，文章烂兮。精色内白⑨，类可任兮⑩。纷缊宜修⑪，姱而不丑兮。

[题解与注释]

　　①《桔颂》与《离骚》积极进德修业的心态，是极为相近的。不妨说是诗人以橘的人格化为榜样，来激励自己的诗作。②后皇：后土皇天。嘉树：美好的树木。③徕服：来服习南方的水土。④"受命不迁"二句：王

逸《楚辞章句》云："桔受天命生于江南，不可移徙，种于北地则化而为枳也。屈原自比志节如橘，亦不可移徙。"⑤深固：根深蒂固。⑥素荣：白花。⑦曾枝：橘枝重累。曾，同"层"。剡（yǎn）棘：利刺。剡，锐利。⑧搏：圆。楚方言。⑨内白：橘皮外青黄而内洁白。⑩类：形貌、形象。⑪纷媪：盛貌。宜修：宜于修饰。或云，适称而修美。这句是说，天然枝叶繁茂而匀称修美。

嗟尔幼志①，有以异兮②。独立不迁③，岂不可喜兮。深固难徙，廓其无求兮④。苏世独立⑤，横而不流兮⑥。闭心自慎⑦，终不失过兮。秉德无私⑧，参天地兮⑨。愿岁并谢⑩，与长友兮⑪。淑离不淫⑫，梗其有理兮⑬。年岁虽少⑭，可师长兮。行比伯夷⑮，置以为象兮⑯。

[注释]

①尔：指橘树。幼志：从小的志向。②异：指与一般的树不同。③独立不迁：志节不可迁。④廓：廓落，豁达。⑤苏世：犹说面世。苏，朝向、面向。王逸注为醒悟，亦通。⑥横：挺立，坚立。⑦闭心：约束自己的心志。谓不使外物污其清白。⑧秉：禀赋，天赋。无私：以果实献与人类。⑨参天地：与天地并列。⑩愿岁并谢：愿与橘年岁并增。谢，辞去。岁月逝去则年岁增长矣。⑪与长友：与桔长为朋友。⑫淑离：当作"陆离"。楚读"淑"为"陆"。形容橘树状貌。形容有淑丽之姿而无恣肆之过。⑬梗：挺拔貌。有理：有条理。或云，有文理。⑭少：幼小。这两句是说，橘树虽然年龄很幼小，也完全可做人们效法的榜样。⑮行比伯夷：指桔树以上的品德可与伯夷相媲美。⑯置以为象：设为己崇拜、学习的偶像。

汉魏六朝诗

羽林郎①

辛延年

　　昔有霍家奴②，姓冯名子都③。依倚将军势，调笑酒家胡④。胡姬年十五，春日独当垆⑤。长裾连理带⑥，广袖合欢襦⑦。头上蓝田玉⑧，耳后大秦珠⑨。两鬟何窈窕⑩，一世良所无。一鬟五百万，两鬟千万余。"不意金吾子⑪，娉婷过我庐⑫。银鞍何煜爚⑬，翠盖空踟蹰⑭。就我求清酒，丝绳提玉壶。就我求珍肴，金盘脍鲤鱼⑮。贻我青铜镜，结我红罗裾。不惜红罗裂⑯，何论轻贱躯⑰！男儿爱后妇，女子重前夫。人生有新旧，贵贱不相逾⑱。多谢金吾子⑲，私爱徒区区⑳。

［题解与注释］

　　①羽林：皇家的警卫军。羽林郎是羽林中的官名。本篇内容并非赞咏羽林郎，是歌咏一个酒家女反抗强暴，拒绝贵家豪奴调笑的故事。②霍

家：霍光家。西汉昭帝时，霍光为大司马大将军。奴：家奴。③冯子都：是霍光所爱幸的奴才头子。④胡：即西北外族。这里指胡人女子，即下文的"胡姬"。⑤垆：放酒坛子的地方，用土垒成，四边隆起，一面稍高。"当垆"就是卖酒。⑥裾：衣的前襟。连理带：衣服腰间两条对称的带子，用以把衣襟系结起来。⑦广袖：宽大的袖子。襦：即短衣。合欢：是一种图案花纹的名称，这种花纹是象征和合欢乐的。⑧蓝田：在今陕西蓝田县，相传山出美玉，又名玉山。⑨大秦：指当时的罗马帝国。大秦珠即指髻上横贯的簪子两端的垂珠。⑩鬟（huán）：即将头发挽成环形的髻，叫作鬟。古时年轻女子挽两鬟或三鬟。⑪金吾：即执金吾，官名。老百姓就用称呼来泛称一般的军官或豪奴。⑫娉婷（pīng tíng）：柔媚的样子。这里用来形容冯子都卖弄姿态。⑬银鞍：镶饰着银花的马鞍。煜爚（yù yuè）：光辉照耀。⑭翠盖：用翠鸟羽毛装饰起来的车盖。⑮脍鲤鱼：细切鲤鱼肉。⑯⑰两句说不惜衣襟撕裂，也要拒绝他的调戏；如果他敢侵犯我的身体，我将怎样对待他就可想而知了。⑱逾（yú）：越过。胡姬表明拒绝的理由：一是爱情已有所属，二是不愿嫁给贵人。⑲多谢：犹言郑重告诉。⑳区区：指心意。徒区区：白白地殷勤。

上 邪①

佚 名

上邪！我欲与君相知②，长命无绝衰③。山无陵④，江水为竭，冬雷震震，夏雨雪⑤，天地合，乃敢与君绝⑥！

［题解与注释］

①这首民歌选自《汉铙歌十八曲》。表达了青年男女为了爱情不怕任何艰险，一定要白头到老的决心。上：上天，苍天。邪：同"耶"，语助词。"上邪"，犹如说"天呀"！②相知：相亲相爱。③长：永远。命：令，

使。④陵：山峰。⑤雨（yù）：动词，降落。

长歌行^①

佚 名

青青园中葵^②，朝露待日晞^③。阳春布德泽^④，万物生光辉。常恐秋节至，焜黄华叶衰^⑤。百川东到海，何时复西归？少壮不努力^⑥，老大徒伤悲^⑦！

[题解与注释]

①《长歌行》为汉乐府"相和歌古辞"之一。这是一首劝告人们珍惜时光，奋发努力的劝勉诗。②葵：葵菜，又名冬寒菜。③晞：干。④阳春：阳光充足、温暖如春天一般。布：分布。德泽：恩惠。⑤焜（kūn）：颜色枯黄。华：花。⑥少壮：青壮年。⑦徒：只，空。

白头吟^①

佚 名

皑如山上雪，皎若云间月。闻君有两意^②，故来相决绝^③。今日斗酒会^④，明旦沟水头。躞蹀御沟上^⑤，沟水东西流^⑥。凄凄复凄凄，嫁娶不须啼。愿得一心人，白头不相离。竹竿何袅袅^⑦，鱼尾何簁簁^⑧。男儿重意气^⑨，何用钱刀为^⑩。

[题解与注释]

①此诗所写的是一个女子对她的负心情郎表示决绝，责备他重财轻情，不懂爱情。②两意：就是二心，与下文"一心"相对，指情变。

③决：别。④斗：盛酒的器具。⑤踯躅：行貌。御沟：流经御苑或环绕官墙的沟。⑥东西流：即东流。东西是偏义复词，这里偏用东字的意义。⑦竹竿：指钓竿。袅袅：动摇貌。⑧簁簁：形容鱼尾像濡湿的羽毛。在中国歌谣里钓鱼常常是男女求偶的隐语。⑨意气：这里指感情、恩义。⑩钱刀：古时的钱有铸成马刀形的，叫作刀钱。末二句是说男子应该重视情义，追求钱刀有什么用呢？

孔雀东南飞①

佚 名

汉末建安中②，庐江府小吏焦仲卿刘氏③，为仲卿母所遣，自誓不嫁④。其家逼之，乃投水而死。仲卿闻之，亦自缢于庭树。时人伤之，为诗云尔。

孔雀东南飞⑤，五里一徘徊⑥。

"十三能织素⑦，十四学裁衣，十五弹箜篌⑧，十六诵诗书。十七为君妇，心中常苦悲。君既为府吏，守节情不移⑨，鸡鸣入机织，夜夜不得息。三日断五匹⑩，大人故嫌迟⑪。非为织作迟，君家妇难为。妾不堪驱使，徒留无所施⑫。便可白公姥⑬，及时相遣归。"

府吏得闻之⑭，堂上启阿母⑮："儿已薄禄相⑯，幸复得此妇。结发同枕席⑰，黄泉共为友。共事二三年⑱，始尔未为久。女行无偏斜，何意致不厚⑲？"阿母谓府吏："何乃太区区⑳！此妇无礼节，举动自专由㉑。吾意久怀忿，汝岂得自由！东家有贤女，自名秦罗敷㉒。可怜体无比㉓，阿母为汝求。便可速遣之，遣去慎莫留！"府吏长跪告，伏惟启阿母㉔："今若遣此妇，终老不复取！"

阿母得闻之，槌床便大怒㉕："小子无所谓，何敢助妇语！吾已失恩义，会不相从许㉖！"

府吏默无声，再拜还入户。举言谓新妇㉗，哽咽不能语："我自不驱卿㉘，逼迫有阿母。卿但暂还家，吾今且报府㉙。不久当归还，还必相迎取。以此下心意㉚，慎勿违吾语。"新妇谓府吏："勿复重纷纭㉛！往昔初阳岁㉜，谢家来贵门㉝。奉事循公姥㉞，进止敢自专？昼夜勤作息㉟，伶俜萦苦辛㊱。谓言无罪过，供养卒大恩㊲。仍更被驱遣，何言复来还？妾有绣腰襦㊳，葳蕤自生光㊴。红罗复斗帐㊵，四角垂香囊㊶。箱帘六七十㊷，绿碧青丝绳。物物各自异，种种在其中。人贱物亦鄙，不足迎后人㊸。留待作遗施㊹，于今无会因㊺。时时为安慰，久久莫相忘。"

鸡鸣外欲曙，新妇起严妆㊻。着我绣袷裙㊼，事事四五通㊽。足下蹑丝履，头上玳瑁光㊾。腰若流纨素㊿，耳着明月珰(51)。指如削葱根(52)，口如含朱丹(53)。纤纤作细步(54)，精妙世无双。上堂谢阿母，母听去不止。"昔作女儿时，生小出野里(55)，本自无教训，兼愧贵家子。受母钱帛多(56)，不堪母驱使。今日还家去，念母劳家里。"却与小姑别，泪落连珠子："新妇初来时，小姑始扶床；今日被驱遣，小姑如我长。勤心养公姥，好自相扶将(57)。初七及下九(58)，嬉戏莫相忘。"

出门登车去，涕落百余行(59)。府吏马在前，新妇车在后，隐隐何甸甸(60)，俱会大道口。下马入车中，低头共耳语："誓不相隔卿(61)！且暂还家去，吾今且报府。不久当还归，誓天不相负(62)。"新妇谓府吏："感君区区怀(63)。君既若见录(64)，不久望君来。君当作磐石(65)，妾当作蒲苇。蒲苇纫如丝(67)，磐石无转移。我有亲父兄(68)，性行暴如雷。恐不任我意，逆以煎我怀(69)。"举手长劳劳(70)，二情同依依。

入门上家堂，进退无颜仪⑫。阿母大拊掌⑫："不图子自归！十三教汝织，十四能裁衣，十五弹箜篌，十六知礼仪，十七遣汝嫁，谓言无誓违⑬。汝今无罪过，不迎而自归？"兰芝惭阿母："儿实无罪过。"阿母大悲摧⑭。

还家十余日，县令遣媒来。云有第三郎，窈窕世无双⑮。年始十八九，便言多令才⑯。阿母谓阿女："汝可去应之。"阿女衔泪答："兰芝初还时，府吏见丁宁⑰，结誓不别离。今日违情义，恐此事非奇⑱。自可断来信⑲，徐徐更谓之⑳。"阿母白媒人："贫贱有此女，始适还家门㉛。不堪吏人妇㉜，岂合令郎君？幸可广问讯㉝，不得便相许㉞。"

媒人去数日，寻遣丞请还㉟。说有兰家女，承籍有宦官㊱。云有第五郎，娇逸未有婚㊲。遣丞为媒人，主簿通语言㊳。直说太守家，有此令郎君，既欲结大义㊴，故遣来贵门。

阿母谢媒人："女子先有誓，老姥岂敢言㊵？"阿兄得闻之，怅然心中烦。举言谓阿妹："作计何不量㊶！先嫁得府吏，后嫁得郎君。否泰如天地㊷，足以荣汝身。不嫁义郎体㊸，其往欲何云？"兰芝仰头答："理实如兄言。谢家事夫婿，中道还兄门。处分适兄意㊹，那得自任专？虽与府吏要㊺，渠会永无缘㊻。登即相许和㊼，便可作婚姻。"

媒人下床去，诺诺复尔尔㊽。还部白府君㊾："下官奉使命，言谈大有缘。"府君得闻之，心中大欢喜。视历复开书㊿："便利此月内，六合正相应⒅。良吉三十日，今已二十七，卿可去成婚。"交语速装束⒆，络绎如浮云。青雀白鹄舫，四角龙子幡⒇，婀娜随风转㉑。金车玉作轮㉒，踯躅青骢马㉓，流苏金镂鞍。赍钱三百万㉔，皆用青丝穿㉕，杂彩三百匹㉖，交广市鲑珍㉗。从人四五百，郁郁登郡门㉘。

阿母谓阿女："适得府君书⑪，明日来迎汝。何不作衣裳？莫令事不举⑫！"阿女默无声，手巾掩口啼，泪落便如泻。移我琉璃榻⑬，出置前窗下。左手持刀尺，右手执绫罗。朝成绣袷裙，晚成单罗衫。晻晻日欲暝⑭，愁思出门啼。府吏闻此变，因求假暂归。未至二三里，摧藏马悲哀⑮。新妇识马声，蹑履相逢迎，怅然遥相望，知是故人来。举手拍马鞍，嗟叹使心伤。"自君别我后，人事不可量⑯。果不如先愿，又非君所详。我有亲父母⑰，逼迫兼弟兄。以我应他人，君还何所望！"府吏谓新妇："贺卿得高迁！磐石方且厚，可以卒千年；蒲苇一时纫，便作旦夕间。卿当日胜贵⑱，吾独向黄泉。"新妇谓府吏："何意出此言！同是被逼迫，君尔妾亦然⑲。黄泉下相见，勿违今日言！"执手分道去，各各还家门。生人作死别，恨恨那可论！念与世间辞，千万不复全⑳。

府吏还家去，上堂拜阿母："今日大风寒，寒风摧树木，严霜结庭兰。儿今日冥冥㉑，令母在后单。故作不良计㉒，勿复怨鬼神！命如南山石㉓，四体康且直㉔。阿母得闻之，零泪应声落："汝是大家子，仕宦于台阁㉕。慎勿为妇死，贵贱情何薄？东家有贤女，窈窕艳城郭㉖。阿母为汝求，便复在旦夕。"

府吏再拜还，长叹空房中，作计乃尔立㉗。转头向户里，渐见愁煎迫㉘。

其日牛马嘶，新妇入青庐㉙。晻晻黄昏后㉚，寂寂人定初㉛。"我命绝今日，魂去尸长留。"揽裙脱丝履，举身赴清池。府吏闻此事，心知长别离。徘徊庭树下，自挂东南枝㉜。两家求合葬，合葬华山傍㉝。东西植松柏，左右种梧桐。枝枝相覆盖，叶叶相交通㉞。中有双飞鸟，自名为鸳鸯，仰头相向鸣，夜夜达五更。行人驻足听，寡妇起彷徨㉟。多谢后世人㊵，戒之慎勿忘！

[题解与注释]

①《孔雀东南飞》，原题《古诗为焦仲卿妻作》。全诗共三百五十多句，是我国古代长篇叙事诗的经典之作。诗歌以焦仲卿和刘兰芝的爱情悲剧展开故事，深刻地暴露了封建礼教的罪恶本质，成功地塑造了一对具有坚贞爱情，敢于反抗封建礼教的年轻夫妇形象。②建安：东汉献帝年号，公元一九六至二一九。③庐江府：汉郡名，初治在今安徽庐江县西，汉末徙治今安徽潜山县。④不嫁：不再改嫁。⑤孔雀：鸟名。古诗言夫妇离别往往用双鸟起兴。⑥徘徊：停滞不前的样子。⑦素：白色的绢。⑧箜篌（kōng hóu）：古代一种弦乐器，体曲而长，二十三弦或二十五弦。现已失传。⑨守：节操，这里指爱情。⑩断：从机上截下。⑪大人：对长辈的尊称，指焦仲卿的母亲。⑫施：用。⑬白：禀告。公姥：公公和婆婆。这里"公姥"是偏义复词，专指婆婆。以上为第一段，是刘兰芝向焦仲卿诉说苦衷。⑭府吏：指仲卿，他是庐江府小吏。⑮启：告禀。⑯薄禄相：古人迷信相术，从相术见出一个人的贫富贵贱叫作"禄相"。禄相薄相对于厚而言，就是说得到富贵的可能性少。⑰古时候的人到了成婚之夕，男女左右合其髻叫结发。同枕席：同床。是说结为夫妻相亲相爱。⑱共事：共同生活。⑲何意：怎能料想到。不厚：不喜欢。这句是说怎能料想到让母亲不高兴呢。⑳区区：这里是愚笨的样子。㉑自专由：自作主张，由着性子。㉒自名：名叫。㉓可怜：可爱。体：在此处应作貌解，即姿态。㉔伏惟：脸向下叫伏；惟，思维。是古代对长辈说话时的表敬之辞。㉕床：坐具。小床只容一人坐，比板凳稍宽。㉖会：必定。以上是第二段，是府吏母子的问答，府吏要求阿母不要驱逐媳妇，阿母坚决不许。㉗举言：发言，告诉。新妇：媳妇，不专指新嫁娘。㉘卿：称谓之辞。这里是夫对妻的爱称。㉙报：同"赴"，"赴府"是说到庐江府去办公。㉚下心意：低心下意，暂时忍受些委屈。㉛纷纭：麻烦。这句是说不必再找麻烦，也就是说别再提迎婆的事情了。㉜初阳：指阴历十一月。旧有冬至阳气初动之说。㉝谢：辞别。㉞奉事：行事。循：顺从。㉟作息：操作和休息。这里"勤作息"就是勤于操作。㊱伶俜（líng pīng）：孤单伶仃的样子。萦：缠

绕。㊲卒：尽，到底。这句是说，供养公母，得终受其恩。㊳绣腰襦：绣花的短袄。襦（rú），短上衣。㊴葳蕤（wēi ruí）：草木茂盛枝叶下垂的样子。此处形容绣腰襦上所绣花色的繁多。㊵复斗帐：像斗覆盖着的复帐。㊶香囊：盛香料的袋子。㊷帘：同"奁"，嫁妆。㊸后人：指仲卿将来再娶的妻子。㊹遗施：赠送、施与。㊺于今：从今。会因：会面的机会。以上叙述府吏向刘氏传达母亲的意思，兰芝毅然作离开焦家的准备。㊻严妆：认真整妆。㊼袷裙：有里面两层的裙。㊽通：遍。四五通是形容穿戴认真。㊾玳瑁（dài mèi）：龟，古人用其甲壳做饰物。这里指用玳瑁做的头饰。㊿这句是说腰际纨素的光彩像水流动。纨（wán）素，质地轻柔的丝织品。51明月珰：用明月珠做的耳坠。52削葱根：尖削的葱白。53朱丹：红宝石。这里说嘴唇红艳小巧，犹如红宝石一般。54纤纤：小巧。细步：小步慢走。55野里：粗野的地方。这是兰芝谦称自己出身低贱。56钱帛：指聘礼。57扶将：扶持，侍奉。58初七：旧时农历的七月七日夜称"七夕"，妇女在七夕用针做各种游戏叫乞巧。下九，古人以每月二十九日为上九，初九日为中九，十九日为下九。是妇女们欢聚的日子。59涕：泪。以上是第四段，写兰芝被遣回家的当天，认真整妆，从容自在地与焦母及小姑告别，离开焦家的情景。60隐隐、甸甸都是车声。何：语助词。61隔：绝，断绝。62誓天：对天发誓。63区区：即"拳拳"，钟爱的意思。64见录：蒙你记着。录，记。65磐石：宽厚的大石。66妾：古代女子对自己的谦称。蒲苇：蒲草和芦苇，都是水草，质地柔韧。67纫：同"韧"，柔软而不易断裂。这里用来比喻爱情的坚韧。68亲父兄：这里的父兄是专指兄说。69逆：违，违背我的意思。煎：煎熬，逼迫。70举手：是告别的表示。劳劳：惆怅不已。以上是第五段，写仲卿送别兰芝，二人立下互不背弃对方的誓言。71无颜仪：没有脸面。72拊掌：拍手。诗中表惊诧。73誓违：表示过失的意思。74悲摧：哀伤。以上是第六段叙兰芝回母家，初见阿母。75窈窕：美好。76便言：很会说话，有口才。令才：美才。77丁宁：嘱咐。78非奇：不妙。79信：使者。断来信：就是回绝媒人。80之：指出嫁的事。这句是说慢慢再谈它。81适：嫁。始适，出嫁末久。

○82不堪：不配。○83幸：希望。闻讯：打听。○84许：许可，答应。以上第七段，写县令派人来说媒，被刘母婉言谢绝了。○85寻：随即。遣丞：县令差遣县丞。请：因事请命于太守。还：丞还县。○86承籍：承继祖先的仕籍。宦官：即官宦。○87娇逸：娇美俊逸。○88主簿：掌管文书簿籍的官员。○89结大义：即结婚姻。○90姥：老妇。○91不量：不加考虑。○92否泰：都是易经里的卦名，表示坏运和好运。这里"否"指先嫁，"泰"，指后嫁。言先后相较，高下有天地之别。○93义郎：对太守公子的美称。○94处分：处置，吩咐。适：顺从。○95要：约。○96渠会：与他相会。渠，他。○97登即：立即。许和：答应。○98诺诺、尔尔：皆是应声，如说"是是"、"好好"。○99府君：太守。○100历、书：都指历书。古时迷信，凡婚、丧、出行都要翻检历书，以定时日。○101六合：古时选择吉日，要求月建和日辰相合，即子与丑合，寅与亥合，卯与戌合，辰与酉合，巳与申合，午与未合，叫作六合。○102交语：交相传语。速装束：快点准备婚礼。○103络绎：不断，络绎不绝。浮云：形容太守家催婚的使者极多。○104舫：船。青雀舫是画有青雀的船。白鹄舫是画有白鹄的船。○105龙子幡：绣龙的旗帜，挂在船舱的四角。○106婀娜：轻盈飘动的样子。○107金车、玉轮都是形容接亲的车子的华贵。○108踯躅：缓慢不进。青骢（cōng）马：毛色青白相间的马。○109流苏：下垂的缨子，用五彩羽毛做成。金镂鞍：镶刻着金花的鞍子。○110赍（jī）：赠送。○111青丝穿：古时铜钱中间有孔，可用绳索穿起来。用青丝穿钱也是表示华贵。○112杂彩：多种色彩的织品。○113交：交州。广：广州。市：买。鲑（guī）：鱼名。珍：美味。○114郁郁：繁盛热闹的样子。登：即"发"。以上六十二句叙太守遣媒说婚，刘家允婚。○115逼得：刚才得到。○116不举：不成。○117琉璃榻：装饰有琉璃的坐具。榻（tà）：一种坐具。○118晻（àn）晻：日落后昏暗不明的样子。暝：黄昏。以上为第八段，写刘母劝慰兰芝，让他整理嫁衣。○119摧藏：极度哀伤。藏，同"脏"。○120量：料。○121亲父母：生父和生母，下句"弟兄"同。○122日胜贵：一日比一日贵重。○123尔：如此。○124千万：表示坚决之辞。这句是说无论如何不再想保全了。以上为第九段，写仲卿知道兰芝的婚事，连忙请假回来。二人相见之后，共同立下以死殉情的决心。⑫日冥冥：日暮。⑫故：故意。⑫南山石：喻长寿。
⑫康且直：四肢硬朗，身体健康。以上两句是仲卿祝愿焦母的话。⑫台
阁：此处指太守府署。⑬艳城郭：全城数他最艳。⑬乃尔：如此。⑬愁煎
迫：忧愁愈来愈重。以上为第十段，写仲卿回家后，向焦母表明死志。
⑬青庐：以青布幔为屋，行婚礼用。⑬庵庵：同"晻晻"，日光昏暗的样
子。⑬人定初：夜晚人们开始安静下来的时候。⑬自挂：上吊。⑬华山：
庐江府附近的小山，不是五岳之一的华山。⑬交通：交叉。⑬彷徨：徘
徊。⑭多谢：多多告诉。

回车驾言迈①

佚　名

回车驾言迈②，悠悠涉长道。四顾何茫茫③，东风摇百草。
所遇无故物，焉得不速老④！盛衰各有时，立身苦不早⑤。人生
非金石，岂能长寿考⑥！奄忽随物化⑦，荣名以为宝⑧。

［题解与注释］

①这是一首自警自励的诗。诗人客居他乡，从自然界的兴衰想到人生
短暂，又想到正因为人生短暂就该及时努力，建功立业，谋取不朽的荣
誉。②言：助词，无实义。迈：远行。③茫茫：这里形容远远望去草木茂
盛的样子。④焉得：怎能。⑤立身：指立德立功立言等各种事业的建树。
苦：恐怕。⑥考：老。寿考即老寿之意。⑦奄忽：迅速貌。⑧荣名：美
名，光荣的声誉。宝：贵重。

烛烛晨明月①

佚 名

烛烛晨明月②，馥馥秋兰芳③。芬馨良夜发④，随风闻我堂。征夫怀远路，游子恋故乡⑤。寒冬十二月，晨起践严霜⑥。俯观江汉流⑦，仰视浮云翔。良友远别离，各在天一方。山海隔中州⑧，相去悠且长。嘉会难再遇，欢乐殊未央⑨。愿君崇令德⑩，随时爱景光⑪。

[题解与注释]

①这是一首送别诗，勉励友人的同时，表达了积极美好的情怀。②烛烛：明亮的样子。③馥馥：香气浓郁。④芳馨：芳香。⑤游子：诗人自指。"征夫"指友人相对。⑥践：踏。严霜：浓霜。⑦江汉：长江和汉水，是友人将去的地方。这里写的是想象中友人和自己分手后的情景。⑧山海：犹言山水。⑨未央：未尽。这句是说眼下欲别未别，相聚的欢乐还未尽。⑩令德：美德。⑪景光：即光景，光阴。

穆穆清风至①

佚 名

穆穆清风至，吹我罗衣裾。青袍似春草，草长条风舒②。朝登津梁山③，褰裳望所思④。安得抱柱信⑤，皎日以为期⑥。

[题解与注释]

①这是女子春日怀望，希望获得忠贞情感的诗。穆穆：柔和。②条

风：立春时候的东北风。③津梁：桥梁。④褰裳：提起裙裳。褰裳是登桥时的动作。⑤抱柱信：是说战国时的尾生为了信守同一女子的约会，抱着桥桩淹死。⑥皎日：古人往往指日为誓。

高句丽①

王　褒

萧萧易水生波②，燕赵佳人自多③。倾杯覆盌潅潅④，垂手奋袖娑娑⑤。不惜黄金散尽，只畏白日蹉跎。

[题解与注释]

①《汉书》对游侠是这样界定的："意气高，作威于世，谓之游侠。"游侠的活动舞台有二：一是轻死重气、结党连群的游侠之场，二是设乐陈酒，歌舞美人的英隽之域。这首六言乐府旧题，较为真切地展示了游侠的人生空间。前四句写英雄美人的交相辉映，后二句赞游侠舍生取义恐时光流逝功名不立。高句丽，乐府旧题。《通典》曰："高句丽，东夷之国也。"②易水：水名。在河北省西部。源出易县境，入南拒马河。荆轲入秦行刺秦王，燕太子丹饯别于此。《战国策·燕策》："风萧萧兮易水寒，壮士一去兮不复还。"③燕赵佳人：古代燕赵之地多出美女。④倾杯：倾倒杯子，指饮酒。覆盌：倒扣酒杯，指饮酒。潅潅：涕泣垂貌。⑤垂手：手下垂，表示恭敬。娑娑：飘动、轻扬貌。

短歌行①

曹　操

对酒当歌②，人生几何？譬如朝露，去日苦多③。慨当以慷④，忧思难忘。何以解忧？惟有杜康⑤。青青子衿⑥，悠悠我心⑦。但为君故，沉吟至今⑧。呦呦鹿鸣⑨，食野之苹⑩。我有嘉宾，鼓瑟吹笙⑪。明明如月，何时可掇⑫？忧从中来⑬，不可断绝。越陌度阡⑭，枉用相存⑮。契阔谈宴⑯，心念旧恩⑰。月明星稀，乌鹊南飞。绕树三匝⑱，何枝可依？山不厌高⑲，海不厌深，周公吐哺⑳，天下归心。

[题解与注释]

①短歌行：汉乐府古题，但古辞已亡佚。这是曹操的代表作，表达了他求贤若渴的心情和平定天下的壮志。②当：与"对"义近，都是面对之意。③去日苦多：苦于过去的日子太多了。意即剩下的日子不多，感慨生命之短暂。④慨当以慷：犹言既慷且慨。慷慨是意气激昂的意思。⑤杜康：相传是古代开始造酒的人。这里作酒的代称。⑥衿：衣领。青衿是周代学子的服装，这里代指思慕的人。⑦悠悠：长远的样子，用以形容情思连绵不断。⑧沉吟：低吟。⑨呦呦（yōu）：鹿鸣声。⑩苹：即艾蒿。⑪鼓：弹。瑟（sè）：古代的一种弦乐器。笙：管乐器的一种。以上四句是《诗经·小雅·鹿鸣》的原句。这里表示对贤才的渴求。⑫掇：拾取。⑬中：心中。⑭阡、陌：田间小路，南北为阡，东西为陌。这句是说，希望贤才越陌度阡而来。⑮枉：枉驾，劳驾。用：以。相存：相存问。这句是说，劳驾贤士来相存问。⑯契阔：契，投合；阔，疏远。这里是偏义复词，偏用"契"字的意义。⑰旧恩：往日的友好情义。言贤才远来，久别重逢，我当推心置腹地与之交谈，设宴招待，怀念着旧日的友情。⑱匝（zā）：周，圈。以上三句连下一句，四句以乌鹊喻贤者，说他们像乌鹊一样到处寻找归宿之处，但哪儿是他们的依靠呢？⑲厌：满足。⑳周公：周公姬旦，周文王之子，武王之弟。哺：咀嚼在口中的食物。最后四句意思是说，山不满足高，海不满足深，要像周公"吐哺"那样，天下就会一心拥戴我。

步出夏门行 四首选二

曹 操

观沧海①

东临碣石②，以观沧海。水何澹澹③，山岛竦峙④。树木丛生，百草丰茂。秋风萧瑟⑤，洪波涌起。日月之行，若出其中；星汉灿烂⑥，若出其里。幸甚至哉⑦，歌以咏志⑧。

[题解与注释]

①《观沧海》：是曹操的组诗《步出夏门行》的第一首。诗中描写了观览沧海的雄伟景色，表达了诗人的壮阔胸怀。②碣石：山名，在河北省昌黎县北，有巨石矗立山顶。③澹澹：水波动荡的样子。④竦（sǒng）峙（zhì）：高高耸立。⑤萧瑟：风吹草木声。⑥星汉：银河。⑦"幸甚至哉"二句是歌词配乐时所加，与正文并无意思上的直接关联。

龟虽寿①

神龟虽寿②，犹有竟时③。腾蛇乘雾④，终为土灰。老骥伏枥⑤，志在千里；烈士暮年⑥，壮心不已。盈缩之期⑦，不但在天；养怡之福⑧，可得永年⑨。幸甚至哉，歌以咏志。

[题解与注释]

①《龟虽寿》：这是《步出夏门行》中的第四首。本诗抒写了作者"烈士暮年，壮心不已"的豪情壮志和积极进取的精神。②神龟：古人以龟为长寿的甲虫，神龟是其中最灵的一种。③竟：终了，这里指死。④腾蛇：传说中的龙类动物，能乘雾飞行。⑤骥（jì）：千里马。枥（lì）：马

棚。⑥烈士：指有志建立功业或重义轻生的人。暮年：晚年。⑦盈：满。缩：短。盈缩，指人生命的长短。⑧养怡：指修养、不追求利欲的冲淡和平的心性。⑨永年：长寿。

赠从弟①三首选一

刘 桢

其 二

亭亭山上松②，瑟瑟谷中风③。风声一何盛，松枝一何劲！冰霜正惨凄，终岁常端正。岂不罹凝寒④？松柏有本性。

[题解与注释]

①《赠从弟》诗共三首，这是第二首。作者以松柏为喻，勉励他的堂弟坚贞自守，不因外力压迫而改变好的本性。②亭亭：挺立的样子。③瑟瑟：风声。④罹（lí）：遭受。凝寒：严寒。

白马篇①

曹 植

白马饰金羁②，连翩西北驰③。借问谁家子，幽并游侠儿④。少小去乡邑，扬声沙漠垂⑤。宿昔秉良弓⑥，楛矢何参差⑦。控弦破左的⑧，右发摧月支⑨。仰手接飞猱⑩，俯身散马蹄⑪。狡捷过猴猿，勇剽若豹螭⑫。边城多警急，胡虏数迁移。羽檄从北来⑬，厉马登高堤⑭。长驱蹈匈奴⑮，左顾凌鲜卑。弃身锋刃端，性命安可怀？父母且不顾，何言子与妻？名编壮士籍⑯，不得中顾私⑰。

捐躯赴国难，视死忽如归！

[题解与注释]

①本篇又作《游侠篇》，诗中描写了一个武艺高强、机敏勇敢、忠心无私的游侠少年的英雄形象。曹植一生梦想为国建立功业，辅佐明君，志存高远。所以人们多认为此诗是作者借游侠以自况，抒写自己立功报国的理想和抱负。②羁：马络头。金羁，饰以黄金的马络头。③连翩：飞跑不停的样子。④幽、并：皆州名。幽并二州其地相当现在的河北、山西和陕西的一部分。游侠儿：古代指矜尚勇武、救人急难的豪侠之士。⑤扬声：扬名。垂：同"陲"，边疆。⑥宿昔：犹向来，经久，言并非一朝一夕。秉：持。⑦楛（hù）：木名。楛木做的箭叫楛矢。参差：不整齐的样子。⑧控弦：拉弓。的：靶标。⑨摧：射裂。月支：一种箭靶名。⑩仰手：指仰射。接：迎面射击飞行的东西。猱（náo）：猿类，体小敏捷。⑪散：射碎。马蹄：箭靶名。⑫剽：轻快。螭：古代传说中的动物，似龙而黄。⑬檄（xí）：檄文，古代用于征召或声讨的文书。有急事时，上插羽毛，称"羽檄"。⑭厉马：策马。⑮蹈：踩，踏，指冲击敌阵。⑯籍：簿籍。这里指战士的花名册。⑰中顾：心中挂牵。私：私事，个人的事。

咏怀诗①八十二首选一

阮 籍

其三十八首

炎光延万里②，洪川荡湍濑③。弯弓挂扶桑④，长剑倚天外⑤。泰山成砥砺⑥，黄河为裳带。视彼庄周子⑦，荣枯何足赖！捐身弃中野，乌鸢作患害。岂若雄杰士，功名从此大⑧！

［题解与注释］

①《咏怀诗》共八十二首，是阮籍的代表作，内容多为抒写对现实的不满和心中的郁愤，流露出作者反传统的情绪和消极出世的思想。此为《咏怀诗》第三十八首。它借对"雄杰士"的歌颂，表达了诗人想要为国家建功立业的雄心壮志。②炎光：火热阳光。延：遍及。万里：喻广阔大地。③洪川：大江大河。荡：扫平的意思。湍（tuān）：急流的水。濑：激流的水。"湍濑"形容泛滥，比喻天下大乱。④扶桑：神话中的树名。⑤倚：靠。⑥砥砺：磨刀石。此句连同下句意思是说：要使黄河成为衣带，泰山成为磨剑石，使国家永远安宁，国运长久，将功德传给子孙后代。⑦"视彼"四句：表达庄子思想，认为埋葬在地上地下，都不免被食，差别只在让谁啄食。赖，依靠。捐，抛弃。鸢（yuān），老鹰。⑧此：指死后。这句是说庄周在死后被啄食，而英雄豪杰死后功名愈益发扬光大。

壮士篇①

张 华

天地相震荡，回薄不知穷②。人物禀常格③，有始必有终。年时俯仰过，功名宜速崇。壮士怀愤激，安能守虚冲？乘我大宛马④，抚我繁弱弓⑤。长剑横九野，高冠拂玄穹⑥。慷慨成素霓⑦，啸吒起清风。震响骇八荒，奋威曜四戎⑧。濯鳞沧海畔⑨，驰骋大漠中。独步圣明世，四海称英雄。

［题解与注释］

①此诗通过描写壮士驰骋沙场、威震四方的英雄行为，抒发了诗人建功立业的人生理想。②回薄：回旋运转。③禀：承受。常格：常规。④大宛马：西域产的良马。⑤繁弱：古代良弓名。⑥玄穹：天空。⑦素霓：白虹。⑧曜：同"耀"，照耀。⑨濯鳞：遨游。

咏史 八首选三

左 思

其 二①

郁郁涧底松，离离山上苗②。山彼径寸茎③，荫此百尺条④。世胄蹑高位⑤，英俊沉下僚⑥。地势使之然，由来非一朝。金张藉旧业⑦，七叶珥汉貂⑧。冯公岂不伟⑨，白首不见招。

［题解与注释］

①这首诗表达了门阀制度压抑人才的腐败现象，抒发了作者屈居下位的愤懑和不平。②离离：下垂貌。这两句用涧底高大的青松，比喻出身寒门的贤士；用山上矮小的苗叶，比喻出身世族的庸碌。③彼：指"山上苗"。④荫：荫庇，遮盖。百尺条：指涧底松。⑤世胄：豪门贵族的子弟。蹑高位：居高位。⑥下僚：职位低下的僚属。⑦金张：指西汉宣帝时的大官金日磾和张安世。藉：凭借。旧业：指先人遗留的功业。⑧七叶：七代。珥（ěr）：插。貂：貂鼠尾。当时侍中、中常侍等大官，冠旁皆插貂鼠尾作装饰。珥汉貂是在朝做大官的意思。⑨冯公：冯唐，汉文帝时人，曾提出许多切中时弊的建议。但到老仍居郎官小职。伟：奇伟不凡。最后四句，假借汉代史实，抨击的却是当时的社会。

其 三①

吾希段干木②，偃息藩魏君③。吾慕鲁仲连④，谈笑却秦军。当世贵不羁⑤，遭难能解纷，功成耻受赏，高节卓不群⑥。临组不肯绁⑦，对珪宁肯分⑧。连玺耀前庭⑨，比之犹浮云⑩。

［题解与注释］

①这首诗借对段干木和鲁仲连的称赞，抒发自己的愤郁不平的心情。
②希：仰慕。段干木：战国魏文侯时贤人，隐居不仕，文侯尊他为师。
③偃息：安卧不仕。藩：屏障。藩魏君，为魏的屏藩。这句是说：段干木虽然隐居不仕，却能庇佑祖国。④鲁仲连：战国时齐国的高士，善奇谋，能言辩。一次到赵国，正值秦将白起围赵，赵国迫于威势，打算屈服。鲁仲连仗义执言，斥退了秦国说客辛垣衍，迫使秦国退兵五十里，正好魏国的救兵赶到，于是解了赵国之围。⑤不羁：不受别人笼络。⑥不群：不同于一般人。以上四句仍说鲁仲连的美谈。秦兵退却之后，赵国国相平原君欲赠以千金，仲连说：君子是为人"排患、释难、解纷乱"，并不图别人报偿。终不肯受。⑦组：系玺的丝带。缧（xiè）：系结。当时官员的印玺用绶带系结于腰间，"不肯缧"是不愿接受官职的意思。⑧珪：玉器，上圆下方，古代封爵时，不同爵位领发不同的珪。⑨连玺：成串的官印。
⑩浮云：代指与自己没有关系的事物。

其 六①

荆轲饮燕市②，酒酣气益振。哀歌和渐离，谓若傍无人。虽无壮士节，与世亦殊伦③。高眄邈四海④，豪右何足陈⑤？贵者虽自贵，视之若埃尘。贱者虽自贱，重之若千钧⑥。

［题解与注释］

①此诗歌颂荆轲。并借助于对荆轲人生的评价，表达了对豪门大族的鄙视。②荆轲：战国时齐人，好读书击剑。为燕太子丹刺秦王，失败被杀。他在燕国和燕国的狗屠及善击筑的高渐离是好朋友，常同在市中饮酒，高渐离击筑，荆轲哀歌相和，以至激动流泪，旁若无人。③殊：不同，差异。伦：同等，同类。④邈：小。⑤豪右：豪门右姓，指贵族大家。⑥钧：量名，三十斤为一钧。最后四句表示对于豪右的鄙视。

癸卯岁始春怀古田舍①二首选一

陶渊明

其 二

先师有遗训②，忧道不忧贫。瞻望邈难逮③，转欲志长勤④。秉耒欢时务⑤，解颜劝农人⑥。平畴交远风⑦，良苗亦怀新。虽未量岁功⑧，即事多所欣。耕种有时息⑨，行者无问津。日入相与归，壶浆劳近邻⑩。长吟掩柴门，聊为陇亩民⑪。

[题解与注释]

①这首诗通过怀念古代的躬耕隐士长沮、桀溺，抒发自己在劳动中体会到的喜悦。②先师：对孔子的尊称。③逮：及，达到。④勤：指耕作劳动。⑤时务：及时应做的事，指农事。⑥解颜：面露笑容。⑦平畴（chóu）：平坦的田地。⑧岁功：年成，指一年的收获。⑨"耕种"二句：耕作之际，随时可以歇息；往来的人也用不着询问渡口在何处。问津，问渡口。这里诗人以长沮、桀溺那样的隐者自比。⑩劳：慰劳。⑪陇亩民：即农民。

饮酒①二十首选一

陶渊明

其 五

结庐在人境，而无车马喧。问君何能尔②，心远地自偏。采菊东篱下，悠然见南山③。山气日夕佳，飞鸟相与还。此中有真意④，欲辨已忘言⑤。

[题解与注释]

　　①《饮酒》诗共二十首。内容都是酒后的题咏，或抒写对时俗的蔑弃，或赞美隐居的闲适，或表白自己的志向。这是第五首，写隐退后安贫乐道、悠然自得的心情。②尔：如此。③悠然：安闲貌。南山：即庐山，在柴桑之南。④真意：人生的真正意义。⑤忘言：庄子有"言者所以在意也，得意而忘言。"形容人生真意不知如何用言语来表达。

归园田居 五首选二

陶渊明

其　一①

　　少无适俗韵②，性本爱丘山。误落尘网中③，一去三十年④。羁鸟恋旧林⑤，池鱼思故渊。开荒南野际，守拙归园田⑥。方宅十余亩⑦，草屋八九间。榆柳荫后檐⑧，桃李罗堂前。暧暧远人村⑨，依依墟里烟⑩。狗吠深巷中，鸡鸣桑树颠⑪。户庭无尘杂⑫，虚室有余闲⑬。久在樊笼里⑭，复得返自然。

[题解与注释]

　　①《归园田居》共五首，作于辞官归隐后的第二年。此为第一首，写诗人辞官归隐的志向，以及归园田后的愉快生活和欣喜心情。②适：适应、投合。俗韵：世俗的气韵、性情。③尘网：尘世的罗网，指仕途。④三十年：应为"十三年"。陶渊明做官十二年，次年写此诗，共十三年。⑤"羁鸟"二句：关在笼中的鸟依恋旧林，困在小池中的鱼思念从前的深潭。这是用羁鸟、池鱼比喻仕途的束缚，以旧林、故渊比喻田园生活的愉

悦。⑥拙：愚拙。这句是自谦的话，说自己宁愿抱守愚拙的本性归隐田园，而不愿混迹在巧弄计谋的仕途之中。⑦方：四周。⑧荫：遮蔽。⑨暧暧（ài）：昏暗的样子。⑩墟：村落。⑪颠同"巅"，顶部。⑫尘杂：喻世俗往来。⑬虚室：静室。⑭樊笼：鸟笼，关鸟兽的笼子。指仕途的"尘网"。

其　三①

种豆南山下，草盛豆苗稀。晨兴理荒秽②，带月荷锄归。道狭草木长，夕露沾我衣。衣沾不足惜，但使愿无违③。

[题解与注释]

①此为《归园田居》第三诗。写早出晚归的劳动生活，以及诗人对劳动的感受，蕴含着对躬耕自给生活的赞美。②兴：起。荒秽：指豆田中的杂草。③愿：指隐居归耕。

读山海经 十三首选二

陶渊明

其　一①

孟夏草木长②，绕屋树扶疏③。众鸟欣有托，吾亦爱吾庐。既耕亦已种，时还读我书。穷巷隔深辙④，颇回故人车⑤。欢然酌春酒，摘我园中蔬。微雨从东来，好风与之俱。泛览周王传⑥，流观山海图⑦。俯仰终宇宙⑧，不乐复何如。

[题解与注释]

①《读山海经》是组诗，共十三首，是诗人读书后有感之作。此为第

一首，是全组诗的总序，写隐居多闲，耕种之余泛览图书的乐趣。②孟夏：初夏，农历四月。③扶疏：枝叶茂盛的样子。④穷巷：陋巷。隔：隔绝。深辙：指达官贵人所乘的大车。⑤回：回转。这句是说：因为居住在乡野的陋巷里，大车进不来，因此常使旧友回车离去。⑥周王传：指周穆王驾八骏西征的故事。⑦山海图：即《山海经》图。⑧俯仰：喻时间之快速，意谓顷刻之间。终：穷尽。

其 十①

精卫衔微木②，将以填沧海③。刑天舞干戚④，猛志故常在。同物既无虑⑤，化去不复悔⑥。徒设在昔心⑦，良辰讵可待⑧。

[题解与注释]

①此为《读山海经》第十首。歌颂精卫和刑天至死不屈的斗争精神，慨叹美好的事物随时光一同消逝，寄托诗人慷慨不平的心情。②精卫：据说是炎帝的小女儿女娃变成。女娃游于东海，被淹死，化作精卫，常衔西山之木石以填东海。微木：细小之木。③以：用。沧海：大海。④刑天：《山海经·海外西经》说，有兽名刑天，与帝争神，帝断其首，乃以乳为目，以脐为口，操干戚以舞。干，盾。戚，大斧。⑤"同物"句：言人死后化为异物，与物同类，如女娃之化为飞鸟，当无忧虑。⑥化去：死去。⑦徒：徒然，枉自。设：具有。在昔心：昔日的雄心壮志。⑧良辰：美好的时光。讵：岂。

庚戌岁九月中于西田获早稻①

陶渊明

人生归有道②，衣食固其端③。孰是都不营④，而以求自安？开春理常业⑤，岁功聊可观⑥。晨出肆微勤⑦，日入负耒还。山中饶霜露⑧，风气亦先寒⑨。田家岂不苦？弗获辞此难⑩。四体诚乃疲，庶无异患干⑪。盥濯息檐下⑫，斗酒散襟颜⑬。遥遥沮溺心⑭，千载乃相关⑮。但愿长如此，躬耕非所叹。

[题解与注释]

①此诗反映了诗人收获早稻后的喜悦心情，体会到劳动的艰苦，表示了躬耕的决心。庚戌岁：晋安帝义熙六年（公元四一〇年），诗人 46 岁。②有道：有常理。③固：本来。端：首，首要，开端。以上二句是说，人生总归有常道，衣食本是人生最首要的。④孰：谁。是：指衣食。营：经营。⑤理：治理。常业：日常的工作，这里指耕作。⑥岁功：指一年劳动的收获。聊：依托，依赖。⑦肆：操。肆微勤，从事轻微的劳动。⑧饶：多。⑨风气：气候。⑩弗获：犹言不能。辞：推脱。此：指农事劳作。以上二句是说，田家难道不苦吗？但不能不做艰难的劳动。⑪庶：也许，差不多。异患：未料到的祸患。干：相犯，相侵扰。⑫盥（guàn）：洗手。濯（zhuó）：指洗脚。⑬斗酒：相当于一碗酒。散：消散，排遣。襟：指胸怀。以上二句是说，劳动后洗完手脚，坐在屋檐下休息，以酒消愁解闷。⑭沮溺：长沮和桀溺，古时的两位隐士。⑮相关：相合。

移居①二首选一

陶渊明

其 一

昔欲居南村②，非为卜其宅③。闻多素心人④，乐与数晨夕⑤。怀此颇有年，今日从兹役⑥。弊庐何必广，取足蔽床席。邻曲时时来⑦，抗言谈在昔⑧。奇文共欣赏，疑义相与析⑨。

[题解与注释]

①陶渊明四十六岁时，因火灾移居南村，《移居》二首，记述迁居以后的生活片段。此为第一首，写在新居与邻里交往促谈的乐趣，反映出作者遭遇火灾之后，不向自然灾祸屈服的乐观精神。②南村：在浔阳城南，今江西九江市附近。③卜其宅：占卜住宅的吉凶，看能不能居住，是一种迷信的做法。④素心人：心地朴素的人。⑤数晨夕：屡共朝夕。⑥从：从事。役：指搬迁南村这件事。⑦邻曲：邻居。⑧抗言：高谈阔论。在昔：往昔发生的事。⑨相与：互相。析：分析疑义。以上两句说：有不寻常文章共同欣赏，遇到疑难互相探讨分析。

咏荆轲①

陶渊明

燕丹善养士②，志在报强嬴③。招集百夫良，岁暮得荆卿④。君子死知己，提剑出燕京。素骥鸣广陌⑤，慷慨送我行。雄发指危冠⑥，猛气冲长缨⑦。饮饯易水上⑧，四座列群英。渐离击悲筑⑨，宋意唱高声⑩。萧萧哀风逝，淡淡寒波生。商音更流涕⑪，羽奏壮士惊⑫。心知去不归，且有后世名。登车何时顾，飞盖入秦庭⑬。凌厉越万里⑭，逶迤过千城⑮。图穷事自至⑯，豪主正征营⑰。惜哉剑术疏⑱，奇功遂不成⑲。其人虽已没⑳，千载有余情。

[题解与注释]

①这是一首咏史诗，通过对荆轲侠骨豪情的歌颂，抒发了作者仇视暴虐，赞美正义与忠贞的感情。荆轲，战国时卫人，后入燕，为燕太子丹报仇，以奉献燕国地图为名，藏匕首刺秦王，不成被杀。②燕丹：即燕太子丹，战国时燕王喜的太子。士：春秋战国时诸侯的门客。③强嬴：指秦国，秦王姓嬴，故称。④荆卿：即荆轲，卿是尊称。⑤素骥：白马。《史

记》载荆轲从燕国出发时，太子丹与门客都穿戴白色衣冠以表死别，相送于易水之上，故马也是白色的。广陌：大路。⑥指：撑起。危：高。⑦长缨：用以结冠的丝带。⑧饮饯：饮酒送别。易水：在今河北省易县境内。⑨渐离：高渐离，与荆轲为至交，善于击筑。筑：古代的一种乐器，形状像筝。⑩宋意：燕国的勇士，燕丹的宾客。⑪商音：商声为五音之一，古代音乐分为宫、商、角、徵、羽五音。商音比较凄凉。⑫羽奏：指五音之一的羽音，羽音比较激越。⑬盖：车的顶盖，指车。⑭凌厉：勇往直前的样子。⑮逶迤：曲折漫长的样子。⑯图：指燕国地图。荆轲将匕首藏在图中，图穷而匕首现。事：指谋刺秦王之事。⑰豪主：指秦始皇。征营：同"怔营"，受惊的样子。⑱疏：生疏，不精。⑲奇功：指谋刺秦王的壮举。⑳没：死。

陇上歌①

佚 名

陇上壮士有陈安，躯干虽小腹中宽。爱养将士同心肝，骃骢父马铁锻鞍②。七尺大刀奋如湍③，丈八蛇矛左右盘④。十荡十决无当前⑤，百骑俱出如云浮。追者千万骑悠悠，战始三交失蛇矛。十骑俱荡九骑留，弃我骃骢窜岩幽。天大降雨追者休⑥，为我外援而悬头。西流之水东流河，一去不还奈子何。阿呼呜呼奈子何，呜呼阿呼奈子何。

[题解与注释]

①这是一首古谣谚。其从不同角度塑造了陇上壮士陈安的英雄形象，并表达了诗人对英雄战败被杀的无限惋惜。②骃骢：疾驰的骢马。骢，青白色的马。父马：雄马。③奋：用力挥动或摇动。④蛇矛：古兵器名，矛之长者。⑤荡：冲撞，冲杀，触碰。⑥休：停止。

代挽歌①

鲍 照

独处重冥下②，忆昔登高台。傲岸平生中，不为物所裁③。埏门只复闭④，白蚁相将来。生时芳兰体，小虫今为灾。玄鬓无复根⑤，枯髅依青苔。忆昔好饮酒，素盘进青梅。彭韩及廉蔺⑥，畴昔已成灰。壮士皆死尽，余人安在哉？

[题解与注释]

①《挽歌》，是古代送葬所唱之歌，使挽枢者歌之，故称。本诗是鲍照的模拟之作。通过死者生前死后两种境况的对照，赞颂了死者高洁旷远的志士情怀，同时借死者自比，表达了自己愤世嫉俗的思想倾向。②重冥：九泉，指地下。③裁：节制，约束。④埏门：墓门。⑤玄鬓：黑色鬓发。⑥彭韩：即彭越和韩信。廉蔺：即廉颇和蔺相如。

代出自蓟北门行①

鲍 照

羽檄起边亭，烽火入咸阳②。征骑屯广武③，分兵救朔方④。严秋筋竿劲⑤，虏阵精且强⑥。天子按剑怒，使者遥相望⑦。雁行缘石径⑧，鱼贯度飞梁。箫鼓流汉思⑨，旌甲披胡霜。疾风冲塞起，沙砾自飘扬。马毛缩如猬，角弓不可张⑩。时危见臣节，世乱识忠良。投躯报明主，身死为国殇⑪。

[题解与注释]

①《出自蓟北门行》是汉魏乐府旧题，古辞不存。本诗写北边告警，

军队出征，歌颂了将士保卫国家不惜捐躯的爱国精神，形象鲜活生动，风格雄壮悲凉。蓟，古燕国都城，在今北京城西南隅。②咸阳：秦都城，故址在今陕西省咸阳市的渭城。这里泛指京城。③征骑：征调骑兵。屯：驻军。广武：县名，在今山西省代县。④朔方：郡名，即今内蒙古自治区境内黄河以南的地方。⑤严秋：肃杀的秋天。筋竿：弓弦和箭竿，指弓箭。⑥虏阵：指敌人的军队。⑦"使者"句：指天子遣使发兵御敌，使者很多，一个接着一个。⑧雁行：排列如雁飞的行列。缘：沿着。石径：山石小路。⑨箫鼓：指军队中演奏的军乐。流汉思：流露出对汉朝的思念。汉与匈奴多战，并击败了匈奴，故"流汉思"是思汉之强。⑩角弓：一种弓背饰以兽角的强弓。张：拉弓为张弓。⑪国殇（shāng）：指为国牺牲的人。

木兰诗①

佚　名

　　唧唧复唧唧②，木兰当户织③。不闻机杼声④，唯闻女叹息。问女何所思，问女何所忆。女亦无所思，女亦无所忆。昨夜见军贴⑤，可汗大点兵⑥。军书十二卷⑦，卷卷有爷名⑧。阿爷无大儿，木兰无长兄。愿为市鞍马⑨，从此替爷征。东市买骏马，西市买鞍鞯⑩。南市买辔头⑪，北市买长鞭。且辞爷娘去，暮宿黄河边。不闻爷娘唤女声，但闻黄河流水鸣溅溅⑫。且辞黄河去，暮至黑山头⑬。不闻爷娘唤女声，但闻燕山胡骑鸣啾啾⑭。万里赴戎机⑮，关山度若飞⑯。朔气传金柝⑰，寒光照铁衣⑱。将军百战死，壮士十年归。归来见天子，天子坐明堂⑲。策勋十二转⑳，赏赐百千强㉑。可汗问所欲，木兰不用尚书郎㉒。愿驰千里足，送儿还故乡。爷娘闻女来，出郭相扶将㉓。阿姊闻妹来，当户理红妆㉔。小弟闻姊来，磨刀霍霍向猪羊㉕。开我东阁门，坐我西阁床㉖。脱我战时袍，著我旧时裳。当窗理云鬓㉗，对镜帖花黄㉘。出门看伙伴㉙，伙伴皆惊惶。同行十二年，不知木兰是女郎。雄兔脚扑朔㉚，雌兔眼迷离㉛。双兔傍地走㉜，安能辨我是雄雌。

[题解与注释]

①木兰辞是北朝民歌的千古绝唱，通过木兰女扮男装替父从军的故事塑造了一个女英雄，表现了一个爱家爱国的中华美德和英勇善良的优秀品质。②唧唧：叹息声。复：再，又。③当户：对着窗户。④机杼：织布机上的梭子。⑤军帖：征兵的文书。⑥可汗：古代西北各族人民对君主的称呼。点兵：征兵。⑦军书：征兵的名策。十二卷：和下面的"十二转"、"十二年"中的"十二"都是表示多的概数。⑧爷：爹，方言。⑨市：买。鞍马：马鞍和马匹。⑩鞯：马鞍下的垫子。⑪辔头：拴牲口的笼头。⑫溅溅：水流冲击声。⑬黑山：即杀虎山，在今内蒙古呼和浩特市东南。⑭燕山：指燕然山，即今蒙古人民共和国境内的杭爱山。啾啾：马鸣声。⑮戎机：战机。⑯关山：关塞和山脉。⑰朔气：北方的寒气。金柝：即刁斗。白天用来煮饭，晚上用来巡更。⑱铁衣：战士穿的铁甲。⑲明堂：天子接见臣下的殿堂。⑳策勋：记功。转：军功增多一级，官爵也随之升一级，叫作一转。㉑强：多、余。㉒尚书郎：尚书省的高级官员。㉓郭：外城。扶将：扶持。㉔理红妆：梳妆打扮。㉕霍霍：磨刀声。㉖床：古代坐具。㉗云鬓：浓密如云的鬓发。㉘帖花黄：古代妇女用黄粉涂在额上的一种装饰。㉙伙伴：同伍的士兵。㉚扑朔：跳跃的样子。㉛迷离：模糊不清的样子。㉜傍：贴，靠。

敕勒歌①

佚 名

敕勒川②，阴山下③。天似穹庐④，笼盖四野⑤。天苍苍⑥，野茫茫⑦，风吹草低见牛羊⑧。

［题解与注释］

①据《乐府诗集》引《乐府广题》载，这首诗为北齐大将斛律金用鲜卑语演唱的敕勒族民歌。后由鲜卑语转译成汉语。古代的诗评家如谢榛、王夫之、沈德潜等认为这首诗的作者为斛律金，值得商榷；认为是鲜卑族的民歌，亦不确实。应该是敕勒族民歌。这首敕勒族牧歌，王世贞赞为"为一时乐府之冠"（《艺苑卮言》）。此诗取景遣韵，寓目吟成，所以自然高妙，真气惊人。风格粗犷豪放、浑厚高古。②敕勒川：敕勒，又叫铁勒，北齐时住在朔（今山西省北部）附近的一个民族。川，平原。③阴山：即阴山山脉，起于河套西北，绵亘内蒙古自治区南部，与内兴安岭相接。④穹庐：圆顶帐篷，俗称蒙古包。⑤笼盖：笼罩。⑥苍苍：青色。⑦茫茫：广阔无际的样子。⑧见：现。

唐代诗词

菩萨蛮①

敦煌词

枕前发尽千般愿②，要休且待青山烂③。水面上秤锤浮④，直待黄河彻底枯⑤。

白日参辰现⑥，北斗回南面⑦。休即未能休⑧，且待三更见日头⑨。

[题解与注释]

①本词表达青年男女对爱情的忠贞不渝。作品选取了自然界一系列不可能发生的现象，信誓旦旦地表明背信弃义之不可能。表现了主人翁对爱情的忠诚和对背叛爱情的坚决否定。②发愿：佛教语，指普度众生的广大愿心，后泛指许下心愿或表达愿望。发：表达、说出、许下。千般：各种各样。③休：断绝关系。青山烂：指山石破碎、风化，极言时间之长久。④秤锤：秤砣。此处取其重之意。⑤枯：枯竭、干涸。⑥参（shēn）辰：

两星名。参星在西，辰星（即商星）在东；两颗星不能同时出现，在白天更看不到。⑦北斗：北斗星，是由七颗星星在北方天上排列成斗形，故称。连接其中天璇、天枢二星并延长5倍处，便是北极星所在，故北斗星常被当作指示方向和寻找星座的标志。⑧即：连词，犹"则"，表示转折。⑨三更：指夜间12时左右，约当半夜。日头：太阳。

菩萨蛮①

敦煌词

敦煌古往出神将②，感得诸蕃遥钦仰③。效节望龙庭④，麟台早有名⑤。

只恨隔蕃部⑥，情悬难申吐⑦。早晚灭狼蕃⑧，一齐拜圣颜⑨。

［题解与注释］

①本词作反映的是敦煌军民在建中二年前英勇奋战的壮志豪情。通过讴歌敦煌自古以来不受屈辱的光荣历史，表现出当地人民英勇不屈的传统精神。②敦煌：郡名，西汉元鼎六年（公元前111）分酒泉郡置。治所在今甘肃敦煌市，西当玉门关、阳关，是著名的河西四郡之一，历来为兵家必争之地。神将：英勇善战的非凡将领。③感得：使受感染。诸蕃：指边疆各少数民族。钦仰：景仰、敬慕。④效节：为国家尽忠节。龙庭：即朝廷，此处指唐王朝。"效节"句便指为朝廷效忠尽力。一说龙庭即指匈奴单于祭天之所，代指边关，全句之意便是希望通过对边关的作战为国尽力。⑤麟台：即麒麟阁，汉宣帝时曾将霍光等11功臣像画于阁上，以表彰其功绩；后以麒麟阁为国家最高的荣誉或卓越功勋的代名词。⑥隔蕃部：代宗广德二年（764）至德宗建中元年（780），河西陇右诸州自西向东被吐蕃攻陷，只有沙州（即敦煌郡）独自保全下来，但敦煌到长安的道路却被阻隔。蕃部：与下文的"狼蕃"同指吐蕃（bō 播），7至9世纪我国古

代藏族所建政权，盛时辖有青藏高原，势力达到西域、河陇地区，后也用来指当地土著。⑦情恳：情意恳切。申吐：申诉、倾吐。⑧早晚：何时。⑨圣颜：对皇帝的尊称。这里以拜见天子代表回归唐王朝的怀抱。

生查子①

敦煌词

三尺龙泉剑②，匣里无人见。一张落雁弓③，百只金花箭④。
为国竭忠贞⑤，苦处曾征战⑥。先望立功勋⑦，后见君王面⑧。

[题解与注释]

①本词歌颂戍边将士不畏劳苦，赤诚报国的英雄气概。全诗气宇轩昂，直抒胸臆，充满豪气。②龙泉剑：宝剑名，即龙渊剑，唐时避高祖李渊讳，改称龙泉。后泛指珍贵、锋利的宝剑。③落雁弓：《国语》："更盈侍魏王，见一雁过，曰：'臣能遥弓而落雁。'乃弯弓向雁，雁即落。"此处指精良的强弓，兼喻射技之高超。④百只：犹百支。金花箭：饰有金花的箭，代指精美的箭。⑤竭：尽力、效节。⑥苦处：艰苦的时、地。⑦望：指望、希望。⑧"见君王面"：指受到君主接见，这是对有功的臣子的一种荣誉。

野 望①

王 绩

东皋薄暮②望，徙倚③欲何依。
树树皆秋色，山山唯落晖。
牧人驱犊④返，猎马带禽⑤归。
相顾无相识，长歌怀采薇⑥。

[题解与注释]

①本诗见于初唐，它一改南北朝绮靡诗风，用朴素的语言表达出文人士子脱俗的风骨和彷徨的心态，一方面有知音难求的困惑，另一方面也有心怀高洁的寄托。把人之常情表达得淋漓尽致。②东皋：作者隐居之地，在他的故乡龙门。皋，水边高地。薄暮：黄昏。③徙倚：徘徊，心神不定的样子。④犊：小牛。⑤禽：指猎物。⑥采薇：《史记》载：周灭商后，伯夷、叔齐隐居首阳山，不食周粟，采薇而食。指隐居。

在狱①咏蝉

骆宾王

西陆②蝉声唱，南冠③客思深。

那堪玄鬓④影，来对白头吟⑤。

露重飞难进，风多响易沉。

无人信高洁⑥，谁为表予心。

[题解与注释]

①这是诗人身处囹圄自述心情的作品，诗中以蝉作喻，表达高洁的品格，为自己辩白，全诗情感充沛，用典丰富，语多双关，令人品味。在狱：作者为长安主簿时，因上书得罪武后而下狱，后贬为临海丞。②西陆：指秋天。③南冠：楚冠，代指囚徒。④玄鬓：指蝉。⑤白头吟：乐府曲名。⑥高洁：高尚纯洁。

送杜少府①之任蜀州②

王　勃

城阙辅三秦③，风烟望五津④。

与君离别意，同是宦游⑤人。

海内⑥存知己，天涯若比邻⑦。

无为在歧路⑧，儿女共沾巾⑨。

[题解与注释]

①这首送别诗一改古来送别作品悲哀伤感之情调，表现出爽朗阔大清新雅健的气度，成为千古名诗，成为千百年朋友送别表达友谊的典范。少府：县尉的别称。②蜀州：今四川崇州。③三秦：泛指秦岭以北、函谷关以西的广大地区。项羽入灭秦后，把秦国故地分为三部分，分封给秦朝的三个降将，故称"三秦"。④五津：四川岷江的五个渡口，此泛指四川。⑤宦游：出外做官。⑥海内：全国各地。古人认为大陆四周为大海所包围，故称天下为四海之内。⑦比邻：近邻。⑧歧路：分别之处。⑨沾巾：指挥泪告别。

从军行①

杨　炯

烽火②照西京③，心中自不平④。

牙璋⑤辞凤阙，铁骑绕龙城⑥。

雪暗凋旗画，风多杂鼓声。

宁为百夫长⑦，胜作一书生。

[题解与注释]

①从军行：乐府旧题，属《相和歌辞·平调曲》。这是一首书生从军，奔赴边关参加战斗的诗，展示了唐军同敌军生死搏斗的氛围，也抒发了诗人保家卫国的壮志豪情，渲染了战争年代士子投笔从戎的英雄主义精神，全诗雄浑刚健，慷慨激昂，读来令人荡气回肠。②烽火：古代边防报警的信号。③西京：指长安。④不平：难以平静。⑤牙璋：调兵的符牒。由两块合成，朝廷与主帅各执其半，嵌合处呈齿状，故称。代指出征的将帅。⑥龙城：汉时匈奴大会祭天之处。故址在今蒙古国鄂尔浑河东侧。泛指敌方要塞。⑦百夫长：泛指下级武官。

回乡偶书①

张九龄

贺知章

少小离家老大回，乡音无改鬓毛②衰。
儿童相见不相识，笑问客③从何处来。

[题解与注释]

①本诗通过一个日常生活中的场景，表现回到故乡的诗人感受，尽管诗人口吻是轻松的，场面是自然的，但深度的伤感之情还是力透纸背。偶书：随意写下来。②鬓毛：鬓发。③客：指作者。

望月怀远①

张九龄

海上生明月，天涯共此时。
情人怨遥夜②，竟夕③起相思。
灭烛怜光满④，披衣觉露滋⑤。

不堪盈手赠，还寝梦佳期。

［题解与注释］

①这是一首月夜思人的名诗，诗人把强烈的思念之情很好地与梦与月融汇在一起，营造出真实感人的诗境，产生异常的感人效果。怀远：思念远方的亲人。②遥夜：漫漫长夜。③竟夕：通宵。④怜光满：怜爱满屋的月光。⑤露滋：露水浸湿。

柘枝引①

佚　名

将军奉命即须行②，塞外领强兵③。
闻道烽烟动④，腰间宝剑匣中鸣⑤。

［题解与注释］

①本词以紧凑的结构、激昂的语言、形象的比喻，歌颂了守边大将威武刚强、慷慨报国的英雄本色。整首作品充满了雄壮、阳刚的气势。②奉命：遵命、接受命令。即须：就必须。③塞外：一作"塞北"，旧时指外长城以北，包括内蒙古、甘肃、宁夏的北部及河北省长城以北地区；亦泛指北方边关。领：将领、率领。④闻道：犹"听到"。道：助词，相当于得、到。烽烟动：出现边警。烽烟：古时边境有敌入侵，即于高台上举火燔烟以报警。⑤宝剑匣中鸣：晋王嘉《拾遗记·颛顼》：（颛顼）"有曳影之剑，腾空而舒。若四方有兵，此剑即飞起指其方，则剋伐。未用之时，常于匣里如龙虎之吟。"本以指宝剑的神通，后转而以剑鸣匣中喻急切的赴敌之情。

凉州曲①

王 翰

葡萄美酒夜光杯②，欲饮琵琶马上催。

醉卧沙场君莫笑，古来征战几人回。

[题解与注释]

①凉州曲：一作《凉州词》。唐乐府名，属《近代曲辞》。凉州即今甘肃武威。本诗所表现的狂放人生和视死如归是一种近乎无所谓的人生境界，也不是一般人所能做到的，这展示了一个人的人生价值追求和人格上的自信。②夜光杯：白玉杯，夜间有光。

登鹳雀楼①

王之涣

白日依山②尽，黄河③入海流。

欲穷千里目，更上一层楼。

[题解与注释]

①千古名诗，寓理于景。不仅意境阔大，而且言简意深。此诗语言自然简洁、调谐对工，为后人称道。登鹳雀楼：一作《登鹳鹊楼》。楼故址在今山西永济。②山：指中条山。③黄河：鹳雀楼下临黄河。

送朱大人秦^①

王之涣

游人武陵去^②，宝剑直千金。

分手脱^③相赠，平生一片心。

[题解与注释]

①送友人赠礼物是人之常情，但诗人以剑相赠，用意深远。一是自己用的剑相赠，以表情谊；二是以剑相赠，是对朋友的激励，包涵了诸多心语，读来令人回味。②武陵：武陵源，借指避乱隐居之处。③脱：解下。

塞上曲^①

王昌龄

蝉鸣桑树间，八月萧关^②道。

出塞入塞寒，处处黄芦草。

从来幽并^③客，皆共沙尘老。

莫学游侠儿^④，矜^⑤夸紫骝^⑥好。

[题解与注释]

①塞上曲：乐府歌曲。本诗表达了人生易逝的感慨和惜时务实的精神追求。②萧关：宁夏古关塞名。③幽并：幽州与并州，今河北、山西和陕西北部。④游侠儿：游侠少年。⑤矜：自鸣得意。⑥紫骝：紫色骏马。

塞下曲①

王昌龄

饮马渡秋水，水寒风似刀。

平沙日未没，黯黯②见临洮③。

昔日长城战，咸④言意气高。

黄尘足今古，白骨乱蓬蒿。

［题解与注释］

①塞下曲：乐府歌曲，古时边塞地区的一种军歌。表现了边人的艰辛生活和战斗意志，充满了人生无常的慨叹。②黯黯：同暗暗。③临洮：在今甘肃东部，是长城的起点。④咸：都。

出　塞①

王昌龄

秦时明月汉时关，万里长征人未还。

但使②龙城飞将③在，不教胡马度阴山④。

［题解与注释］

①这是一首边塞诗的名作，在时间的广度和历史的深度上营造出雄浑悲壮的意境，对汉将军李广的怀念中蕴含着深刻的现实深义。②但使：只要。③龙城飞将：指汉边将飞将军李广。此处代指优秀将帅。④阴山：在今内蒙古北部。

从军行①七首选四

王昌龄

其 一

烽火城西百尺楼，黄昏独坐海风秋。

更吹羌笛②关山月③，无那④金闺万里愁。

其 二

琵琶起舞换新声⑤，总是关山⑥旧别情。

撩乱边愁⑦听不尽，高高秋月照长城。

其 四

青海⑧长云暗雪山，孤城遥望玉门关⑨。

黄沙百战穿金甲，不破楼兰⑩终不还。

其 五

大漠风尘日色昏⑪，红旗半卷出辕门⑫。

前军夜战洮河⑬北，已报生擒吐谷浑⑭。

[题解与注释]

　　①从军行：乐府旧题，《相和歌辞·平调曲》，多反映军旅辛苦生活。这组军旅诗把边关风貌与军旅生活及战争场面有机结合起来，从不同角度表现了军人情感的方方面面，但为国建功、驻守边关、克敌制胜始终是主导，这也使他们的乡愁和别情显得更深刻。②羌笛：羌族竹制乐器。③关

山月：乐府曲名，多为伤离别辞。④无那：即无奈。⑤换新声：改成新的曲调。⑥关山：《关山月》曲。⑦撩乱边愁：引发守边将士无尽的思乡愁绪。⑧青海：指青海湖，在今青海省。⑨玉门关：在今甘肃敦煌西。⑩楼兰：汉代西域国名。在今新疆罗布泊一带。代指唐西部边境少数民族政权。⑪日色昏：指风沙蔽日。⑫辕门：军营的大门由战车相对而成，故称。⑬洮河：在今甘肃南部，黄河上游的第二大支流。⑭吐谷浑：鲜卑慕容的一支，东晋末期控制青海、甘肃一带。

望蓟门①

祖　咏

燕台②一去客心惊，笳鼓喧喧汉将营。
万里寒光生积雪，三边③曙色动危旌④。
沙场烽火侵胡月，海畔云山拥蓟城。
少小虽非投笔吏⑤，论功还欲请长缨⑥。

［题解与注释］

①本诗集边塞军旅和自然风光为一体，用雄壮阔大的境界，展示了边疆山川地貌，由此表达了诗人为国立功建业的志向。全诗格调激越，感奋人心。蓟门：蓟门关，在今北京市西直门北。②燕台：黄金台。燕昭王建台，置千金于其上，以招天下士。此指燕地。③三边：泛指边疆。④危旌：高挂的旗帜。⑤投笔吏：指汉人班超，少时家贫，常为官府抄书以谋生，后投笔从军，以功封定远侯。⑥请长缨：汉时书生终军曾向汉武帝请授长缨，缚番王来朝，立下奇功。后将自愿投军叫作"请缨"。

老将行①

王　维

少年十五二十时，步行夺得胡马骑②。

射杀山中白额虎③，肯数邺下黄须儿④。

一身转战三千里，一剑曾当百万师。

汉兵奋迅如霹雳，虏骑崩腾畏蒺藜⑤。

卫青⑥不败由天幸，李广无功缘数奇⑦。

自从弃置便衰朽，世事蹉跎成白首。

昔时飞箭无全目，今日垂杨生左肘⑧。

路旁时卖故侯瓜⑨，门前学种先生柳⑩。

苍茫古木连穷巷，寥落寒山对虚牖⑪。

誓令疏勒出飞泉⑫，不似颍川空使酒⑬。

贺兰山⑭下阵如云，羽檄⑮交驰日夕闻。

节使三河募年少，诏书五道出将军。

拭拂铁衣如雪色，聊持宝剑动星文⑯。

愿得燕弓射天将，耻令越甲鸣吾君⑰。

莫嫌旧日云中守，犹堪一战立功勋。

［题解与注释］

①《老将行》通过一位身经百战的老将经历，揭露了当权者赏罚无序、待人无情的冷酷，赞赏了老将不计较个人得失，为国分忧解难的高尚节操，歌颂了爱国主义精神。②步行夺得胡马骑：汉名将李广，为匈奴骑兵所擒，广时已受伤，便即装死。后于途中见一胡儿骑着良马，便一跃而上，将胡儿推于马下，上马疾驰而归。③射杀山中白额虎：李广为右北平

太守时，多次射杀山中猛虎。④邺下黄须儿：指曹彰，曹操第二子，须黄色，性刚猛，曾亲征乌丸，颇为曹操爱重，曾说："黄须儿竟大奇也！"邺下，曹操封魏王时，都邺（今河北临漳西）。⑤蒺藜：战地设置的障碍物。⑥卫青：西汉名将。⑦李广无功缘数奇：李广屡立战功，但终未封侯，是他的命运不佳。⑧垂杨生左肘：《庄子》："支离权与滑介叔观于冥柏之丘，昆仑之虚，黄帝之所休，俄而柳生其左肘，其意蹶蹶然恶之。"垂杨即柳，柳为瘤之借字。⑨故侯瓜：秦朝东陵侯邵平，秦亡后不仕汉，在长安郊外种瓜为生，世称东陵瓜。⑩先生柳：晋陶潜弃官归隐后，因门前有五株杨柳，遂自号"五柳先生"，并写有《五柳先生传》。⑪牖：窗户。⑫疏勒出飞泉：后汉耿恭与匈奴作战，据守疏勒城，匈奴于城下断其水源，耿恭于城中穿井得水。⑬颍川空使酒：灌夫，汉颍阴人，因使酒骂座，被诛。⑭贺兰山：在今宁夏西北与内蒙古接界处。⑮羽檄：告急的军书。⑯星文：指剑上所嵌的七星纹。⑰越甲鸣吾君：《说苑》载：越国甲兵攻齐，雍门子狄请齐君允许他自杀。因为这是越甲在鸣国君。鸣，惊动之意。

桃源行①

王 维

渔舟逐水②爱山春，两岸桃花夹古津③。
坐看红树不知远，行尽青溪忽值人。
山口潜行始隈隩④，山开旷望⑤旋平陆。
遥看一处攒云树⑥，近入千家散花竹⑦。
樵客初传汉姓名，居人未改秦衣服。
居人共住武陵源⑧，还从物外⑨起田园。
月明松下房栊⑩静，日出云中鸡犬喧。
惊闻俗客⑪争来集，竞引还家问都邑⑫。
平明闾巷扫花开⑬，薄暮⑭渔樵乘水入。

初因避地去人间⑮，及至成仙遂不还。

峡里谁知有人事，世中遥望空云山。

不疑灵境⑯难闻见，尘心⑰未尽思乡县。

出洞无论隔山水，辞家终拟长游衍⑱。

自谓⑲经过旧不迷，安知峰壑⑳今来变。

当时只记入山深，青溪几度到云林㉑。

春来遍是桃花水㉒，不辨仙源何处寻。

［题解与注释］

①本诗取材于陶潜的《桃花源记》，是王维年轻时的作品，反映了作者美好的生活理想和宁静的人生情趣。诗中情景交融的高超意境，也颇受历代文人的推崇。②逐水：顺着溪水。③古津：古渡口。④隈隩：山水弯曲处。⑤旷望：指视野开阔。⑥攒云树：云树相连。攒，聚集。⑦散花竹：指到处都有花与竹林。⑧武陵源：即桃花源。相传在今湖南桃源西南。武陵，即今湖南常德。⑨物外：世外。⑩房栊：房屋的窗户。⑪俗客：指误入桃花源的渔人。⑫都邑：指桃源人原来的家乡。⑬开：开门。⑭薄暮：傍晚。⑮避地去人间：避地，为躲避祸患居此地。去，离开。⑯灵境：仙境。⑰尘心：普通人的情感。⑱游衍：流连不去。⑲自谓：自以为。⑳峰壑：山峰峡谷。㉑云林：高入云端的树木。㉒桃花水：春水。桃花开时河流涨溢。

观　猎①

王　维

风劲角弓②鸣，将军猎渭城③。

草枯鹰眼疾④，雪尽马蹄轻。

忽过新丰市⑤，还归细柳营⑥。

回看射雕处，千里暮云平⑦。

[题解与注释]

①本诗通过一次观猎的场面，活灵活现地展示猎场的壮阔，猎人的豪迈和观猎的感受，全诗意境高远，意趣盎然，情绪激越，很有感染力。②角弓：用兽角装饰的弓。③渭城：秦时咸阳城，汉改称渭城。在今陕西西安市西北，渭水之北。④眼疾：目光敏锐。⑤新丰市：故址在今陕西临潼东北。⑥细柳营：在今陕西西安市长安区。汉代名将周亚夫屯兵之处。⑦暮云平：傍晚的云层与大地相连。

使至塞上①

王 维

单车②欲问边③，属国④过居延⑤。
征蓬⑥出汉塞，归雁⑦入胡天。
大漠孤烟直，长河⑧落日圆。
萧关⑨逢候骑⑩，都护⑪在燕然⑫。

[题解与注释]

①本诗写诗人出使边关的一个场景，意境开阔、景象壮美，读来很有陶冶性情之功效，是唐诗意境宏大、情感深邃的代表性作品。使至塞上：奉命出使边塞。使，出使。作者于开元二十五年作为监察御史赴凉州。②单车：单车独行。形容轻骑简从。③问边：到边塞去察看，慰问守边将士。④属国：典属国官职的简称，作者自指。⑤居延：在今甘肃张掖西北。⑥征蓬：随风飘走的蓬草。此为作者自喻。⑦归雁：雁北飞，入胡地，也是作者自喻。⑧长河：黄河。⑨萧关：故址在今宁夏固原东南。⑩候骑：负责侦察、通讯的骑兵。⑪都护：官名。唐时在西北等地设有都

护府，负责辖区一切事务。⑫燕然：古代山名，即今蒙古国杭爱山。

出塞作①

王 维

居延城②外猎天骄③，白草连天野火烧。

暮云空碛④时驱马，秋日平原好射雕。

护羌校尉朝乘障，破虏将军⑤夜渡辽⑥。

玉靶角弓珠勒马⑦，汉家⑧将赐霍嫖姚⑨。

[题解与注释]

①本诗通过一场战斗，展示了唐军的英勇顽强，也突显了胜利的来之不易。诗中表现战斗场面简洁而有气势，读来很能鼓舞斗志。出塞作：开元二十五年三月，河西节度副大使崔希逸在青海战败吐蕃，王维以监察御史身份，奉使出塞宣慰，作此诗。②居延城：是中国西北地区古代军事重镇，故址在今内蒙古自治区额济纳旗东南。③天骄：原为古代匈奴自称，此代指吐蕃。④空碛：空旷的沙漠。⑤破虏将军：与上句的护羌校尉都是汉代武官名，此代指戍边将士。⑥辽：辽河。此泛指边塞。⑦玉靶：玉装饰柄的剑。角弓：角装饰的弓。珠勒马，珠装饰勒口的马。⑧汉家：代指唐朝廷。⑨霍嫖姚：汉名将霍去病，因曾任嫖姚校尉，故称。此代指崔希逸。

相 思①

王 维

红豆②生南国③，春来发几枝。

劝君多采撷④，此物最相思。

[题解与注释]

　　①此篇既可以看成是对爱情的赞美，也可以延伸为对亲情和友情颂扬，总之，是至亲至爱的情感。相传古代有位女子，因丈夫死在边疆，哭于树下而死，化为红豆。所以南人以此为饰物相赠，表达相思。相思：一作《相思子》。②红豆：又名相思子。其籽如豌豆稍扁，色鲜红。③南国：南方。④采撷：采摘。

九月九日①忆山东②兄弟

王　维

　　独在异乡③为异客，每逢佳节倍思亲。
　　遥知兄弟登高处，遍插茱萸④少一人。

[题解与注释]

　　①本诗通过重阳登高、佩戴茱萸的风俗，表达兄弟之间的手足情谊。短短四句，情深意长，成为千古名篇。九月九日：指农历九月九日重阳节，民间有登高、插茱萸、饮菊花酒等习俗。②山东：指华山以东、今山西一带。③异乡：他乡。④茱萸：一名越椒，气味芳香。古俗重阳节佩之以避邪。

渭城曲①

王　维

　　渭城朝雨浥②轻尘，客舍③青青柳色新。
　　劝君更尽一杯酒，西出阳关④无故人。

［题解与注释］

①这是一首送行诗，清新的境界蕴含着浓郁的情意，读来令人动容，小雨天，新柳色，一杯酒，这几个意象自古以来都是送别的典型意象，放在一起，如三指拨弦，让人不得不心动。渭城曲：一作《送元二使安西》。渭城，在今陕西咸阳市东北，渭水北岸。②浥：润湿。③客舍：驿站。④阳关：在今甘肃敦煌西南。

少年行①四首选二

王　维

其　一

新丰②美酒斗十千，咸阳③游侠多少年。

相逢意气为君饮，系马高楼垂柳边。

其　三

一身能擘④两雕弧，虏骑千重只似无。

偏坐金鞍调白羽，纷纷射杀五单于⑤。

［题解与注释］

①本诗通过对少年侠客的赞美，表达了作者对仗义行侠，美酒骑射豪迈人生的向往。②新丰：古县名，汉置，治所在今陕西临潼东北。古时产美酒，谓之新丰酒。③咸阳：秦都，故址在今陕西咸阳市东北。在这里代指长安。④擘：拉开。⑤单于：匈奴首领。

庐山①谣寄卢侍御虚舟②

李　白

我本楚狂③人，凤歌笑孔丘④。

手持绿玉杖⑤，朝别黄鹤楼⑥。

五岳⑦寻仙不辞远，一生好入名山游。

庐山秀出南斗⑧旁，屏风⑨九叠云锦⑩张，

影落明湖青黛⑪光。

金阙⑫前开二峰⑬长，银河倒挂三石梁⑭。

香炉瀑布⑮遥相望，回崖沓嶂⑯凌苍苍。

翠影红霞映朝日，鸟飞不到吴天⑰长。

登高壮观天地间，大江茫茫去不还。

黄云万里动风声，白波九道⑱流雪山。

好为庐山谣，兴⑲因庐山发。

闲窥石镜⑳清我心，谢公㉑行处苍苔没。

早服还丹㉒无世情㉓，琴心三叠㉔道初成。

遥见仙人彩云里，手把芙蓉朝玉京㉕。

先期汗漫㉖九垓㉗上，愿接卢敖㉘游太清㉙。

[题解与注释]

①本诗内容较为复杂，既想摆脱人世的庸俗，过神仙飘逸的生活，又难免留恋世俗，热爱人间风物。但无论如何都表现出豪迈潇洒的生活态度和热情饱满的人生追求。庐山：在今江西省北部。②卢侍御虚舟：卢虚舟，字幼真，宫殿中侍御史。③楚狂：《高士传》："陆通，字接舆，楚人也，时谓楚狂。楚王遣使者往聘，通变名易姓游诸名山，俗传以为仙去。"

④凤歌笑孔丘：《论语》："楚狂接舆歌而过孔子，曰：'凤兮凤兮，何德之衰，往者不可谏，来者犹可追。已而已而，今之从政者殆而。'孔子下，欲与之言，趋而避之，不得与之言。"⑤玉杖：《后汉书》："民年始七十者授之以玉杖，端以鸠为饰。"⑥黄鹤楼：在今湖北武汉黄鹤山上。⑦五岳：东岳泰山，西岳华山，南岳衡山，北岳恒山，中岳嵩山。⑧南斗：《一统志》："庐山上直南斗分野。"⑨屏风：《一统志》："屏风叠在庐山，自五老峰而下，九叠如屏。"⑩云锦：云霞似锦。⑪青黛：青黑色。⑫金阙：仙人所居。《太上决疑经》："银宫金阙，列仙所居。"⑬二峰：即香炉峰、双剑峰。⑭三石梁：《述异记》："庐山有三石梁，长数十丈，广不盈尺。"⑮香炉瀑布：庐山香炉峰南北，有瀑布十余处。⑯回崖沓嶂：重重叠叠的山峰。⑰吴天：庐山地处吴地，故称吴天。⑱九道：《尚书·九江》："注江于此州界，分为九道。"登庐山可望九江。⑲兴：诗兴。⑳石镜：庐山有石镜峰，明净可照见人影。㉑谢公：即谢灵运。㉒还丹：烧丹成水银，还水银成丹，故曰还丹。㉓无世情：没有尘世之情。㉔琴心三叠：指服丹药有了仙人的气质。《黄庭经》："琴心三叠舞胎仙。"㉕玉京：天帝所居之处。㉖汗漫：放浪。㉗九垓：九天之外。㉘卢敖：燕人。秦始皇召以为博士，使求神仙，亡而不返。㉙太清：道教谓元始天尊所化法身道德天尊所居之地，唯成仙方能入此。故亦泛指仙境。

梦游天姥①吟留别②

李　白

海客谈瀛洲③，烟涛微茫信④难求。

越人语天姥，云霞⑤明灭或可睹。

天姥连天向天横，势拔五岳掩赤城⑥。

天台⑦四万八千丈，对此欲倒东南倾。

我欲因之梦吴越⑧，一夜飞度镜湖⑨月。

湖月照我影，送我至剡溪⑩。

谢公⑪宿处今尚在，渌水荡漾清猿啼。

脚著谢公屐⑫，身登青云梯⑬。

半壁见海日，空中闻天鸡⑭。

千岩万转路不定，迷花倚石忽已暝。

熊咆龙吟殷⑮岩泉，慄深林兮惊层巅。

云青青兮欲雨，水澹澹兮生烟。

列缺⑯霹雳，丘峦崩摧。

洞天石扉⑰，訇然⑱中开。

青冥浩荡不见底，日月照耀金银台⑲。

霓为衣兮风为马，云之君兮纷纷而来下。

虎鼓瑟兮鸾回车，仙之人兮列如麻。

忽魂悸以魄动，恍惊⑳起而长嗟。

惟觉时㉑之枕席，失向来之烟霞。

世间行乐亦如此，古来万事东流水。

别君去兮何时还，且放白鹿㉒青崖间，

须行即骑访名山。

安能摧眉折腰㉓事权贵，使我不得开心颜！

[题解与注释]

　　①本诗通过对一场梦境的记录，表达了作者对奇幻浪漫人生的追求，诗中的情景全是奇幻、壮丽、雄浑、仙化的，其辉煌缤纷正是诗人内心深处变幻升腾的潜意识，但那种昂扬振奋，潇洒豪放精神激励了无数后人。尤其最后两句，很有种扬眉吐气、自在做人的气概，是李白人格的凸现。天姥：即天姥峰，在今浙江天台西北，与天台山相对。②吟留别：吟诗留念作别亲友。③瀛洲：传说中的仙山。《十洲记》："瀛洲在东海中，地方

四千里。"④信：诚，实在。⑤云霞：云雾与彩虹。⑥赤城：即赤城山，在天台山北，石皆赤色，壁立如城。⑦天台：即天台山。上应台星，故名。⑧吴越：今江苏、浙江一带。⑨镜湖：在今浙江绍兴。相传轩辕铸镜湖边，因得名。⑩剡溪：流经今浙江嵊州市及上虞市。⑪谢公：谢灵运。⑫谢公屐：屐，木屐，谢灵运登山所穿。上山去其前齿，下山去其后齿。⑬青云梯：能登上云端的梯子，俗称天梯。⑭天鸡：《天中记》："桃都山有大树曰桃都，枝相去三千里，上有天鸡，日初出照此木，天鸡即鸣，天下鸡皆随之。"⑮殷：雷声。⑯列缺：电光。雷电有如从云裂处而出，故曰列缺。⑰石扉：石门。⑱訇然：巨大的声响。⑲金银台：传说中神仙所居之处。⑳悸惊：因惊慌而精神恍惚。倪，亦作恍。㉑觉时：梦醒之时。㉒白鹿：白色的鹿，古时以为祥瑞。㉓摧眉折腰：低头下拜。

行路难①三首选一

李　白

金樽清酒斗十千②，玉盘珍馐直③万钱。
停杯投箸不能食，拔剑四顾心茫然。
欲渡黄河冰塞川，将登太行雪满山。
闲来垂钓④碧溪上，忽复乘舟梦日边⑤。
行路难，行路难，多歧路，今安在？
长风破浪⑥会有时，直挂云帆济⑦沧海。

［题解与注释］

　　①本诗是饯行宴上的答谢诗，诗中表达了生活的坎坷和压抑给李白带来的郁愤，同时也表现出强烈的不甘和反抗。那种积极向上、乐观自信的心态对我们的激励是永恒的。②斗十千：一斗酒十千钱，形容酒价昂贵。③直：值。④闲来垂钓：传说吕尚未遇文王时，曾垂钓于磻溪。⑤乘舟梦

日边：相传伊尹在受商汤聘请的前夕，梦见自己乘舟经过日月之旁。⑥长风破浪：《宋书》载：宗悫少年时，叔父问他的志向，他说："愿乘长风破万里浪。"⑦济：渡。

将①进酒

李　白

君不见黄河之水天上来，奔流到海不复回。
君不见高堂明镜悲白发，朝如青丝暮成雪②。
人生得意须尽欢，莫使金樽空对月。
天生我材必有用，千金散尽还复来。
烹羊宰牛且为乐，会须③一饮三百杯。

岑夫子④，丹丘生⑤，将进酒，杯莫停。
与君歌一曲，请君为我倾耳听。
钟鼓馔玉⑥不足贵，但愿长醉不复醒。
古来圣贤皆寂寞，惟有饮者留其名。
陈王⑦昔时宴平乐，斗酒十千恣欢谑⑧。
主人何为言少钱，径须沽取对君酌。
五花马、千金裘，呼儿将出⑨换美酒，
与尔同销万古愁。

［题解与注释］

①李白的咏酒诗非常多，而这首最能展示其个性。全诗弥漫着悲愤难平和激昂豪迈两种情绪，同时当两种情绪交汇在一起时，化为一种激越锐利昂扬向上乃至狂放不羁的热情，这就是李白，无论多么命途坎坷，永远

勇往直前。将：请。②朝如青丝暮成雪：青丝和雪各指代黑发、白发。③会须：正应当。④岑夫子：岑勋，作者之友。夫子，尊称。⑤丹丘生：元丹丘，作者之友。生，平辈朋友的称呼。⑥钟鼓馔玉：鸣钟击鼓，精美的饮食。⑦陈王：即曹植，因封于陈，死后谥思，世称陈王或陈思王。⑧恣欢谑：尽情欢乐。⑨将出：拿出。

渡荆门①送别

李 白

渡远荆门外，来从楚国②游。
山随平野尽，江入大荒③流。
月下飞天镜，云生结海楼④。
仍怜故乡水，万里送行舟。

[题解与注释]

①这是一首送别诗，诗中并未直接写人，但阔大的意境，浓郁的感情，积极的心态都融于一体，表现在雄健奇伟的诗句中，读来令人激情迸发。荆门：即荆门山，在今湖北宜都西北长江南岸。②楚国：楚地。③大荒：广阔无际的原野。④海楼：海市蜃楼。

送友人①

李 白

青山横北郭②，白水绕东城。
此地一为别，孤蓬③万里征。
浮云游子意，落日故人情。
挥手自兹④去，萧萧班马⑤鸣。

[题解与注释]

①本诗为送别友人的佳作，全诗寓情于景，青山绿水中充满了浓浓的友情，而豁达乐观是历来送别诗中少有的，这也是李白送别诗的动人之处。②郭：外城。③蓬：蓬草随风飞转，比喻转徙不定。④兹：此。⑤萧萧：马嘶叫声。班马：离群的马。

送孟浩然之广陵①

李　白

故人②西辞黄鹤楼③，烟花④三月下扬州。
孤帆远影碧空尽⑤，惟见长江天际⑥流。

[题解与注释]

①这首送别诗融情于景，把无尽的思绪与无尽的目光融于一体，放大到无限，令人心存感动又胸怀宏阔，顿失伤感之情。孟浩然：作者的诗友。之：往。广陵：即扬州。②故人：指孟浩然。③黄鹤楼：故址在今湖北武汉市武昌蛇山的黄鹤矶上。④烟花：柳如烟，花似锦。⑤尽：消失。⑥天际：天边。

下江陵①

李　白

朝辞白帝②彩云间，千里江陵一日还。
两岸猿声啼不住，轻舟已过万重山。

[题解与注释]

①这首诗是李白因永王璘案，流放途中遇大赦，惊喜交加，乘舟回江

陵时喜极心态的真实写照，是一种煎熬心态的霎时释放，表达得凌空飞动，精妙绝伦。下江陵：一作《早发白帝城》。江陵，今属湖北。②白帝：即白帝城。在今重庆市奉节县东白帝山上。

赠汪伦^①

李 白

李白乘舟将欲行，忽闻岸上踏歌^②声。
桃花潭^③水深千尺，不及汪伦送我情。

[题解与注释]

①这首送别诗是中国诗史上送别佳作中的翘楚。那踏歌而来的汪伦，那桃花潭水般的情谊，使既充满深情而又不伤情的送别场面，打动了无数后人。汪伦：作者的友人。②踏歌：一种民间歌调，一边唱歌，一边用脚踏地打着拍子。③桃花潭：潭水名。在今安徽泾县西南。

望庐山^①瀑布

李 白

日照香炉^②生紫烟^③，遥看瀑布挂前川^④。
飞流直下三千尺，疑是银河^⑤落九天^⑥。

[题解与注释]

①本诗用绮丽的意境和奇妙的夸张，表现出诗人宏伟的气魄和壮丽的美感。庐山：在今江西九江市南部。②香炉：即香炉峰，在庐山西北。③紫烟：日光下的云雾水气。④川：河流，此指瀑布。⑤银河：即天河。⑥九天：天的最高层。

望天门山①

李　白

天门中断楚江②开，碧水东流至此回。
两岸青山相对出③，孤帆一片日边来。

[题解与注释]

①本诗境界阔大，气势宏伟，是李白写景诗的佳作。作者善于在景色中营造壮美的气氛，读来让人荡气回肠，激情澎湃。天门：天门山，又称博望山。是安徽当涂的东梁山与和县的西梁山的合称。两山夹江对峙，有如天设的门户，故称。②楚江：长江流经旧楚地的一段。③出：出现。

军　行①

李　白

骝马②新跨白玉鞍③，战罢沙场月色寒。
城头铁鼓声犹震④，匣⑤里金刀血未干。

[题解与注释]

①本诗写沙场勇士为国征战的勇猛和战无不胜的气概，虽只有短短四句，但一往无前的气势和战之必胜的神态栩栩如生地展现出来。②骝马：骏马。③白玉鞍：白玉装饰的马鞍。④震：震响，指战鼓声回荡。⑤匣：指刀鞘。

人日①寄杜二拾遗②

高 适

人日题诗寄草堂③，遥怜故人思故乡。

柳条弄色不忍见，梅花满枝空断肠！

身在南蕃④无所预⑤，心怀百忧复千虑。

今年人日空相忆，明年人日知何处？

一卧东山三十春，岂知书剑老风尘，

龙钟⑥还忝⑦二千石⑧，愧尔东西南北人⑨！

［题解与注释］

　　①本诗以自然朴实的语言，真挚饱满的情感，表达了诗人对好友的关怀，情深意切中蕴含着细致深入的理解，读来格外感人。人日：农历正月初七日，即人日节，亦称人胜节、人庆节、人口日等。②杜二拾遗：杜甫，排行二，官左拾遗。③草堂：茅屋。杜甫草堂，位于今四川成都西门外浣花溪畔。④南蕃：南方少数民族所居之地。泛指南方。作者时任彭州刺使，彭州位于四川成都西北。⑤预：指参与朝政。⑥龙钟：衰老之态。⑦忝：辱、羞，谦辞。⑧二千石：指俸禄。⑨东西南北人：居处无定之人。《礼记》：孔子曰："今丘也，东西南北之人也。"

燕歌行①并序

高 适

　　开元二十六年，客有从元戎②出塞而还者，作燕歌行以示适③，感征戍之事，因而和焉。

汉④家烟尘⑤在东北，汉将辞家破残贼。

男儿本自重横行⑥，天子非常赐颜色。

挝金⑦伐鼓下榆关⑧，旌旆逶迤碣石⑨间。

校尉羽书飞瀚海，单于猎火照狼山⑩。

山川萧条极边土⑪，胡骑凭陵⑫杂风雨。

战士军前半死生，美人帐下犹歌舞。

大漠穷秋塞草衰，孤城落日斗兵稀。

身当恩遇常轻敌⑬，力尽关山未解围。

铁衣⑭远戍辛勤久，玉箸⑮应啼别离后。

少妇城南欲断肠，征人蓟北⑯空回首。

边庭飘飖那可度，绝域苍茫无所有。

杀气三时⑰作阵云，寒声一夜传刁斗⑱。

相看白刃雪纷纷，死节从来岂顾勋。

君不见沙场征战苦，至今犹忆李将军⑲。

［题解与注释］

①本诗通过对一场战役的追述，谴责了骄奢将领的昏庸失职给兵士带来的牺牲和苦难，表现了兵士们的质朴和勇敢，也流露出对体恤兵士的李将军的期盼。两相对比中，强烈鞭挞了统治者的荒淫无能。②元戎：主帅，指幽州节度使张守珪。③示适：给我看。适，作者自称。④汉：代指唐。⑤烟尘：指战争。⑥横行：纵横驰骋，所向无敌。⑦金：钲，行军乐器。⑧榆关：泛指北方边塞。⑨碣石：在今河北昌黎北。⑩狼山：即狼居胥山，在今内蒙古自治区。⑪极边土：到达边境的尽头。⑫凭陵：侵凌。⑬轻敌：不顾敌人的凶猛。⑭铁衣：盔甲，指远征战士。⑮玉箸：指思妇的眼泪。⑯蓟北：今天津蓟县。⑰三时：早、午、晚。⑱刁斗：古代行军用具。白天用作炊具，晚上击以巡更。⑲李将军：西汉名将李广。

送李少府贬峡中王少府贬长沙^①

高 适

嗟君此别意何如，驻马衔杯问谪居^②。
巫峡^③啼猿数行泪，衡阳^④归雁几封书。
青枫江^⑤上秋帆远，白帝城^⑥边古木疏。
圣代即今多雨露，暂时分手莫踟蹰。

[题解与注释]

①朋友被贬谪，高适来送行，诗中情深意重，但少有牢骚。在人生坎坷面前以积极的态度应对，充满了鼓励和安抚，这应该是一种难得的友情。②谪居：贬官的地方。③巫峡：在今重庆巫山县东。古民谣："巴东三峡巫峡长，猿鸣三声泪沾裳。"④衡阳：今属湖南。相传每年秋天，北方的大雁南飞至衡阳回雁峰，便不再向南飞。⑤青枫江：亦名青枫浦、双枫浦，在今湖南长沙。⑥白帝城：在今重庆奉节县东瞿塘峡口。

别董大^①二首选一

高 适

千里黄云白日曛^②，北风吹雁雪纷纷。
莫愁前路无知己，天下谁人不识君^③？

[题解与注释]

①本诗是别友送行的名作，前人评它"多胸臆之语，兼有气骨"，因为诗中用真诚豪迈一改送别诗的凄清缠绵，充满了人情的温暖和赞许的鼓励，感人肺腑，催人奋进。董大：唐玄宗时著名的琴师。②曛：日没时的

余光。③君：指董大。

早　春①

畅　诸

献岁②春犹浅，园林未尽开。

雪和新雨落，风带旧寒来。

听鸟闻归雁，看花识早梅。

生涯知几日，更被一年催。

［题解与注释］

　　①这是一首新年刚至，旧岁未除之际的感遇之作，新春里还有残冬的影子，但岁月的脚步已然走进又一轮新的生命。诗中充满对生命的感慨，对新春的到来抱以美好的希望。②献岁：进入新的一年，岁首正月。

扬子①途中

柳中庸

楚塞望苍然，寒林古戍边。

秋风人渡水，落日雁飞天。

［题解与注释］

　　①此诗写古塞，语言简洁而意境浑厚，人景相融，气势冲荡，很好地表达了诗人的胸臆。扬子：扬子江。长江在今仪征、扬州一带，古称"扬子江"。因扬子津而得名。

望 岳①

杜 甫

岱宗②夫如何？齐鲁③青未了。

造化钟神秀，阴阳割④昏晓。

荡胸⑤生层云，决眦⑥入归鸟。

会当⑦凌绝顶，一览众山小。

[题解与注释]

①本诗表现了诗人不谓艰难登临绝顶，俯视天下的雄心和气概。岳：泰山为东岳，此处指泰山。②岱宗：泰山。五岳以泰山为宗，故称岱宗。③齐鲁：泰山之阳为鲁，其阴为齐。④割：分。⑤荡胸：动荡胸臆。⑥决眦：裂开眼眶，表示极目远视。⑦会当：该当。含有将然的语气。

自京赴奉先县咏怀五百字①

杜 甫

杜陵有布衣②，老大意转拙。

许身③一何愚，窃④比稷与契⑤。

居然成濩落⑥，白首甘契阔⑦。

盖棺⑧事则已，此志常觊豁⑨。

穷年忧黎元⑩，叹息肠内热。

取笑同学翁，浩歌弥激烈。

非无江海志，潇洒送日月。

生逢尧舜君，不忍便永诀。

当今廊庙⑪具，构厦⑫岂云缺。

葵藿倾太阳，物性固难夺。

顾惟蝼蚁辈，但自求其穴。

胡⑬为慕大鲸，辄拟偃溟渤。

以兹误生理，独耻事干谒⑭。

兀兀⑮遂至今，忍为尘埃没！

终愧巢与由⑯，未能易其节。

沉饮聊自遣，放歌破愁绝。

岁暮百草零，疾风高冈裂。

天衢⑰阴峥嵘，客子中夜发。

霜严衣带断，指直不得结。

凌晨过骊山⑱，御榻在嵽嵲⑲。

蚩尤⑳塞寒空，蹴踏崖谷滑。

瑶池气郁律，羽林㉑相摩戛。

君臣留欢娱，乐动殷胶葛。

赐浴皆长缨㉒，与宴非短褐㉓。

彤廷所分帛，本自寒女出。

鞭挞其夫家，聚敛贡城阙。

圣人筐篚恩㉔，实欲邦国活。

臣如忽至理，君岂弃此物？

多士盈朝廷，仁者宜战栗。

况闻内金盘，尽在卫霍㉕室。

中堂有神仙，烟雾蒙玉质。

煖客貂鼠裘，悲管逐清瑟。

劝客驼蹄羹，霜橙压香橘。

朱门酒肉臭，路有冻死骨。

荣枯咫尺异，惆怅难再述。

北辕㉕就泾渭㉗，官渡㉘又改辙。

群冰从西下，极目高崒兀。

疑是崆峒㉙来，恐触天柱折㉚。

河梁㉛幸未坼，枝撑声窸窣。

行李相攀援，川广不可越。

老妻寄异县，十口隔风雪。

谁能久不顾？庶往共饥渴。

入门闻号眺，幼子饥已卒。

吾宁舍一哀，里巷亦呜咽。

所愧为人父，无食致夭折。

岂知秋禾登，贫窭㉜有仓卒㉝。

生常免租税，名不隶㉞征伐。

抚迹犹酸辛，平人固骚屑㉟。

默思失业徒，因念远戍卒。

忧端齐终南㊱，澒洞㊲不可掇。

[题解与注释]

①这是杜甫五言诗的代表作，表现了诗人忧国忧民的情怀和求真崇实的史诗精神。②杜陵：位于长安城南，杜甫曾居住于此，自称"杜陵布衣"。布衣：借指平民。③许身：自许。④窃：暗自。谦辞。⑤稷与契：舜时的两位贤臣。⑥濩落：大而不当，空廓而无用。⑦契阔：勤苦，劳苦。⑧盖棺：指人已故去。⑨觊豁：希望能达到。⑩黎元：百姓。⑪廊庙：指朝廷。⑫构厦：建构大厦。⑬胡：何，为什么。⑭干谒：对人有所求而请见。⑮兀兀：勤勉貌。⑯巢与由：巢父与许由，古时人格高尚的君子。⑰天衢：京城的大道。⑱骊山：华清宫在骊山，明皇与杨贵妃享乐之

处。⑲嵯峨：高峻的山。⑳蚩尤：传说中古代东方九黎族首领，战时能作大雾。此处指代雾。㉑羽林：禁卫军名。㉒长缨：指华衣美服的达官显贵。㉓短褐：粗布衣服，指平民百姓。㉔筐篚恩：朝廷的恩赐。㉕卫霍：卫青、霍去病，西汉名将。㉖北辕：车往北行。㉗泾渭：泾水与渭水。在陕西省内汇合。㉘官渡：地名，在今河南中牟县东北。㉙崆峒：山名。相传是黄帝问道于广成子之所。㉚天柱折：古代传说共工与颛顼争为帝，怒而触不周之山，天柱折。㉛河梁：河上的桥。㉜贫窭：贫穷。㉝仓卒：急迫，非常事变。㉞隶：差役。㉟骚屑：扰乱不安。㊱终南：终南山。㊲溆洞：指大海。

前出塞①九首选一

杜　甫

其　六

挽弓当挽强，用箭当用长。
射人先射马，擒贼先擒王。
杀人亦有限，列国②自有疆。
苟③能制侵陵④，岂在多杀伤。

［题解与注释］

①本诗表达了反对穷兵黩武、滥杀无辜的思想，展现了诗人以国家人民大义为重的进步战争观。强：强弓。②列国：并存的各国。③苟：假如。④侵陵：侵略。

后出塞^①五首选一

杜　甫

其　二

朝进东门营，暮上河阳桥。

落日照大旗，马鸣风萧萧。

平沙列万幕^②，部伍各见招^③。

中天悬明月，令严夜寂寥。

悲笳数声动，壮士惨不骄。

借问大将谁，恐是霍嫖姚^④。

[题解与注释]

①本诗用新兵的口吻，展示了出征关塞的肃穆和悲壮。河阳桥：故址在今河南孟州市西南、孟津县东北黄河上。②幕：帐篷、军营。③招：武功。④霍嫖姚：西汉名将霍去病。曾为嫖姚校尉，故名。

古柏行^①

杜　甫

孔明庙^②前有老柏，柯^③如青铜根如石。

霜皮溜雨四十围，黛色参天^④二千尺。

君臣^⑤已与时际会^⑥，树木犹为人爱惜。

云来气接巫峡长，月出寒通雪山白。

忆昨路绕锦亭^⑦东，先主^⑧武侯同閟宫^⑨。

崔嵬枝干郊原古，窈窕丹青户牖⑩空。

落落⑪盘踞虽得地，冥冥孤高多烈风。

扶持自是神明力，正直原因造化⑫功。

大厦如倾要梁栋，万牛回首丘山重。

不露文章⑬世已惊，未辞翦伐谁能送。

苦心岂免容蝼蚁⑭，香叶终经宿鸾凤⑮。

志士幽人莫怨嗟，古来材大难为用。

[题解与注释]

①本诗通过赞美诸葛孔明，表达诗人崇尚圣贤，渴望建功立业的志向。流露出自古人才难受重用的悲慨。②孔明庙：诸葛亮，字孔明，三国蜀国丞相，封武乡侯。孔明庙有二处，一在四川成都，一在四川夔州。此系夔州武侯庙。③柯：指古柏的枝干。④黛色：深黑色。参天：高。⑤君臣：指刘备与诸葛亮。⑥际会：遇合。⑦锦亭：成都锦江岸边的野亭。⑧先主：刘备。⑨闷宫：隐秘的宫殿。⑩丹青：画。户牖：窗。⑪落落：独立不群。⑫造化：自然形成。⑬不露文章：古柏没有华美的枝叶。⑭蝼蚁：蝼蛄与蚂蚁。⑮宿：栖息。鸾凤：鸾鸟与凤凰。

茅屋为秋风所破歌①

杜　甫

八月秋高风怒号，卷我屋上三重茅②。

茅飞渡江洒江郊，高者挂罥③长林梢，

下者飘转沉塘坳④。南村群童欺我老无力，

忍能对面为盗贼。公然抱茅入竹去，

唇焦口燥呼不得⑤，归来倚杖自叹息。

俄顷⑥风定云墨色，秋天漠漠向昏黑。

布衾⑦多年冷似铁，骄儿恶卧踏里裂⑧。

床头屋漏⑨无干处，两脚如麻未断绝。

自经丧乱⑩少睡眠，长夜沾湿何由彻⑪！

安得广厦千万间，大庇⑫天下寒士⑬俱欢颜！

风雨不动安如山。呜呼！

何时眼前突兀见⑭此屋，吾庐独破受冻死亦足！

[题解与注释]

①本诗通过写自家茅屋为秋风所破，表达出对天下寒士生存艰难的忧思，流露出强烈的忧民情怀。秋高：秋深。②三重茅：几层茅，三，泛指多。③挂罥：挂住。④沉塘坳：沉到池塘水中。⑤呼不得：喊不出声。⑥俄顷：顷刻之间。⑦布衾：棉被。⑧恶卧：睡不安稳。踏里裂：蹬破被里。⑨屋漏：指房子西北角处的天窗。⑩丧乱：指安史之乱。⑪何由彻：如何熬到天亮。彻，彻夜，通宵。⑫大庇：完全遮盖庇护。⑬寒士：贫寒的士人。⑭突兀：高耸的样子。见：现。

饮中八仙①歌

杜 甫

知章骑马似乘船②，眼花③落井水底眠。

汝阳④三斗始朝天⑤，道逢麹车⑥口流涎，

恨不移封⑦向酒泉⑧。左相⑨日兴费万钱，

饮如长鲸⑩吸百川，衔杯乐圣⑪称避贤⑫。

宗之⑬潇洒美少年，举觞⑭白眼⑮望青天，

皎如玉树临风⑯前。苏晋⑰长斋绣佛前，

醉中往往爱逃禅⑱。李白⑲一斗诗百篇，

长安市上酒家眠，天子呼来不上船，

自称臣是酒中仙。张旭⑳三杯草圣传，

脱帽露顶王公前，挥毫落纸如云烟。

焦遂㉑五斗方卓然㉒，高谈雄辩惊四筵。

[题解与注释]

①本诗通过对八位嗜酒、豪放、旷达人物的赞美，表达了诗人崇尚狂放的追求。饮中八仙：李白、贺知章、李适之、李琎、崔宗之、苏晋、张旭、焦遂八人，世称"酒中八仙人"。②知章：即贺知章。官至秘书监。性旷放纵诞，自号"四明狂客"。在长安一见李白，便称之为"谪仙人"，解所佩金龟换酒痛饮。骑马似乘船，即因酒醉骑马，摇摇晃晃，像乘船一样。③眼花：醉眼昏花。④汝阳：汝阳王李琎，唐玄宗的侄子。⑤朝天：朝见天子。⑥麹车：酒车。⑦移封：改换封地。⑧酒泉：郡名，在今甘肃酒泉市。相传郡城下有泉，味如酒。⑨左相：指左丞相李适之。为李林甫排挤罢相。⑩长鲸：鲸鱼。古人以为鲸鱼能吸百川之水，用以比喻李适之酒量之大。⑪乐圣：酒的代称。⑫避贤：李适之罢相后作诗云："避贤初罢相，乐圣且衔标。"⑬宗之：崔宗之。官至侍御史，也是李白的酒友。⑭觞：大酒杯。⑮白眼：晋阮籍能作青白眼，青眼看朋友，白眼视俗人。⑯玉树临风：形容崔宗之丰姿秀美，酒醉后如玉树在风中摇摆。⑰苏晋：开元进士，曾为户部与吏部侍郎。⑱逃禅：指不守佛门戒律。佛门戒酒，苏晋长斋信佛，却嗜酒，故曰"逃禅"。⑲李白：为供奉翰林时，有一次玄宗在沉香亭召他写诗以配乐，他却在长安酒肆喝得大醉。⑳张旭：唐代著名书法家，善草书，被誉为"草圣"。据说张旭每大醉，常呼叫奔走，索笔挥洒。醒后自视手迹，以为神异，不可复得。㉑焦遂：布衣之士。㉒卓然：神采焕发的样子。

曲 江①

杜 甫

自断②此生休问天，

杜曲③幸有桑麻田，

故将移住南山边。

短衣匹马随李广④，

看射猛虎⑤终残年。

[题解与注释]

①本诗通过对汉将军李广的赞美，表达了诗人对建功立业的渴望和激壮人生的追求。曲江：今陕西西安市西北，是当时的游览胜地。②断：判断。③杜曲：今陕西西安市东南，唐代大姓杜氏世居于此，故名。④李广：西汉名将，在对匈奴作战中，立有大功，但终生未能封侯。赋闲期间，隐居于蓝田南山。一次夜间带一随从外出，在乡间饮酒，归来时天色已晚，路过灞陵亭，夜间宵禁，亭尉喝醉了酒，大声呵斥李广，不让通行。随从说："这是前任李将军。"亭尉说："就是现任的将军也不能通过，何况前任！"李广被扣留在亭下过夜。⑤射猛虎：李广猿臂善射，一次出猎，将草间的一块石头误看作猛虎，一箭射去，将整个箭头都射进石中。待得知是石头后，再射便射不进去了。还有一次射虎，虎扑伤了李广，李广还是带伤射杀了猛虎。

洗兵马①

杜 甫

中兴诸将收山东②，捷书夜报清昼同。

河广传闻一苇过③，胡危命在破竹中。

只残邺城不日④得，独任朔方⑤无限功。

京师皆骑汗血马，回纥⑥喂肉葡萄宫。

已喜皇威清海岱，常思仙仗过崆峒⑦。

三年笛里关山月，万国兵前草木风。

成王⑧功大心转小⑨，郭相⑩谋深古来少。

司徒⑪清鉴悬明镜，尚书⑫气与秋天杳。

二三豪俊为时出，整顿乾坤济时了。

东走无复忆鲈鱼⑬，南飞觉有安巢鸟。

青春复随冠冕入，紫禁⑭正耐烟花绕。

鹤驾通宵凤辇备，鸡鸣问寝龙楼晓。

攀龙附凤⑮势莫当，天下尽化为侯王。

汝等⑯岂知蒙帝力，时来不得夸身强。

关中既留萧丞相⑰，幕下复用张子房⑱。

张公一生江海客，身长九尺须眉苍。

征起适遇风云会，扶颠始知筹策良⑲。

青袍白马⑳更何有，后汉今周㉑喜再昌。

寸地尺天㉒皆入贡，奇祥异瑞争来送。

不知何国致白环㉓，复道诸山得银瓮㉔。

隐士休歌紫芝曲㉕，词人解撰河清颂㉖。

田家望望惜雨干，布谷处处催春种。

淇上健儿^㉗归莫懒，城南思妇愁多梦。

安得壮士挽^㉘天河，净洗甲兵长不用。

[题解与注释]

①这是一首颂祝诗，表现了杜甫关心国家命运的情怀和乐观自信的心态。洗兵马：将兵器与战马洗刷干净，不再用于战争，以实现和平。②山东：华山以东的大片土地。③一苇过：《诗经》："谁谓河广，一苇航之。"意谓很容易便渡过大河。④不日：用不了几日，很快。⑤朔方：指郭子仪，时任朔方节度使，在平叛战争中立有大功。⑥回纥：回纥兵因帮助平叛有功，在葡萄宫中备受款待。⑦崆峒：崆峒山。安史之乱中，肃宗曾往来于崆峒山中。⑧成王：李豫。平叛中立有大功。⑨心转小：立功后更加小心谨慎。⑩郭相：郭子仪。肃宗时任兵部尚书，同中书门下平章事，后任中书令，封汾阳郡王，故称"郭相"。⑪司徒：指李光弼。⑫尚书：指王思礼。⑬忆鲈鱼：晋代张翰，因思念家乡的莼菜鲈鱼而弃官归里，实为避乱。⑭紫禁：指皇宫。⑮攀龙附凤：指巴结权贵，邀功领赏。⑯汝等：你们这些人，指无功领赏者。⑰萧丞相：萧何，西汉开国功臣。⑱张子房：张良，字子房，西汉开国功臣。⑲筹策良：张良长于谋划。⑳青袍白马：代指乱臣贼子。南北朝时贼臣侯景穿青袍骑白马，此处借指安史之乱中的叛将。㉑后汉今周：以周、汉的中兴比喻时局。㉒寸地尺天：指天下四方。㉓白环：代指贡品。《竹书纪年》："西王母之来朝，献白环玉玦。"㉔银瓮：银质酒器。古代以为吉祥之物。政治清平，则银瓮出。㉕紫芝曲：亦作《紫芝歌》、《紫芝谣》。秦末商山四皓作歌曰："漠漠商洛，深谷威夷。晔晔紫芝，可以疗饥。"泛指隐逸避世之歌。㉖河清颂：《宋书》："元嘉中，河济俱清，当时以为美瑞，（鲍）照为《河清颂》。"泛指歌颂时世升平的作品。㉗淇上健儿：指围困邺城的兵士。邺城在今河北临漳西南，淇上在今河南省北部。㉘挽：拉、牵引。

兵车行①

杜 甫

车辚辚，马萧萧②，行人弓箭各在腰。

耶③娘妻子走④相送，尘埃不见咸阳桥⑤。

牵衣顿足拦道哭，哭声直上干⑥云霄。

道旁过者⑦问行人，行人但云点行频⑧。

或从十五北防河⑨，便至四十西营田⑩。

去时里正与裹头⑪，归来头白还戍边。

边庭流血成海水，武皇⑫开边意未已。

君不闻汉家山东⑬二百州，千村万落生荆杞⑭。

纵有健妇把锄犁，禾生陇亩无东西⑮。

况复秦兵⑯耐苦战，被驱不异犬与鸡。

长者⑰虽有问，役夫敢申恨？

且如今年冬，未休关西⑱卒。

县官急索租，租税从何出？

信知生男恶，反是生女好。

生女犹得嫁比邻⑲，生男埋没随百草。

君不见青海头⑳，古来白骨无人收。

新鬼烦冤旧鬼哭，天阴雨湿声啾啾㉑。

[题解与注释]

①本诗是杜诗名篇，表现了诗人对朝廷穷兵黩武给人民带来深重灾难的揭露和批判。②辚辚：车轮声。萧萧：马嘶叫声。③耶：同"爷"，父亲。④走：奔跑。⑤咸阳桥：汉武帝时所建，故址在今陕西咸阳市西南。

120

⑥干：冲。⑦过者：过路的人，作者自称。⑧点行频：频繁地点名征调壮丁。⑨防河：当时常与吐蕃发生战争，曾征召各地兵丁集结河西一带防御。⑩营田：即屯田。有战事作战，无战事种田。⑪里正与裹头：里正，唐制，每百户设一里正。负责管理户口，检查民事，催促赋役等。裹头，男子成丁，则裹头巾，犹古之加冠。⑫武皇：代指唐玄宗。⑬山东：太行山以东地区。⑭荆杞：荆棘与杞柳。⑮无东西：意思是行列不整齐。⑯秦兵：指关中一带的士兵。⑰长者：作者自谓。⑱关西：指函谷关以西的地方。⑲比邻：近邻。⑳青海头：即青海边。汉唐时此处常有战争。㉑啾啾：象声词，表示一种呜咽的声音。

春　望①

杜　甫

国破②山河在，城春草木深③。
感时花溅泪，恨别鸟惊心。
烽火④连三月，家书抵万金。
白头搔更短，浑欲⑤不胜⑥簪。

［题解与注释］

①"春望"一诗表达了杜甫热爱祖国眷恋家人的美好情怀。②国破：国都长安沦陷。③草木深：荒芜貌。④烽火：战火。⑤浑欲：几乎。⑥胜：承受。

月 夜^①

杜 甫

今夜鄜州^②月，闺中只独看。

遥怜小儿女，未解^③忆长安。

香雾云鬟^④湿，清辉^⑤玉臂寒。

何时倚虚幌^⑥，双照泪痕干。

[题解与注释]

①本诗写战时离情，不仅表达了对妻子儿女的深情，也流露出对和平的期盼。②鄜州：今陕西富县。作者家在鄜州的羌村。③未解：尚不懂得。④云鬟：古代妇女环形发饰。⑤清辉：凄清的月光。⑥虚幌：轻而透明的帷幔。

天末怀李白^①

杜 甫

凉风起天末，君子^②意如何？

鸿雁^③几时到？江湖秋水多。

文章憎命达^④，魑魅^⑤喜人过。

应共冤魂^⑥语，投诗赠汨罗。

[题解与注释]

①诗中流露出强烈的对友人李白的思念，也表达出对贤达受屈蒙冤的悲愤。天末：天的尽头，指夜郎。李白因永王李璘案被流放夜郎，途中遇

赦还至湖南。②君子：指李白。③鸿雁：代指书信。④命达：命运通达。⑤魑魅：鬼怪，指恶势力。⑥冤魂：屈原被放逐，投汨罗江而死。

春夜喜雨①

杜 甫

好雨②知时节，当春乃发生③。

随风潜④入夜，润物⑤细无声。

野径云俱黑，江船火独明。

晓看红湿处⑥，花重锦官城⑦。

[题解与注释]

①本诗表达了杜甫对美好事物的愉悦和赞美。②好雨：及时的雨。③发生：催发植物生长。④潜：暗暗地、静悄悄地。⑤润物：滋润万物。⑥红湿处：带有雨水的红花开放的地方。⑦锦官城：今四川成都市。

岁 暮①

杜 甫

岁暮远为客，边隅②还用兵。

烟尘犯雪岭，鼓角动江城。

天地日流血，朝廷谁请缨③？

济时④敢爱死？寂寞壮心惊！

[题解与注释]

①本诗表达了杜甫关心国事，愿意为国建功的责任心和使命感。②边

隅：边地的一角。③请缨：请战。④济时：有补于时势。

蜀　相①

杜　甫

丞相祠堂②何处寻，锦官城③外柏森森。

映阶碧草自春色，隔叶黄鹂空好音。

三顾频烦④天下计，两朝⑤开济老臣心。

出师⑥未捷身先死，长使英雄泪满襟。

［题解与注释］

①本诗通过对诸葛武侯的追思，表达了杜甫对古之贤达的向往，流露出强烈的济世理想。蜀相：诸葛亮曾拜蜀汉丞相。②祠堂：诸葛亮死后，成都百姓为纪念他而建的祠堂。③锦官城：今四川成都。④频烦：次数多。⑤两朝：诸葛亮出任刘备（先主）和刘禅（后土）两朝丞相。⑥出师：诸葛亮北伐魏国，病故于五丈原。

闻官军①收河南河北

杜　甫

剑外②忽传收蓟北③，初闻涕泪满衣裳。

却④看妻子愁何在，漫⑤卷诗书喜欲狂。

白日放歌须纵酒，青春⑥作伴好还乡。

即从巴峡穿巫峡，便下襄阳⑦向洛阳。

［题解与注释］

①本诗通过杜甫听到官军胜利消息后激情澎湃豪情喷涌的精神状态，

表现出作者对社会安定，民生祥和的渴望，被后人赞为"生平第一首快诗也"。官军：政府军。唐代宗宝应元年，官军破史朝义，收复洛阳。史朝义败逃河北，因众叛亲离自杀，官军收复河北。长达八年的安史之乱彻底平定。②剑外：剑门关以南的地方，古称剑南或剑外。当时作者客居四川梓州，正当剑外。③蓟北：今河北北部。④却：回。⑤漫：随意，不经意。⑥青春：指春天。⑦襄阳：今湖北襄樊。

咏怀古迹五首①

杜 甫

支离②东北风尘际，漂泊西南天地间。
三峡楼台淹日月，五溪③衣服共云山。
羯胡④事主终无赖⑤，词客⑥哀时且未还。
庾信⑦平生最萧瑟，暮年诗赋动江关⑧。

摇落⑨深知宋玉悲，风流儒雅亦吾师。
怅望千秋一洒泪，萧条异代不同时。
江山故宅空文藻，云雨⑩荒台⑪岂梦思。
最是楚宫俱泯灭，舟人指点到今疑。

群山万壑赴荆门，生长明妃⑫尚有村。
一去紫台⑬连朔漠，独留青冢⑭向黄昏。
画图⑮省识春风面，环佩⑯空归夜月魂。
千载琵琶作胡语，分明怨恨曲中论。

蜀主⑰窥吴幸三峡，崩年亦在永安宫⑱。

翠华想像空山里，玉殿虚无野寺中。

古庙杉松巢⑲水鹤，岁时伏腊⑳走村翁。

武侯祠屋常邻近，一体君臣祭祀同。

诸葛大名垂宇宙，宗臣遗像肃清高。

三分割据纡筹策㉑，万古云霄一羽毛㉒。

伯仲之间见伊吕㉓，指挥若定失萧曹㉔。

运移汉祚终难复，志决身歼军务劳。

［题解与注释］

①《咏怀古迹五首》通过对宋玉、王昭君、刘备、诸葛亮、庾信等名人的追怀，借凭吊古迹，追思古人，抒发自己的宏伟抱负和非凡的人生追求，鼓舞人上进、激励人自强，充满了积极向上的热情。②支离：分离，流离。③五溪：指雄溪、满溪、酉溪、沅溪、辰溪，在今湖南、贵州、四川边境，为少数民族聚居地区，当时称其为五溪蛮。④羯胡：代指安禄山。⑤无赖：奸诈，不讲信义。⑥词客：指庾信，以喻作者自己。⑦庾信：南朝梁诗人。⑧江关：指荆州、江陵。⑨摇落：宋玉《九辩》："悲哉秋之为气也，萧瑟兮草木摇落而变衰。"⑩云雨：宋玉《高唐赋》：楚襄王梦一妇人，自称巫山之女，临别时说："妾在巫山之阳，高丘之阻。且为行云，暮为行雨，朝朝暮暮，阳台之下。"⑪荒台：即阳台。⑫明妃：晋代因避司马昭讳，改称王昭君为王明君，又称明妃。⑬紫台：皇宫的别称。⑭青冢：即昭君墓。⑮画图：汉元帝嫔妃众多，按图召幸之。昭君不肯贿赂画工，画工毛延寿便丑图之，终不得见帝。因此，元帝将画工毛延寿处死。⑯环佩：女人的首饰。⑰蜀主：指刘备。⑱永安宫：即白帝城。在今重庆奉节县。刘备伐吴兵败，无颜回成都见诸葛亮，便留驻白帝城，改名永安宫，直至病死。⑲巢：筑巢。⑳伏腊：指岁末祭祀。㉑纡筹策：反复谋划。㉒羽毛：比喻人的声誉之高。㉓伊吕：伊尹与吕尚。商与周的

开国名相，诸葛亮可与之比肩。㉔失萧曹：超过萧何与曹参。萧、曹二人都是汉开国名臣。

将赴成都草堂途中有作，先寄严郑公①五首选一

杜 甫

其 四

常苦沙崩损药栏，也从江槛落风湍②。

新松恨不高千尺，恶竹应须斩万竿。

生理③只凭黄阁老④，衰颜欲付紫金丹⑤。

三年奔走空皮骨⑥，信⑦有人间行路难。

[题解与注释]

① 此诗为杜甫避难回家途中所作，通过对重返草堂的欢乐描写，着重抒发了对美好生活的憧憬，充满了人生的感慨和正义的情怀。严郑公：指严武。因被封为郑国公，故称。作者因动乱曾一度离开成都草堂，避难于梓州、阆州等地。后来因严武任成都尹兼剑南节度使，邀请杜甫，于是作者决定重返成都草堂。②湍：湍急的江水。③生理：生计。④黄阁老：指严武。唐代中书省、门下省的官员称阁老。严武以黄门侍郎镇成都，故称。⑤紫金丹：泛指药物。⑥空皮骨：瘦弱得皮包骨了。⑦信：确信。

江 村①

杜 甫

清江一曲抱②村流，长夏江村事事幽③。

自去自来梁上燕，相亲相近水中鸥。

老妻画纸为棋局，稚子④敲针作钓钩。

多病所须惟药物，微躯⑤此外更何求？

[题解与注释]

　　①本诗作于杜甫结束四年流亡生活，在成都浣花溪畔结庐而居之时，充满了对宁静安详生活的愉悦之情，和对美满生活的满足之感。江村：指今四川成都浣花溪畔草堂所在地。②抱：曲折的江水围绕着。③幽：深幽、安静。④稚子：小儿子。⑤微躯：微贱的身躯，作者自指。

秋兴八首①

杜　甫

玉露②凋伤枫树林，巫山巫峡气萧森③。

江间波浪兼④天涌，塞上⑤风云接地阴。

丛菊两开⑥他日泪，孤舟一系故园心。

寒衣处处催刀尺⑦，白帝城⑧高急暮砧⑨。

夔府⑩孤城落日斜，每依北斗望京华⑪。

听猿实⑫下三声泪，奉使虚⑬随八月槎⑭。

画省⑮香炉违伏枕⑯，山楼⑰粉堞⑱隐悲笳。

请看石上藤萝月，已映洲前芦荻花。

千家山郭⑲静朝晖，日日江楼坐翠微⑳。

信宿㉑渔人还泛泛㉒，清秋燕子故㉓飞飞。

匡衡㉔抗疏功名薄，刘向㉕传经心事违。

同学少年多不贱，五陵㉖裘马自轻肥㉗。

闻道长安似弈棋㉘，百年㉙世事不胜悲。
王侯第宅皆新主，文武㉚衣冠异昔时。
直北关山金鼓㉛震，征西车马羽书㉜驰。
鱼龙寂寞秋江冷，故国平居㉝有所思。

蓬莱宫㉞阙对南山㉟，承露金茎㊱霄汉间。
西望瑶池㊲降王母，东来紫气满函关㊳。
云移雉尾开宫扇㊴，日绕龙鳞㊵识圣颜。
一卧沧江惊岁晚，几回青琐点朝班㊶。

瞿塘峡口曲江头㊷，万里风烟接素秋㊸。
花萼㊹夹城通御气，芙蓉小苑㊺入边愁。
珠帘绣柱围黄鹄，锦缆牙樯㊻起白鸥。
回首可怜歌舞地，秦中自古帝王州㊼。

昆明池㊽水汉时功，武帝旌旗㊾在眼中。
织女㊿机丝虚夜月，石鲸(51)鳞甲动秋风。
波漂菰米(52)沉云黑，露冷莲房(53)坠粉红。
关塞极天惟鸟道，江湖满地(54)一渔翁。

昆吾(55)御宿(56)自逶迤，紫阁(57)峰阴入渼陂(58)。
香稻啄馀鹦鹉粒(59)，碧梧栖老凤凰枝(60)。
佳人拾翠春相问，仙侣同舟晚更移。
彩笔昔曾干气象，白头吟(61)望苦低垂。

[题解与注释]

①《秋兴八首》是一组不可割裂的作品，杜甫通过晚年沉郁苍凉的情感抒发了自己人生的悲慨，流露出鲜明的对国家的忧思和热爱，也蕴含了诸多人生的孤独和抑郁。是杜甫晚年的代表作。秋兴八首：作者晚年旅居夔州时所作。②玉露：白露。秋天白露为霜，故凋伤树木。③巫山：在今重庆巫山县东长江沿岸。巫峡，长江三峡之一，在巫山边。萧森：阴晦萧条。④兼：连接。⑤塞上：泛指边塞。⑥两开：两次开花。作者离开成都来到夔州已经两年。⑦刀尺：剪刀、尺子，缝纫的工具。⑧白帝城：在今重庆奉节县东白帝山上。⑨暮砧：傍晚的砧声。砧，捣衣用的砧石。⑩夔府：即夔州，今重庆奉节县。⑪京华：指长安。⑫实：确实。⑬虚：虚无，不能实现。⑭八月槎：传说中八月里按期通往天河的船筏。⑮画省：即尚书省。⑯违伏枕：因有病而久违。伏枕，伏卧在枕上，意谓病卧在床。⑰山楼：指夔州城楼。⑱粉堞：用白垩涂刷的女墙。⑲山郭：山城，指夔州城。⑳翠微：山色青翠，此指青山。㉑信宿：再宿，一连两夜。㉒泛泛：在水面漂浮的样子。㉓故：仍然。㉔匡衡：汉代著名经学家，曾任博士给事中，屡次上疏论事，都得到皇帝赏识。作者以匡衡写自己因上疏救房琯而获罪之事。㉕刘向：汉代著名学者，成帝时被任命校中五经秘书，讲论五经于石渠阁。作者以刘向写自己也曾有任中秘传经的心愿，但不能实现。㉖五陵：汉代五位帝王的陵墓。在今陕西西安西北。㉗轻肥：轻裘肥马。㉘弈棋：下棋。㉙百年：一生。㉚文武：文官武将。㉛金鼓：战鼓。㉜羽书：即羽檄。古代军事文书，插羽毛以示紧急，必须迅速传递。㉝平居：平日，平素。㉞蓬莱宫：唐宫殿名，原名大明宫，高宗时改蓬莱宫。㉟南山：即终南山，在今陕西西安市南。㊱承露金茎：承露金盘。茎，指盘下的铜柱。汉武帝建章宫中建筑，代指唐宫殿中建筑。㊲瑶池：即瑶台，相传为西王母所居之处。㊳东来紫气满函关：相传老子西游，函谷关关令尹喜望见紫气东来，曰："应有圣人经过。"果见老子。㊴开宫扇：玄宗时定制，群臣朝见，皇帝上座前用宫扇遮蔽，坐定后撤扇露形。宫扇系用雉鸡尾羽制作。㊵龙鳞：皇帝所穿衮龙袍上的花纹。㊶青

琐：宫门。点，同"玷"，玷污，作者自谦之词。朝班：群臣朝见时排成的行列。㊷瞿塘峡口：指夔州。曲江：长安南郊的游览胜地。㊸素秋：秋季。㊹花萼：即花萼楼。唐玄宗于兴庆宫西南建花萼相辉之楼，简称花萼楼。㊺芙蓉小苑：即芙蓉苑，位于曲江岸边。㊻牙樯：象牙装饰的桅杆。㊼秦中自古帝王州：秦、汉、唐各朝代都在秦中建都。秦中，指今陕西西安、咸阳一带。㊽昆明池：在今陕西西安西南，为汉武帝因伐当时的昆明国而练习水战时所凿，周围四十里。㊾武帝旌旗：汉武帝练习水师，建楼船，高十余丈，上插旗帜。㊿织女：指昆明池边的织女像。为了使昆明池上应天象，在池左右立牵牛、织女，模仿天河。51石鲸：昆明池有玉石刻的鲸鱼。52菰米：水生植物，俗称茭白，结实如米，可煮食。53莲房：即莲蓬。54江湖满地：指到处漂泊。55昆吾：地名。在今陕西西安南，靠终南山，汉代属上林苑的范围。56御宿：即御宿苑。在今陕西西安城南，汉武帝为离宫别馆，往来游观，止宿其中，故名。57紫阁：金碧辉煌的殿阁，多指帝居。58渼陂：古代湖名。在今陕西户县西，汇终南山诸谷水。59香稻啄馀鹦鹉粒：是"鹦鹉啄馀香稻粒"的倒装句。60碧梧栖老凤凰枝：是"凤凰栖老碧梧枝"的倒装句。61白头吟：乐府楚调曲名。

江上值水如海势聊短述①

杜 甫

为人性僻耽佳句②，语不惊人死不休。
老去诗篇浑漫与③，春来花鸟莫④深愁。
新添水槛⑤供垂钓，故著浮槎⑥替入舟。
焉得思如陶谢手⑦，令渠述作⑧与同游。

[题解与注释]

①杜甫被誉为诗圣，本诗充分体现了他的艺术追求，其实作诗如做

人，诗中蕴含了诗人做人的原则与理想。江上值水如海势聊短述：正逢江水如同海水的气势，姑且作诗述说几句。②为人：在此处是平生的意思。性僻：性情乖僻、古怪。耽佳句：爱好并沉迷于美好的诗句。③浑漫与：完全随意了。④莫：没有。⑤槛：栏杆。⑥故著浮槎：又设置了木筏。⑦焉得：怎么找到。思：才思。陶谢：陶潜、谢灵运。手：手笔。⑧令渠述作：让他们作诗述怀。

狂　夫①

杜　甫

万里桥②西一草堂，百花潭水即沧浪。

风含翠篠娟娟静，雨裛③红蕖冉冉香。

厚禄故人书断绝，恒饥④稚子色凄凉。

欲填沟壑惟疏放，自笑狂夫老更狂。

［题解与注释］

①本诗是杜甫老年的人格自画像，表现出倔犟坚韧的性格特征和积极乐观的人生态度。②万里桥：在成都西郭外百花潭上。③裛：湿润。④恒饥：常常饥饿。

绝句①四首选一

杜　甫

其　三

两个黄鹂鸣翠柳，一行白鹭上青天。

窗含西岭②千秋雪，门泊东吴③万里船。

[题解与注释]

①此诗把草堂春色和诗人内心感受水乳交融构成美妙画卷，生活的美好和淡淡的乡情油然而生。②西岭：即西山，亦名雪岭，为岷山主峰，在今四川成都西，峰顶积雪，终年不化。③东吴：今江苏南部一带。杜甫在成都的草堂位于万里桥西，是船舶集中处。

戏为六绝句①六首选四

杜 甫

其 一

庾信②文章老更成，凌云健笔③意纵横。

今人嗤点④流传赋，不畏前贤⑤畏后生⑥。

其 二

王杨卢骆⑦当时体，轻薄⑧为文哂⑨未休。

尔曹⑩身与名俱灭，不废⑪江河万古流。

其 五

不薄⑫今人爱古人，清词丽句必为邻⑬。

窃攀⑭屈宋⑮宜方驾⑯，恐与齐梁⑰作后尘。

其 六

未及前贤更勿疑⑱，递相祖述⑲复先谁⑳？

别裁伪体㉑亲风雅㉒，益转多师㉓是汝师㉔。

[题解与注释]

①《戏为六绝句》是杜甫以诗论诗的代表作，也是其文艺观的体现。这里所选是最具代表性的四首。诗中既赞扬了庾信和初唐四杰的诗风及创作成就，也强调了创新继承，广泛学习的重要性。这不仅对于文艺创作，对人生的诸多方面都有积极的借鉴意义。②庾信：南北朝时期的著名诗人。③凌云健笔：高超雄健的笔力。④嗤点：讥笑、指责。⑤前贤：指庾信。⑥畏后生：即孔子说的"后生可畏"。后生指"嗤点"庾信的人。⑦王杨卢骆：王勃、杨炯、卢照邻、骆宾王。世称"初唐四杰"。⑧轻薄：言行轻佻。此指某些人对"四杰"的攻击。⑨哂：讥笑。⑩尔曹：你们这些人。⑪不废：不影响、无碍。⑫薄：小看、轻视。⑬必为邻：一定引以为邻居，不排斥。⑭窃攀：内心里追攀。⑮屈宋：屈原与宋玉。⑯方驾：并车而行。⑰齐梁：南朝齐与梁时期。这阶段的文风以浮艳著称。⑱更勿疑：毋庸置疑。⑲递相祖述：互相学习继承前人的优秀传统。⑳复先谁：不用分谁先谁后。㉑别裁伪体：区别裁减去不好的诗体。㉒亲风雅：学习《诗经》风、雅的传统。㉓益转多师：多方面寻找老师。㉔汝师：你的老师。

走马川①行奉送封大夫②出师西征

岑　参

君不见走马川行雪海③边，平沙莽莽黄入天。
轮台④九月风夜吼，一川碎石大如斗，
随风满地石乱走。匈奴草黄马正肥，
金山西见烟尘飞，汉家大将西出师。
将军金甲夜不脱，半夜军行戈相拨⑤，
风头如刀面如割。马毛带雪汗气蒸，
五花连钱⑥旋⑦作冰，幕中草檄⑧砚水凝。

虏骑闻之应胆慑，料知短兵不敢接，
车师⑨西门伫献捷。

[题解与注释]

　　①这是一首写唐军出征的诗，通过唐军与匈奴军的对比，烘托出唐军的气势和坚无不摧的精神状态，尤其对边塞环境和军旅的描写，传神而有力，给人以真实的临场感。走马川：又名左末河，即今车尔成河。在今新疆维吾尔自治区境内。②封大夫：即封常清，守边将领。③雪海：泛指西域一带。④轮台：在今新疆库车以东。⑤相拨：相互碰撞。⑥五花：将骏马鬃毛修成瓣以为饰，分成五瓣者，称"五花马"。连钱：马名。⑦旋：旋即、很快。⑧草檄：草拟檄文。⑨车师：唐安西都护府所在地，今新疆维吾尔自治区吐鲁番地区。

轮台歌奉送封大夫出师西征①

岑　参

轮台城头夜吹角，轮台城北旄头落②。
羽书③昨夜过渠黎④，单于⑤已在金山⑥西。
戍楼西望烟尘黑，汉兵屯在轮台北。
上将拥旄⑦西出征，平明⑧吹笛大军行。
四边伐鼓⑨雪海涌，三军大呼阴山⑩动。
虏塞兵气连云屯⑪，战场白骨缠草根。
剑河风急云片阔，沙口石冻马蹄脱。
亚相⑫勤王⑬甘苦辛，誓将报主静边尘⑭。
古来青史谁不见，今见功名胜古人。

[题解与注释]

①《走马川行》与这首《轮台歌》系姊妹篇，前写出征，这篇写争战。诗人通过战场气氛之惨淡烘托出战事的跌宕起伏，用悲壮的战场，展示出唐军将士的英雄气概和激昂的斗志，全诗充满浪漫振奋的进取精神。②旄头落：旄头，即髦头，也是二十八宿中的昴星，旧时以为"胡星"。旄头落，预示敌军的失败。③羽书：即羽檄。以鸟羽插之，急速之意。④渠黎：今新疆轮台县东南。⑤单于：匈奴首领。⑥金山：即阿尔泰山。⑦旄：旗帜、仪仗。⑧平明：天刚亮。⑨伐鼓：击鼓。古时作战以鼓声为进攻的信号。⑩阴山：位于内蒙古自治区中部，东至河北西北部。⑪云屯：如云之聚集，形容众多。⑫亚相：指封常清。御史大夫谓之亚相，封常清于天宝十三年以节度使摄御史大夫。⑬勤王：为国家效力，不辞辛劳。⑭静边尘：平定边境的动乱。

白雪歌送武判官①归京

岑　参

北风卷地白草②折，胡天③八月即飞雪。

忽如一夜春风来，千树万树梨花开。

散入珠帘湿罗幕，狐裘④不暖锦衾⑤薄。

将军角弓⑥不得控⑦，都护铁衣⑧冷难着。

瀚海阑干⑨百丈冰，愁云惨淡⑩万里凝。

中军⑪置酒饮归客，胡琴琵琶与羌笛⑫。

纷纷暮雪下辕门⑬，风掣红旗冻不翻。

轮台东门送君去，去时雪满天山路。

山回路转不见君，雪上空留马行处。

[题解与注释]

①本诗通过绮丽壮美的边塞风光，真实生动地表达了诗人与挚友的情谊，展示了边塞生活的新奇和艰苦，诗中蕴含着浓郁的浪漫气息，读来令人振奋和惊奇，是唐代边塞诗的代表作。武判官：名不详。唐代节度使可委任幕僚协助判处公事，称判官。作者充任安西北节度使封常清的判官，武某或是其前任。②白草：西北边地的一种牧草。③胡天：塞北的天空。④狐裘：狐皮袍子。⑤锦衾：锦缎做的被子。⑥角弓：用牛角装饰的硬弓。⑦控：拉开。⑧都护：泛指戍边的长官。铁衣：铠甲。⑨瀚海：沙漠。阑干：纵横交错貌。⑩惨淡：昏暗无光。⑪中军：主帅的营帐。⑫胡琴琵琶与羌笛：都是西域地区兄弟民族的乐器。⑬辕门：军营的大门。古时行军扎营，以车环卫，在出入处，以两车的车辕相向竖立，作为营门，故称辕门。

碛西①头送李判官入京

岑　参

一身从远使，万里向安西。
汉月垂乡泪，胡沙费马蹄②。
寻河愁地尽，过碛③觉天低。
送子④军中饮，家书⑤醉里题。

[题解与注释]

①本诗写边塞征人的思乡之情，尤其在送友人回京时，这种情绪达到了极致。碛西：指安西都护府。②费马蹄：指对马蹄的磨损。③碛：沙漠中的高地，泛指沙漠。④子：指李判官。⑤家书：指作者托李判官捎回的家信。

逢入京使①

岑　参

故园②东望路漫漫③，双袖龙钟④泪不干。

马上相逢无纸笔，凭君传语⑤报平安。

［题解与注释］

①征人在外遇故人，想捎个口信给家报平安，对亲人的惦念相思，在外的艰辛孤寂，在诗中表现得格外生动感人。入京使：回京城长安的使者。②故园：指作者在长安的家园。③漫漫：形容路途遥远。④龙钟：形容哭泣流泪的样子。⑤传语：捎口信。

军城早秋①

严　武

昨夜秋风入汉关②，朔云边月满西山③。

更催飞将追骄虏④，莫遣沙场⑤匹马还。

［题解与注释］

①本诗写边关将士的英勇如当年飞将军李广，充分展示了边塞将士的神勇风采。②汉关：汉朝的关塞。此指唐朝军队驻守的关塞。③朔云边月：指边境上的云和月。朔，北方。边，边境。西山：指四川西部的岷山。④飞将：西汉名将李广，被称为飞将军。此借指作者部下勇猛的将士。骄虏，指当时入侵的吐蕃军队。⑤沙场：战场。

送王少府归杭州①

韩 翃

归舟一路转青蘋，更欲随潮向富春②。

吴郡陆机③称地主，钱塘苏小④是乡亲。

葛花满把能消酒，栀子同心好赠人。

早晚重过鱼浦宿，遥怜佳句箧⑤中新。

[题解与注释]

①本诗送别友人集中想象了离别后友人的美好生活，把深厚的友情融汇于美好的祝愿之中，读来情趣盎然，对未来充满美好期待。②富春：富春江，在今浙江境内，严子陵隐居之处。③陆机：西晋文学家。吴郡华亭（今上海松江）人。④苏小：即苏小小，南朝齐时钱塘名妓。⑤箧：箱子。

淮上遇洛阳李主簿①

韦应物

结茅②临古渡，卧见长淮流。

窗里人将老，门前树已秋。

寒山独过雁，暮雨远来舟。

日夕逢归客，那能忘旧游③。

[题解与注释]

①这首诗表现淮流古渡，故人相逢，畅谈当年乐事的场景，人生的感慨、人事的变迁、人际的美好、人性的本真无不历历在目，动人心弦。

②结茅：编茅为屋。谓建造简陋的屋舍。③旧游：往日同游的友人。

赠王侍御①

韦应物

心同野鹤与尘远，诗似冰壶②见底清。
府县同趋昨日事，升沉不改故人情。
上阳③秋晚萧萧雨，洛水寒来夜夜声。
自叹犹为折腰吏，可怜骢马路傍行。

[题解与注释]

①本诗通过回顾友人超凡的神采和为人的心态，表达了对美好人品和脱俗人生的赞美和向往，既赠友人也表心声，读来令人回味。②冰壶：盛冰的玉壶。常比喻品德清白廉洁。③上阳：唐宫名。

塞下曲四首①

卢 纶

鹫翎②金仆姑③，燕尾绣蝥弧④。
独立扬新令，千营共一呼。

林暗草惊风，将军夜引弓。
平明⑤寻白羽⑥，没在石棱中。

月黑⑦雁飞高，单于⑧夜遁逃。
欲将⑨轻骑逐，大雪满弓刀。

野幕敞琼筵，羌戎⑩贺劳旋。

醉和金甲舞⑪，雷鼓动山川。

[题解与注释]

①《塞下曲四首》是写军营生活中的一组完整的战斗片断，从发号施令，到骑射破敌，再到奏凯庆功。全诗意象雄浑，把军旅生活写得传奇而浪漫，很有激励鼓舞的功效。②鹫翎：鹫的羽毛，指箭尾羽。③金仆姑：传说中的一种神箭。此处代指箭。④蝥弧：旗名。⑤平明：清晨。⑥白羽：指箭。⑦月黑：没有月光的黑夜。⑧单于：指敌人首领。⑨将：率领。⑩羌戎：指少数民族。⑪醉和金甲舞：不解铁甲乘醉起舞。

塞下曲①

戎　昱

北风凋②白草，胡马日骎骎③。

夜后戍楼月，秋来边将心。

铁衣④霜雪重，战马岁年深。

自有卢龙塞⑤，烟尘⑥飞至今。

[题解与注释]

①本诗把边塞风光与边人心情融为一体，营造出凝重悲凉的意境，表达出对和平的渴望和祈求。②凋：凋零，衰落。③骎骎：马跑得很快。④铁衣：甲衣。⑤卢龙塞：今河北喜峰口。泛指北方边塞。⑥烟尘：战尘。指战争。

游子吟^①

孟　郊

慈母手中线，游子身上衣。

临行密密缝，意恐^②迟迟归。

谁言寸草^③心，报得三春晖^④。

[题解与注释]

①这是一首伟大母爱的颂歌，语言纯朴，比喻亲切，动人心弦，催人泪下，是一篇历久而弥新的不朽之作。游子吟：古乐府旧题。游子，远游的人。吟，吟咏。②意恐：担心。③寸草：小草。比喻子女。④三春晖：春天和煦的阳光。三春，春天三个月，分作孟春、仲春、季春，故称三春。

登科后^①

孟　郊

昔日龌龊^②不足夸，今朝放荡^③思无涯^④。

春风^⑤得意^⑥马蹄疾，一日看尽长安花。

[题解与注释]

①本诗通过今昔对比，写士子登科后的春风得意，"思无涯"和"马蹄疾"正是这种心态的形象写照。②龌龊：指穷愁潦倒，心情压抑。③放荡：此指自由自在，不受拘束。④思无涯：指心情愉快，想入非非。⑤春风：指皇恩浩荡。⑥得意：因登科而喜悦。

轻　肥①

白居易

意气骄满路，鞍马光照尘。

借问何为者，人称是内臣②。

朱绂③皆大夫，紫绶④悉将军。

夸赴中军宴，走马疾如云。

樽罍溢九酝⑤，水陆罗八珍⑥。

果擘洞庭橘，脍切天池鳞。

食饱心自若⑦，酒酣气益振。

是岁江南旱，衢州⑧人食人！

[题解与注释]

①轻肥：《轻肥》两字取自《论语·雍也》"乘肥马，衣轻裘"，概括那些骄奢淫逸的权贵生活。作者把轻肥的豪奢与"人食人"的悲惨人生放在一起，通过对比揭露了当时权贵的腐败奢侈和下层民众的悲苦，表达了强烈的爱憎之情和鲜明的批判现实主义笔法。轻裘肥马，指豪门显贵。此诗为《秦中吟十首》之七。②内臣：朝廷近臣。③朱绂：系官印的红色丝带。④紫绶：佩戴玉器的丝带。⑤九酝：一种经过重酿的美酒。⑥八珍：泛指各种美味。⑦自若：扬扬自得貌。⑧衢州：在今浙江西部。

卖炭翁①

白居易

卖炭翁，伐薪②烧炭南山③中。

满面尘灰烟火色④，两鬓苍苍⑤十指黑。

卖炭得钱何所营⑥？身上衣裳口中食。

可怜身上衣正单，心忧炭贱愿天寒。

夜来城外一尺雪，晓驾炭车辗⑦冰辙。

牛困人饥日已高，市⑧南门外泥中歇。

翩翩⑨两骑来是谁？黄衣使者白衫儿⑩。

手把文书口称敕⑪，回车叱牛牵向北⑫。

一车炭，千馀斤，宫使驱将惜不得⑬。

半匹红纱一丈绫，系向牛头充炭直⑭。

[题解与注释]

①本诗作者自注"苦宫市也"，可见诗中所写表面是皇宫采买，其实是掠夺性的强买，通过卖炭翁的遭遇，揭露了宫市压榨抢夺的本质。表现出诗人对人间不平的分明爱憎和鞭挞精神。卖炭翁：是作者《新乐府》五十首的第三十二首。②伐薪：砍柴。③南山：即终南山。在今陕西西安南五十里处。是秦岭山脉主峰之一。④烟火色：烟熏火烤的面色。⑤苍苍：灰白色。⑥何所营：做什么用。⑦辗：同"碾"。轧的意思。⑧市：集市。⑨翩翩：轻快洒脱的样子。此指得意忘形。⑩黄衣使者白衫儿：宫中的太监及爪牙。⑪敕：皇帝的命令或诏书。⑫北：唐皇宫在长安的北边，指把炭车赶向皇宫。⑬惜不得：舍不得。⑭直：同"值"，价值。

草①

白居易

离离②原上草，一岁一枯荣③。

野火烧不尽，春风吹又生。

远芳④侵古道，晴翠接荒城。

又送王孙⑤去，萋萋⑥满别情。

［题解与注释］

①本诗写草之枯荣，蕴含着人生的起浮和社会的兴衰，以植物之可见生长周期比喻人生和社会的生命周期，读来令人有一种生命的冲动和对生命的感悟，白居易年方十六能做出如此佳作，令人击掌叫绝。草：一作《赋得古原草送别》。②离离：形容野草茂盛，叶子下垂随风摇摆的样子。③枯荣：枯萎与繁荣。④远芳：蔓延到远方的野草。⑤王孙：贵族子弟，此指作者的朋友。⑥萋萋：野草茂盛，连绵不断的样子。《招隐士》："王孙游兮不归，春草生兮萋萋。"

钱塘湖①春行

白居易

孤山寺②北贾亭③西，水面初平云脚低。
几处早莺争暖树，谁家新燕啄春泥。
乱花渐欲迷人眼，浅草才能没马蹄。
最爱湖东行不足，绿杨阴里白沙堤④。

［题解与注释］

①这首写景小诗寄情于景，在情景交融中展示诗人的感受是那么细腻、那么深入，又那么充满积极的精神，读来给人美的陶冶。钱塘湖：西湖的别名。②孤山寺：孤山在西湖的后湖与外湖之间，峰峦耸立，上有孤山寺，是湖中登览胜地。③贾亭：一名贾公亭。贞元年间，贾全为杭州刺史，于西湖造亭，为贾公亭。④白沙堤：即白堤，又称沙堤。西湖三面环山，白堤中贯，总览全湖之胜。

放言①五首选一

白居易

其 三

赠君②一法决③狐疑，不用钻龟与祝蓍④。

试玉要烧三日满，辨材⑤须待七年期。

周公⑥恐惧流言日，王莽谦恭未篡时⑦。

向使⑧当初身便死，一生真伪复谁知。

[题解与注释]

①放言五首：这是作者与好友元稹先后被贬期间相互赠答的五首诗。本诗极富理趣，诗人通过对历史和自己人生的感悟，想要告诉人们，要想对人对事做出合理全面的评价，要有时间和历史的全面考察，避免仅靠一时一事去判断，否则就容易是非混淆、真伪难辨。放言，无所顾忌地畅所欲言。②君：您。此指元稹。③决：决断，解决。④钻龟与祝蓍：古人迷信，钻龟壳后看其裂纹占卜吉凶，或用蓍草的茎占卜吉凶。⑤材：诗人自注："豫章木生七年而后知。"⑥周公：姓姬名旦。成王年幼。周公摄政，流言诬其欲篡位。⑦王莽谦恭未篡时：在王莽未篡汉以前曾谦恭下士。⑧向使：当初假如。

酬乐天扬州初逢席上见赠①

刘禹锡

巴山楚水②凄凉地，二十三年③弃置身。

怀旧空吟闻笛赋④，到乡翻似烂柯人⑤。

沉舟侧畔千帆过，病树前头万木春。

今日听君歌一曲[6]，暂凭杯酒长精神。

[题解与注释]

①酬乐天扬州初逢席上见赠：酬答白居易在扬州初次相见时在酒筵上所赠的诗。本诗为酬答白居易赠诗而作，表达了旷达豪迈的人生态度，和积极进取不断追求的人格精神。在仕途遭遇波折，二十多年的蹉跎后能如此达观，值得吾辈效法。乐天，白居易，字乐天。②巴山楚水：作者被贬出京后，多次迁徙，初贬朗州司马，后任夔州刺史等职。夔州在今重庆奉节，属巴郡。朗州即今湖南常德，属楚地。③二十三年：指永贞元年（805年）九月至宝历二年（826年）回京这段被贬谪的时间。④闻笛赋：晋人向秀经过亡友嵇康的旧居，听见邻人吹笛，不胜感叹，写了一篇《思旧赋》。⑤烂柯人：相传晋人王质进山打柴，看见两个童子下棋，便停下来观棋。棋到终局，王质发现手里的斧柄已烂掉。回到村里，才知道已过去了百年。⑥歌一曲：指白居易的赠诗。

悯[1]农二首

李　绅

春种一粒粟，秋收万颗子。

四海[2]无闲田，农夫犹饿死。

锄禾日当午，汗滴禾下土。

谁知盘中餐[3]，粒粒皆辛苦。

[题解与注释]

①本诗通过对农民的生活写照，表达了对天下不平的谴责，对农民怜

悯中饱含着惜农惜粮的情感，这已成为当今老幼皆知的名句。悯：怜悯。
②四海：即四海之内。指全国各地。③餐：饭食。

题武担寺西台①

段文昌

秋天如镜空，楼阁尽玲珑。

水暗馀霞外，山明落照②中。

鸟行看渐远，松韵③听无穷。

今日登临意，多欢笑语同。

［题解与注释］

①秋日晚照登临，自古以来都不免感慨悲凉，而本诗却营造出一个明
快美好欢乐的气氛，给人以积极愉悦的美感。②落照：夕阳余晖。③松
韵：风吹松树的声音。

登柳州城楼寄漳汀封连四州刺史①

柳宗元

城上高楼接大荒，海天愁思正茫茫。

惊风乱飐芙蓉②水，密雨斜侵薜荔墙。

岭树重遮千里目，江流曲似九回肠。

共来百粤文身③地，犹自音书滞一乡④。

［题解与注释］

①此诗为作者连续遭贬时所做，沉重复杂的心态融于迷离荒乱的景色

中，给人塑造了一个神情凝重，精神迷惘的形象，而诗人对友人的关怀又透出强烈的温情，使全诗更具沉郁之美。柳州：今属广西。漳：今福建龙溪县。汀：今福建长汀县。封：今广东封开县。连：今广东连州市。四州刺史：指漳州刺史韩泰、汀州刺史韩晔、封州刺史陈谏、连州刺史刘禹锡。四人皆因参与王叔文变法而遭贬。作者为柳州刺史。②芙蓉：莲花。③百粤：南方少数民族。文身：在身体上刺花纹，为少数民族的一种习俗。④音书滞一乡：不通音信。滞，滞留，阻滞。

江 雪①

柳宗元

千山鸟飞绝，万径人踪灭②。
孤舟蓑笠翁③，独钓寒江雪④。

[题解与注释]

①本诗借幽僻冷寂的背景，塑造了一位清高而孤傲的渔翁。全诗意境孤寂，以衬托出诗人内心的凄冷，由此更烘托出诗人清高的品格。②人踪灭：没有人的踪迹。③蓑笠翁：穿蓑衣、戴斗笠的渔翁。④独钓寒江雪：独自在寒江中冒雪垂钓。

剑 客①

贾 岛

十年磨一剑，霜刃②未曾试。
今日把示君③，谁有不平事。

[题解与注释]

①剑客：一作《述剑》。本诗通过一个剑客的塑造，表达出诗人仗义行侠的正直精神，这种对宝剑价值的理解体现作者坚信正义的道德理念。②霜刃：剑刃白如霜，闪烁着寒光，锋利无比。③把示君：拿出来给您看。

题都城①南庄

崔 护

去年今日此门中，人面桃花相映红②。
人面不知何处去，桃花依旧笑春风③。

[题解与注释]

①本诗写一地两年的情景，展示人生中美好的事物并不会反复出现，一旦错过将成永远。都城：指京城长安。②人面桃花相映红：北周庾信《春赋》："面共桃而竞红。"③笑春风：指在春风中绽放。

北行留别①

杨 凌

日日山川烽火频，山河重起旧烟尘②。
一生孤负龙泉剑③，羞把诗书问④故人。

[题解与注释]

①本诗写书生在战火频发国家危亡之际的内心痛苦，表现出诗人不能为国建功的羞辱之心，展示出积极的人生态度。②烟尘：指战争。③孤负：辜负。未曾习武之意。④问：遗赠。

金铜仙人^①辞汉^②歌 并序

李 贺

　　魏明帝青龙元年^③八月，诏宫官牵车，西取汉孝武捧露盘仙人^④，欲立置前殿。宫官既拆盘，仙人临载，乃潸然泪下^⑤。唐诸王孙^⑥李长吉，遂作金铜仙人辞汉歌。

茂陵刘郎秋风客^⑦，夜闻马嘶^⑧晓无迹。
画栏桂树悬秋香，三十六宫^⑨土花^⑩碧。
魏官牵车指千里^⑪，东关酸风^⑫射眸子。
空将汉月^⑬出宫门，忆君^⑭清泪如铅水。
衰兰送客^⑮咸阳道，天若有情天亦老。
携盘^⑯独出月荒凉，渭城^⑰已远波声小。

[题解与注释]

　　①本诗是李贺用奇思妙想表达自己对唐王朝危机之感。这种突发的兴亡意识理当来自诗人对社会的观察和自身的感受，这种家国忧患和兴衰焦虑造就了这首奇幻凄美的境界。金铜仙人：汉武帝建造，高二十丈，大十围。矗立在汉宫神明台上。②辞汉：辞别汉宫。③青龙元年：一本作九年，皆误。应为景初元年。④捧露盘仙人：《三辅黄图》："神明台，武帝造，上有承露盘，有铜仙人舒掌捧铜盘玉杯以承云表之露，以露和玉屑服之，以求仙道。"⑤潸然泪下：《汉晋春秋》："帝（魏明帝）徙盘，盘拆，声闻数十里，金狄（铜人）或泣，因留于霸城。"⑥唐诸王孙：李贺是唐宗室郑王之后，故自称。⑦茂陵刘郎秋风客：指汉武帝。茂陵、汉武帝刘彻的陵墓。汉武帝曾作有《秋风辞》，故称之为"秋风客"。⑧夜闻马嘶：传说汉武帝死后其魂魄出入汉宫，有人曾在夜里听到他坐骑的嘶鸣。⑨三

十六宫：《西京赋》："离宫别馆三十六。"⑩土花：青苔。⑪千里：指长安
汉宫到洛阳魏宫路途之远。⑫东关酸风：东关，拉金铜仙人的车出长安东
门，故称东关。酸风，令人心酸的悲风。⑬汉月：世事变迁，只有天上的
明月还与汉时一样，故称汉月。⑭君：指金铜仙人。⑮衰兰送客：衰兰，
秋兰。客，金铜仙人。⑯盘：承露盘。⑰渭城：秦都咸阳，汉改为渭城。
代指长安。

雁门太守行①

李　贺

黑云②压城城欲摧，甲光向日金鳞③开。
角声满天秋色里，塞上燕脂凝夜紫④。
半卷红旗临易水⑤，霜重鼓寒声不起⑥。
报君黄金台⑦上意，提携玉龙⑧为君死。

［题解与注释］

　　①雁门太守行：古乐府旧题。本诗以浓艳的色彩营造出斑斓的画面，
勾勒出边塞残酷的战争，强烈地表现出将士报效朝廷的决心和誓死破敌的
斗志。全诗意境奇诡、色彩浓艳、气氛凝重、情感激越。②黑云：厚厚的
乌云，形容攻城敌军的气势。③甲光、金鳞：铠甲迎着太阳反射出来的光
如金色的鱼鳞。④塞上燕脂凝夜紫：夕照下塞土有如燕脂凝成。紫，长城
附近多紫色泥土。⑤易水：大清河上源支流，源出今河北易县，向东南流
入大清河。⑥声不起：形容战鼓声低沉，不高扬。⑦黄金台：故址在今河
北易县东南，相传战国燕昭王所筑，置千金于台上，以招聘人才。⑧玉
龙：宝剑。

马诗①二十三首选三

李 贺

其 四

此马非凡马，房星②本是星。
向前敲瘦骨，犹自带铜声③。

其 五

大漠沙如雪，燕山④月似钩。
何当金络脑⑤，快走踏清秋。

其 十

催榜⑥渡江东，神骓⑦泣向风。
君王⑧今解剑⑨，何处逐英雄？

[题解与注释]

　　①以上三首诗的大意接近，通过马来寄托诗人自己怀才不遇和抱负难成的悲愤。尤其第三首以大英雄项羽的悲剧把马与人的不幸融为一体，更突显了自己壮志难酬的悲慨。②房星：指马。《晋书·天文志》："房四星，亦曰天驷，为天马。"③铜声：铜声悦耳，形容马骨力坚劲。④燕山：在今河北平原北侧。此泛指北方边塞。⑤金络脑：镶金的马笼头。⑥榜：船桨，代指船。⑦神骓：项羽的战马。⑧君王：指项羽。⑨解剑：指项羽自刎于乌江。

金陵^①怀古

许　浑

玉树^②歌残王气终，景阳兵合^③戍楼空。

楸梧^④远近千官冢，禾黍^⑤高低六代宫。

石燕^⑥拂云晴亦雨，江豚^⑦吹浪夜还风。

英雄一去豪华尽，惟有青山似洛中^⑧。

［题解与注释］

　　①本诗通过对金陵的感怀，表达了对世事沧桑，人际代变的慨叹。金陵：今江苏南京。六朝古都。②玉树：南朝陈后主所制乐曲《玉树后庭花》。③景阳兵合：陈后主所居的景阳宫被隋朝大军包围。④楸梧：指坟墓上的树木。⑤禾黍：代指故国之思。⑥石燕：《浙中记》："零陵有石燕，得风雨则飞翔，风雨止还为石。"⑦江豚：《南越志》："江豚如猪，居水中，每于浪间跳跃，风辄起。"⑧洛中：洛阳。金陵与洛阳都四面环山。

登九峰山^①寄张祜^②

杜　牧

百感衷来^③不自由，角声孤起夕阳楼。

碧山终日思无尽，芳草何年恨即休。

睫^④在眼前长不见，道非身外更何求。

谁人得似张公子^⑤，千首诗轻万户侯^⑥。

［题解与注释］

　　①杜牧与张祜是挚友，这首诗表达了对张祜坎坷人生的同情和抚慰，

是朋友间最好的鼓励和支持。九峰山：即九疑山。在今湖南宁远南。②张
祜：诗人，年长于作者。③衷来：发自内心。④睫：眼睫毛。⑤张公子：
即张祜。因出身于名门望族，被称作"张公子"。⑥万户侯：张祜因受当
权者排挤，一生官场不利。此指当权者。

山 行①

杜 牧

远上寒山石径斜②，白云深处有人家。
停车坐③爱枫林晚，霜叶红于④二月花。

[题解与注释]

①这是一首写秋山村色的名诗，表现出诗人面对萧瑟的秋景，不仅没
有伤感，而是清新豪爽的气概。诗中的意境为历代文人所推崇。②斜：曲
折、起伏。③坐：因为、由于。④于：过。

清 明①

杜 牧

清明时节雨纷纷，路上行人②欲断魂③。
借问酒家④何处有，牧童遥指⑤杏花村。

[题解与注释]

①本诗用平实自然的语言，营造出美好的生活意境，春雨、行人、酒
家、牧童构成一幅清新的水墨画，读来令人回味，意趣无穷。②行人：行
走在路上的人，亦是作者自指。③断魂：精神极为痛苦。④酒家：酒店。
⑤遥指：指向远处。

过陈琳墓①

温庭筠

曾于青史见遗文②，今日飘蓬③过此坟。

词客④有灵应识我，霸才无主⑤始怜君。

石麟⑥埋没藏春草，铜雀⑦荒凉对暮云。

莫怪临风倍惆怅，欲将书剑学从军。

[题解与注释]

①本诗借凭吊怀古，自抒怀才不遇之感，表达了想要建功立业和有所作为的期望。陈琳墓：在今江苏邳州市。陈琳，汉末建安七子之一。曾为袁绍起草讨伐曹操的檄文。袁绍败后，归附曹操，操不计前嫌，予以重用。②青史见遗文：作者于史书中读到过陈琳的文章。③飘蓬：像蓬草一样随风飘转。④词客：指陈琳。⑤霸才无主：盖世超群之才却遇不到赏识的主人。⑥石麟：指陈琳墓前石刻的麒麟。⑦铜雀：指曹操铜雀台。

无 题①

李商隐

相见时难别亦难②，东风无力百花残。

春蚕到死丝③方尽，蜡炬成灰泪④始干。

晓镜但愁云鬓⑤改，夜吟⑥应觉月光寒。

蓬山⑦此去无多路，青鸟⑧殷勤为探看。

[题解与注释]

①本诗以"别"为诗意的起点，表现出一种生命的追求。在诗人看

来，生命只有在成长的艰辛中，才释出灿烂的价值。②相见时难别亦难：是对"别易会难"的进一层翻用。③丝：谐音"思"，相思至死不变。④泪：本为烛油，比喻相思的眼泪。⑤云鬓：青年女子浓密的鬓发。⑥夜吟：夜晚吟诗遣怀。⑦蓬山：即蓬莱山，传说中的海上仙山。⑧青鸟：传说为西王母的使者。

夜雨寄北①

李商隐

君问归期未有期②，巴山③夜雨涨秋池。
何当④共剪西窗烛，却话⑤巴山夜雨时。

[题解与注释]

①本诗既可以看成是写给亲人，也可以是写给友人，但浓郁的情感如巴山夜雨绵延不绝，诗人营造了一个共剪西窗烛的情景，使这种情感充满了人间的温暖，读来感人至深。②未有期：没有定期。③巴山：泛指四川的山川。④何当：什么时候。⑤却话：重谈。

韩冬郎①即席为诗相送因成二绝 二首选一

李商隐

其 一

十岁裁诗②走马③成，冷灰残烛动离情。
桐花万里丹山路，雏凤清④于老凤声。

[题解与注释]

①本诗在赞赏中表达对韩偓的离别之情，感伤之情融于美好的称赞之中，使全诗格调明快爽朗，令人振奋。韩冬郎：韩偓小字冬郎。作者是韩偓的姨夫，故有此称。②裁诗：即作诗。裁，剪裁。③走马：跑马。形容才思敏捷。④清：清脆。

汉南春望①

薛　能

独寻春色上高台，三月皇州②驾未回。
几处松筠③烧后死，谁家桃李乱中开。
奸邪用法原非法，唱和④求才不是才。
自古浮云蔽白日，洗天风雨⑤几时来。

[题解与注释]

①本诗通过登台怀古，呼唤天下正道早日到来。诗中充满了对奸邪及附庸的鄙视，对正义的期盼之心跃然纸上。②皇州：帝都，京城。③筠：竹子。④唱和：以诗词相酬答。⑤洗天风雨：大风大雨。

登夏州①城楼

罗　隐

寒城猎猎②戍旗风，独倚危栏③怅望中。
万里山川唐土地，千年魂魄晋英雄④。
离心不忍听边马，往事应须问塞鸿。
好脱儒冠从校尉⑤，一枝长戟六钧⑥弓。

［题解与注释］

①这是一首充满生命激情的少年从军诗，表达出强烈的为国建功的热情和甘洒一腔热血谱写壮丽人生的英雄气概。夏州：今陕西横山县西。②猎猎：此指风吹战旗的声音。③危栏：高楼上的栏杆。④晋英雄：夏州属古晋地。⑤从校尉：意谓投笔从戎。⑥钧：古代重量单位，一钧为三十斤。

晚　眺①

罗　隐

凭②古城边眺晚晴，远村高树转分明。
天如镜面都来静，地似人心总不平。
云向岭头闲不彻，水流溪里太忙生③。
谁人得及庄居老④，免被荣枯宠辱惊。

［题解与注释］

①本诗借凭吊表达内心，以天地作喻别开生面，表达出尽管人生总是不公常见，但要轻视宠辱，直面人生。②凭：凭吊。③生：语助词。④庄居老：老农。

水边偶题①

罗　隐

野水无情去不回，水边花好为谁开。
只知事逐眼前去，不觉老从头上来②。
穷似丘轲③休叹息，达如周召④亦尘埃。
思量此理何人会⑤，蒙邑先生⑥最有才。

[题解与注释]

　　①生老病死，花开花落乃自然人生之常态，诗人以此表达自己的人生态度，要像庄子一样淡泊人生。②老从头上来：指头生白发。③穷：窘困。丘轲：指孔丘、孟轲，即孔子、孟子。④周召：周成王时共同辅政的周公旦和召公奭的并称。两人皆有美政。⑤会：领会，理解。⑥蒙邑先生：庄周，战国时宋国蒙（今安徽蒙城，一说今河南商丘东北）人。

渔阳①将军

张　为

　　霜髭②拥颔对穷秋，著白貂裘③独上楼。
　　向北望星④提剑立，一生长为国家忧。

[题解与注释]

　　①本诗塑造了一位相貌悲苍、性格鲜明、为国尽心的将军形象，表达了对国家栋梁的称许与赞赏。渔阳：今北京密云西南。②霜髭：白色胡须。③著白貂裘：穿白色貂皮衣服。④望星：古人观天象，预测是否有战争。

舜　妃①

周　昙

　　苍梧②一望隔重云，帝子③悲寻不记春。
　　何事泪痕偏在竹，贞姿应念节④高人。

[题解与注释]

　　①本诗赞美了娥皇、女英的节操和品格，表达了对舜妃品行典范性的肯定。舜妃：即尧之二女，娥皇、女英。②苍梧：在今湖南境内。舜南

巡，崩于苍梧之野。③帝子：即舜妃。因为尧之女，故称。④节：竹有节，以喻节操。

早春寄怀①

李建勋

家山②归未得，又是看春过。
老觉光阴速，闲悲世路多。
风和吹岸柳，雪尽见庭莎。
欲向东溪醉，狂眠一放歌③。

[题解与注释]

①离乡老者的悲情展示，既充满了人生的慨叹，又表现出生命的强劲，读来令人回味。②家山：故乡。③放歌：高声吟唱。

春日作①

李　中

和气来无象②，物情还暗新。
乾坤一夕雨，草木万方春。
染水烟光媚③，催花鸟语频。
高台旷望④处，歌咏属诗人。

[题解与注释]

①本诗把自然景色与诗人美好的心情融为一体，表达了对自然的赞美和生活的热情。②无象：没有迹象。③媚：明媚。④旷望：远望。

宋代诗词

衣襟中诗①

李若水

胡马南来久不归②，山河残破一身微。

功名误我等云过，岁月惊人和雪飞。

每事恐贻千古笑③，此心甘与众人违。

艰难唯有君亲重，血泪斑斑染客衣！

[题解与注释]

①这首诗是靖康元年（1126）闰十一月三日，作者奉使河东返回开封后被金人拘留于城外冲虚观时所作。当时金兵正围攻汴京，形势十分危急。作者"赋诗以见志"，表达其与山河社稷同存亡的决心。诗中所说的"此心甘与众人违"的"众人"，是指那些主张开城投降的卖国奸臣。诗人虽身处逆境，但绝不与这些贪生怕死的无耻之徒同流合污。数月后，他终于在敌营中骂贼而死，表现了不屈的气节。②胡马：指金兵。③贻：遗留，留下。

退将诗①

曹 翰

三十年前学六韬②，英名常得预时髦③。
曾因国难披金甲，耻为家贫卖宝刀。
臂健尚嫌弓力软，眼明犹识阵云高④。
庭前昨夜秋风起，羞睹盘花旧战袍。

[题解与注释]

①退将诗：本诗写一位久经沙场的武将在向宋太宗夸功诉穷时所说的话，要求皇上论功行赏。据《宋史·曹翰传》："尝作《退将诗》曰：'曾因国难披金甲，耻为家贫卖宝刀。'翰值禁日，因语及之。上悯其意，故有银钱之赐。"②六韬：中国古代兵书。传为周代吕尚（姜太公）作。后人认为是战国时作品。现存六卷，即《文韬》、《武韬》、《龙韬》、《虎韬》、《豹韬》、《犬韬》。③时髦：指一时的英俊之士。④阵云：指战场风云。

思古堂①

陈世卿

思古堂前酒一尊，共谈时事出孤村。
临期上马无他嘱，多买诗书教子孙。

[题解与注释]

①友人临行送别，不说情谊深长、离愁别恨、功名利禄、努力加餐之类的套话，而是嘱咐友人回去以后，常到书市上逛逛，多买点诗书，把子孙教育好，使他们成为有用的人才，与众不同别有一番深意。思古堂：作者的客厅。

书苏州厅壁①

孙　冕

人生七十鬼为邻，已觉风光属别人。

莫待朝廷差致仕②，早谋泉石养闲身③。

去年河北曾逢李，今日淮西又见陈。

寄语姑苏孙太守④，也须抖擞旧精神⑤。

[题解与注释]

①本诗表现出孙太守不留恋官场，古稀之年仍要抖擞精神，乐观生活的人生态度。②致仕：谓交还官职，即辞官，退休。③泉石：指山水、园林佳胜之处。④姑苏：苏州的别称。⑤抖擞：振作，奋发。

畬田调①五首选二

王禹偁

其　一

大家齐力劚孱颜②，耳听山歌手莫闲③。

各愿种成千百索④，豆萁千穗满青山⑤。

[题解与注释]

①诗中反映的是山区农民辛勤开荒种地的劳动生活。由于地处穷乡僻壤，生产工具和技术都很落后，基本上还处于刀耕火种的原始农业状态，但他们不畏艰辛，齐心合力开垦荒山，一边唱着山歌，一边"劚孱颜"，

表现出不畏艰辛的乐观精神。畲田调：一作"畲田词"畲（shē）田，用刀耕火种的办法种田。②斸（zhú）：大锄，引申为掘、挖。孱颜：山高的样子。③山歌：一作"田歌"。④索：绳索。千百索，表示开垦种植的土地很多。作者原注："山田不知畎亩，但以百尺绳量之，曰：'某家今年种得若干索'，以为田数。"⑤萁（qí）：豆的茎，即豆秸。

其　四

北山种了种南山，相助力耕岂有偏①。

愿得人间皆似我，也应四海少荒田②。

［题解与注释］

①本诗展现农民团结互助，战天斗地，追求共同富裕的乐观积极心态和质朴勤劳精神。有偏：有偏心，自私。②四海：古代以为中国四境有海环绕，故以四海指天下、全国各地。

对　雪①

王禹偁

帝乡岁云暮②，衡门昼长闭③。

五日免常参④，三馆无公事⑤。

读书夜卧迟，多成日高睡。

睡起毛骨寒，窗牖琼花坠⑥。

披衣出户看，飘飘满天地。

岂敢患贫居，聊将贺丰岁。

月俸虽无余，晨炊且相继。

薪刍未缺供⑦，酒肴亦能备。

数杯奉亲老，一酌均兄弟。

妻子不饥寒，相聚歌时瑞⑧。

因思河朔民⑨，输挽供边鄙⑩。

车重数十斛⑪，路遥数百里。

羸蹄冻不行⑫，死辙冰难曳⑬。

夜来何处宿？阒寂荒陂里⑭。

又思边塞兵，荷戈御胡骑。

城上卓旌旗⑮，楼中望烽燧⑯。

弓劲添气力，甲寒侵骨髓。

今日何处行？牢落穷沙际⑰。

自念亦何人，偷安得如是！

深为苍生蠹⑱，仍尸谏官位⑲。

謇谔无一言⑳，岂得为直士？

褒贬无一词，岂得为良史？

不耕一亩田，不持一只矢；

多惭富人术㉑，且乏安边议㉒。

空作对雪吟，勤勤谢知己㉓。

[题解与注释]

①本诗以"对雪"为题，其意不在咏雪，而是写由雪花在心里所引起的联想和感喟。表现出一位正直官员勇于自我解剖、敢于反省的可贵精神。②帝乡：京城，指北宋首都汴京。云：这里为语助词，无意义。③衡门：横木为门，指简陋的房屋。衡，通"横"。④常参：臣僚每五天上朝参拜皇帝，叫"常参"。⑤三馆：宋代以昭文馆、集贤院、史馆合称三馆。作者于端拱初任右拾遗直史馆。⑥牖（yǒu）：窗。琼花：指雪花。⑦薪刍：柴草。⑧时瑞：祥和丰收之年。古人认为瑞雪兆丰年，故云。⑨河

朝：地区名。泛指黄河以北。⑩输挽：拉着车子运送给养。挽，牵引，拉。边鄙：边防上的小城镇。鄙，小邑。⑪斛：古代以十斗为一斛。⑫羸（léi）蹄：瘦马。⑬死辙：车辙被冰雪封住，通行困难。曳（yè）：牵引，拖。⑭阒（qù）寂：寂静。荒陂：荒凉的山坡。⑮卓：直立，竖立。⑯烽燧：即烽火。古代边防报警的两种信号。白天在高台上燃狼粪，夜晚则烧柴草。⑰牢落：荒凉冷落，稀疏零落。⑱蠹（dù）：木中蛀虫，引申为祸害。⑲尸位：谓居其位而不尽其职。谏官：指右拾遗。⑳謇谔（jiǎn è）：正直敢言貌。謇，忠诚，正直。谔，正直的话。㉑多惭：很惭愧。富人术：使人民生活富裕起来的办法。㉒安边议：安定边疆的言论和建议。㉓勤勤：殷切盼望。

南　朝①

石延年

南朝人物尽清贤②，不是风流即放言③。
三百年间却堪笑④，绝无人可定中原。

［题解与注释］

　　①这是一首咏史诗，诗中评论的是南朝的上层人物。作者对当时士大夫不关心国事、崇尚清谈的风气深表不满。讽刺他们以清流贤士自居，却没有一个人能承担起北伐中原、光复失地、统一国家的历史重任。表达了作者空谈误国、实干兴邦的进步思想。南朝：从公元420年东晋灭亡到589年隋朝统一的一百七十年间，我国历史上形成南北对峙的局面，称为南北朝：南朝指偏安于东南的宋、齐、梁、陈四代。②清贤：清流、贤士。③风流：英俊杰出的人物。放言：洁身自好、不谈世务的言论。④三百年：从东晋建武元年（317）到祯明三年（589）阵亡，共二百七十二年。这里说三百年为约数。

古　松①

石延年

直气森森耻屈盘②，铁衣生涩紫鳞干③。
影摇千尺龙蛇动④，声撼半天风雨寒。
苍藓静缘离石上⑤，丝萝高附入云端⑥。
报言帝室抡材者⑦，便作明堂一柱看⑧。

[题解与注释]

①这首咏古松的七言律诗，托物言志，表达作者希望朝廷重视选拔人才发挥人才的作用，使之成为国家的栋梁的进步人才观。②森森：形容寒气逼人。③铁衣：指古松的树皮。紫鳞：形容松树皮像紫色的鱼鳞。④龙蛇动：形容松树枝晃动的影子像龙蛇一样飞舞。⑤苍藓：青色的苔藓。缘：沿着。⑥丝萝：菟丝与女萝，两种蔓生植物，缠绕于草木上。⑦帝室：指朝廷。抡材：选拔人才。抡，挑选，选拔。⑧明堂：古代天子宣明政教的地方，泛指朝廷。

宿甘露僧舍①

曾公亮

枕中云气千峰近，床底松声万壑哀②。
要看银山拍天浪③，开窗放入大江来④。

[题解与注释]

①本篇写作者夜宿甘露寺江声阁中的见闻和感受。构思巧妙，境界壮阔，联想丰富，虚实相映，描绘出一幅令人目眩神迷、诗意盎然的画图。

表现出宏阔的胸怀和壮美的精神追求。甘露僧舍：即甘露寺。在江苏镇江北固山后峰上。相传始建于三国东吴甘露元年（265），后屡毁屡建。北宋大中祥符年间甘露寺僧祖宣又移建于山上。寺内包括大殿、老君殿、观音殿、江声阁等建筑。②壑（hè）：山沟。③银山：形容白浪如山。④大江：指长江。

绝 句①

彭思永

争利争名日日新，满城冠盖九逵尘②。
一声鸡唱千门晓，谁是高眠无事人③？

［题解与注释］

①这是一首讽刺官场争名逐利斗争的小诗。表达了作者对尔虞我诈、不择手段的仕途小人的鄙视和厌恶。②冠盖：旧指仕宦的冠服和车盖，也用作仕宦的代称。九逵：四通八达的大路，代指城市。逵，通向四方的大路。《尔雅》："九达谓之逵。"③高眠：高枕而眠。表示无所顾虑。

村 豪①

梅尧臣

日击收田鼓②，时称大有年③。
滥倾新酿酒，包载下江船④。
女髻银钗满⑤，童袍毳毷鲜⑥。
里胥休借问⑦，不信有官权！

［题解与注释］

　①所谓"村豪"，就是农村中的恶霸。诗中对"村豪"贪得无厌、挥霍无度的本质进行了深刻的揭露。笔锋犀利，爱憎分明，入木三分地刻画出这些剥削者、寄生虫的丑恶嘴脸。②收田鼓：秋收时打鼓催促佃户下田收获庄稼。③大有年：丰收年。④下江船：开往沿江下游的船。⑤银钗：银制的发钗。⑥毳（cuì）：细软的毛皮。氎（dié）：呢绒。⑦里胥：里正、地保之类的低级乡官。

戏答元珍①

欧阳修

　　春风疑不到天涯，二月山城未见花②。
　　残雪压枝犹有橘，冻雷惊笋欲抽芽③。
　　夜闻归雁生乡思④，病入新年感物华⑤。
　　曾是洛阳花下客，野芳虽晚不须嗟。

［题解与注释］

　①诗题原作《戏答元珍花时久雨之什》。诗中表达了欧阳修旷达的胸怀和积极的人生态度。元珍：丁宝臣的字，时为峡州军事判官，是欧阳修的好友。②山城：指夷陵。③冻雷：初春的雷声。④乡思（sī）：怀念家乡的情感。⑤物华：美好的景物。

宝　剑①

欧阳修

　　宝剑匣中藏，暗室夜长明。
　　欲知天将雨，铮尔剑有声②。

神龙本一物③，气类感则鸣。

常恐跃匣去，有时暂开扃④。

煌煌七星文⑤，照曜三尺冰。

此剑在人间，百妖夜收形。

奸凶与佞媚，胆破骨亦惊。

试以向星月，飞光射搀枪⑥。

藏之武库中，司息天下兵。

奈何狂胡儿，尚敢邀金缯⑦？

［题解与注释］

①诗人通过对宝剑的赞美，表达了想要为国家建功立业的热情，流露出强烈的爱国情绪和对贪生怕死的鄙视。②铮（zhēng）尔：金属撞击声。③"神龙"句：古代传说宝剑化为神龙。见《晋书·张华传》。④扃（jiōng）：本指门窗上的插关，这里指剑匣。⑤煌煌：明亮貌。也形容光彩鲜明。七星：指北斗七星。文：花纹。⑥搀枪：即彗星。古人以为这种星是妖星，出现即有兵乱。⑦缯（zēng）：古代对丝织品的总称。

淮中晚泊犊头①

苏舜钦

春阴垂野草青青②，时有幽花一树明③。

晚泊孤舟古祠下，满川风雨看潮生。

［题解与注释］

①小诗在孤寂阴沉的氛围中，表达了作者积极明朗的心态和豪迈开阔的胸怀。淮中：淮河之中。犊头：地名。②春阴：春天的阴云。一作"绿阴"。垂野：笼罩田野。③幽花：地处偏僻的花。

览　照^①

苏舜钦

铁面苍髯目有棱^②，世间儿女见须惊。
心曾许国终平虏，命未逢时合退耕。
不称好文亲翰墨^③，自嗟多病足风情^④。
一生肝胆如星斗^⑤，嗟尔顽铜岂见明^⑥。

[题解与注释]

①本诗是作者的形象写真，通过刻画作者心目中奇男伟汉的神态，表达出内心激情四射的情怀，流露出对腐败社会的愤怒。览照：以镜自照。②目有棱：目光威严。③不称（chèn）：不相称，不配。翰墨：本指笔和墨，引中为文学、文辞的代称。④风情：风采，怀抱，志趣。⑤星斗：星辰、北斗。⑥顽铜：指镜，古代以铜为镜。

葛溪驿^①

王安石

缺月昏昏漏未央^②，一灯明灭照秋床。
病身最觉风露早，归梦不知山水长。
坐感岁时歌慷慨，起看天地色凄凉。
鸣蝉更乱行人耳，正抱疏桐叶半黄。

[题解与注释]

①这是一首羁旅诗，诗中表达了思乡之情之外，还蕴含了胸怀天下的

壮怀和痛恨时弊的正义感。葛溪驿：在今江西弋阳境内。驿，驿站，古代供传送公文的人或来往官员暂住、换马的处所。②漏：漏壶，古代的计时器。未央：未尽，未已。

泊船瓜洲①

王安石

京口瓜洲一水间②，钟山只隔数重山③。
春风又绿江南岸④，明月何时照我还？

[题解与注释]

①这是一首千古名诗，写景、抒情、表意融为一体，表达了作者俊朗的心境和强烈的思乡之情。瓜洲：在长江北岸，与京口隔江相望。②京口：今江苏省镇江市，在长江南岸。③钟山：今南京紫金山，又名蒋山。④"春风"句：化用李白《侍从宜春苑奉诏》"春风已绿瀛洲草，紫殿红楼觉春好"语意。

商 鞅①

王安石

自古驱民在信诚②，一言为重百金轻③。
今人未可非商鞅④，商鞅能令政必行。

[题解与注释]

①作为一个改革家，诗人通过对商鞅的赞美，表达了重诚信和有令必行的人生追求。商鞅（约前390—前338）：战国时政治家。卫国人。姓公孙，名鞅，亦称卫鞅。初为魏相家臣，后入秦进说秦孝公，任左庶长，实

行变法。秦孝公十二年迁都咸阳后，进一步变法。因战功封商，号商君，因称商鞅。他两次变法，奠定了秦国强盛的基础。秦孝公死后，被贵族诬陷，车裂而死。②驱民：驱使人民，治理国家。③"一言"句：据《史记·商君列传》载，商鞅变法之初，为取信于民，在都城南门立一木柱，宣布谁将木柱搬到北门，赐十金，人以为戏言，皆不肯动。后来赐金增至五十金，有人将木柱搬到北门，商鞅便如数赐以五十金，以表示他言而有信，令出必行。④非：非难，指责。

元　日①

王安石

爆竹声中一岁除，春风送暖入屠苏②。
千门万户曈曈日③，总把新桃换旧符④。

［题解与注释］

①这是一首贺岁诗，诗中渲染了欢度除夕、喜迎新春的浓浓民俗气息和欢快气氛，展示了诗人对新生活的向往。元日：农历正月初一。元，开始，第一。一年的第一天，称元日。②屠苏：酒名。古代风俗，农历正月初一，家人先幼后长饮屠苏酒（用屠苏草泡的酒）。③曈曈（tóng）：太阳初升的样子。④桃符：古代习俗，元日用桃木板写神荼、郁垒二神名，悬挂门旁，以为能压邪。五代时后蜀的宫廷里开始在桃符上题联语。后遂以为春联的别名。

登飞来峰①

王安石

飞来峰上千寻塔②，闻说鸡鸣见日升。
不畏浮云遮望眼，自缘身在最高层。

[题解与注释]

①游览攀登，人之常事，诗人却从中悟出要看得远，必须站得高的人生哲理，很有高瞻远瞩的气概。飞来峰：又名灵鹫峰、鹫岭，在杭州市灵隐寺前。相传东晋时印度高僧慧理来到灵隐，说此山很像天竺国的灵鹫山，但"不知何时飞来"，故名。②千寻：形容塔身高耸。古时八尺为一寻。

梅　花①

王安石

墙角数枝梅，凌寒独自开②。
遥知不是雪，为有暗香来。

[题解与注释]

①本诗通过梅花凌然傲雪、迎风飘香的品格，展示了作者的人格追求，蕴含了诗人的精神寄托。②凌寒：冒着寒冷。

江 上①

王安石

江北秋阴一半开，晚云含雨却低回。
青山缭绕疑无路②，忽见千帆隐映来③。

[题解与注释]

①本诗通过秋天晚舟江景变幻的生动描述，表现出人生在穿行中不断变化的哲理，很有时常疑惑又总有光明的意境。②缭绕：盘旋曲折。③隐映：忽隐忽现。

祭常山回小猎①

苏 轼

青盖前头点皂旗②，黄茅冈下出长围③。
弄风骄马跑空立，趁兔苍鹰掠地飞。
回望白云生翠巘④，归来红叶满征衣。
圣朝若用西凉簿⑤，白羽犹能效一挥。

[题解与注释]

①本诗通过展示围猎的壮观豪迈，表达了自己爱国建功的情怀。②点：点缀。③黄茅冈：在密州常山东南。④翠巘（yǎn）：青翠的山峰，指常山。⑤西凉簿：晋朝西凉主簿谢艾，善用兵，故以之自喻。

红 梅①

苏 轼

怕愁贪睡独开迟，自恐冰容不入时②。
故作小红桃杏色，尚余孤瘦雪霜姿。
寒心未肯随春态，酒晕无端上玉肌③。
诗老不知梅格在④，更看绿叶与青枝⑤。

[题解与注释]

①本诗以梅花拟己心，表达了自己清洁的内心和不会随物作态以媚他人的品格。②冰容：冰霜般的容颜。③酒晕：指酒后脸颊微红。无端：没来由。玉肌：白玉般的肌肤。④诗老：指石曼卿，是苏轼前一辈著名诗人，这两句作者自注："石曼卿《红梅》诗云：'认桃无绿叶，辨杏有青枝。'"是说把它看作桃花，却不见树上的绿叶，把它看作杏花，而它的枝干又是青色的。⑤更看：还要看。

东 坡①

苏 轼

雨洗东坡月色清，市人行尽野人行②。
莫嫌荦确坡头路③，自爱铿然曳杖声④。

[题解与注释]

①本诗是诗人自号的由来，通过写雨后清新的野景，不仅漾溢出作者的逸趣，更表现出傲视逆境、不畏坎坷的旷达人品。东坡：黄州（今湖北黄冈）城外东面山坡上的一块荒地，作者贬黄州后，在此筑室躬耕，自号

东坡居士。②市人：城市中人。野人：山野之人。诗人自谓。③荦（luò）确：石块突露的样子。④铿（kēng）然：形容声音短脆。曳杖：拖着手杖。

题西林壁①

苏 轼

横看成岭侧成峰，远近高低各不同。
不识庐山真面目，只缘身在此山中。

[题解与注释]

①这是一首著名的理趣诗，诗人通过游庐山时看到的景象，引发出现实中往往出现的"当局者迷，旁观者清"的生活哲理，读来令人回味，发人深思。西林：庐山寺名。

赠刘景文①

苏 轼

荷尽已无擎雨盖②，菊残犹有傲霜枝③。
一年好景君须记，正是橙黄橘绿时④。

[题解与注释]

①这是一首赠友诗，作者以物喻人，表达了对朋友的殷切希望和美好祝福。刘景文：名季孙，开封祥符（今开封市）人。曾任饶州酒监、两浙兵马都监、隰州知州等职。博学工诗，为苏轼的好友。②擎雨盖：指荷叶，状如遮雨的伞盖。擎，举。③傲霜：在寒霜面前傲然不屈。④正是：一作"最是"。橙黄橘绿时：指初冬季节。

雨中登岳阳楼望君山①二首

黄庭坚

投荒万死鬓毛斑，生出瞿塘滟滪关②。
未到江南先一笑，岳阳楼上对君山。

满川风雨独凭栏，绾结湘娥十二鬟③。
可惜不当湖水面，银山堆里看君山。

［题解与注释］

①两首小诗均作于作者被贬流放而又喜迎特赦途中，通过眼中的湖光山色，表达了内心激动、欣喜而又感慨万千的情愫，流露出对人生的热爱和达观。岳阳楼：今湖南岳阳市西门的城楼，唐代张说建，宋仁宗庆历五年（1045）岳州知州藤宗谅加以增建。君山：又名湘山、洞庭山，在岳阳西南的洞庭湖中。②瞿塘：长江三峡之一。滟滪（yàn yù）：滟滪堆，瞿塘峡口突出江面的大石头，现已炸除。③绾（wǎn）结：盘结。湘娥：神话中的湘水女神湘夫人。

夜 坐①

张 来

庭户无人秋月明②，夜霜欲落气先清。
梧桐真不甘衰谢，数叶迎风尚有声。

［题解与注释］

①小诗寄寓了诗人不甘寂寞、积极入世、老而弥坚的自强精神，大有

曹操"老骥伏枥，志在千里"的意味，是一首激励人们积极向上的好诗。②庭户：院落。

北岭卖饼儿，每五鼓未旦即绕街呼卖①，虽大寒烈风不废，而时略不少差也。因为作诗，且有所警，示秬秸②

张　耒

城头月落霜如雪，楼头五更声欲绝。
捧盘出户歌一声，市楼东西人未行。
北风吹衣射我饼，不忧衣单忧饼冷。
业无高卑志当坚③，男儿有求安得闲④！

［题解与注释］

①本诗为训诫诗，表达了作者崇尚平等、热爱劳动的观念，展示出男儿当自强，不能无所事事的可贵人生观。五鼓：五更。②秬秸：张耒的两个儿子名。③业无高卑：谓职业没有高贵和低贱之分。④有求：有所追求，此指理想、事业而言。

病　牛①

李　纲

耕梨千亩实千箱②，力尽筋疲谁复伤③？
但得众生皆得饱④，不辞羸病卧残阳⑤。

［题解与注释］

①这是一首主张抗金北伐，从而受到投降派打击，被贬谪后的作品，

作者以耕牛自喻，通过描绘一头辛勤耕耘、精疲力竭、病弱不堪的老牛，表达了自己为国为民、鞠躬尽瘁、无悔无怨的崇高精神和美好品德。②实：装满。箱：指粮囤、粮仓。③谁复伤：谁还可怜你。④众生：百姓。⑤羸（léi）：瘦弱。

兵乱后杂诗五首选一

吕本中

其 二

万事多翻覆，萧兰不辨真②。
汝为误国贼，我作破家人。
求饱羹无糁③，浇愁爵有尘④。
往来梁上燕，相顾却情亲。

[题解与注释]

①本篇为作者在经历"靖康之难"，成了"破家人"之后，痛定思痛，谴责北宋末年蔡京、童贯等误国奸臣卖国求荣的罪行。诗人爱憎鲜明，感情悲愤，表达了广大人民对误国贼臣的无比痛恨。②萧：艾蒿，象征坏人。兰：兰草，象征好人。屈原《离骚》："户服艾以盈要兮，谓幽兰其不可佩。"不辨真：分辨不出真假好坏。③糁（sǎn）：以米和羹。古人作羹，多和以米。④爵：酒杯。

夏日绝句①

李清照

生当作人杰②，死亦为鬼雄。
至今思项羽③，不肯过江东④。

[题解与注释]

①该诗是李清照南渡以后创作的。全诗仅四句二十字，却包含着丰富的思想内容、深刻的理性思考和鲜明的爱憎倾向。诗中以古喻今，通过咏史对宋高宗执行逃跑投降政策，进行了谴责和批判，在当时具有很强的现实意义。诗题一作《乌江》。②人杰：杰出的人物。③项羽：秦末起义军领袖之一，后与刘邦争天下，兵败，自杀于乌江（今安徽和县东北长江边上的乌江浦）。④江东：江南。项羽早年跟随其叔父项梁在江东起义，带领八千子弟兵渡江而西，最后全军覆灭。他无颜去见江东父老，因而在乌江自杀。

题八咏楼①

李清照

千古风流八咏楼，江山留与后人愁。
水通南国三千里，气压江城十四州②。

[题解与注释]

①本诗写作者避难中的登楼抒怀，表达了对社会动乱、山河飘摇的忧伤，蕴含了强烈的对国泰民安的企盼和爱国忧民情怀。八咏楼：在浙江金华城西南。原名元畅楼，相传为南朝齐隆昌元年（494）沈约为东阳太守

时所建。楼成后，沈约曾赋《登元畅楼》和《八咏诗》题其壁间，"一时传为绝唱，而楼遂成盛迹"（《金华县志》）。②十四州：宋代两浙路辖二府、十二州，共十四州。

蜀中作①

曲 端

破碎江山不足论②，何时重到渭南村③？
一声长啸东风里，多少未归人断魂！

[题解与注释]

①本篇为高宗建炎年间，作者在川陕一带抗击金兵时所作。诗中对祖国山河破碎深表痛惜，表达了当时军民一心驱逐敌寇、收复中原、重返故乡的强烈愿望，全诗洋溢着强烈的爱国思想感情。②不足论：不值一提。这里是表示痛心、惋惜的意思。③渭南：县名，在陕西渭河平原东部。诗中指当时被金人侵占的北方地区。

伤 春①

陈与义

庙堂无策可平戎②，坐使甘泉照夕烽③。
初怪上都闻战马④，岂知穷海看飞龙⑤。
孤臣霜发三千丈⑥，每岁烟花一万重。
稍喜长沙向延阁⑦，疲兵敢犯犬羊锋⑧。

[题解与注释]

①这是一首抚时感事，寄托忧国情思的作品。诗中充满对朝廷守臣望

风而逃的愤慨。全篇雄浑沉挚，声调高亮，忧国之情溢于言表。②庙堂：指朝廷。平戎：此指抗金。③甘泉：汉代皇帝的行宫。在陕西三原县甘泉山上。④上都：指北宋都城汴京。⑤穷海：遥远的海边。飞龙：象征皇帝。此指宋高宗。⑥孤臣：作者自称。霜发：白发。三千丈：李白诗《秋浦歌》："白发三千丈，缘愁似个长。"⑦向延阁：指向子諲，曾任秘阁直学士。这里是借用汉朝史官的称呼（延阁）来称他。当时向子諲为长沙太守，曾组织军民抵抗金兵。⑧疲兵：疲困的军队，指向子諲所指挥的部队。犬羊：对金兵的蔑称。

牡 丹①

陈与义

一自胡尘入汉关②，十年伊洛路漫漫③。
青墩溪畔龙钟客④，独立东风看牡丹。

［题解与注释］

①本篇写于高宗绍兴六年（1136）春，此时距汴京沦陷、北宋灭亡已十年。在这十年里形势发生了翻天覆地的巨变。匡破家亡，流落江南，作者至此仍然看不到返回故乡的希望，于是写了这首小诗，通过咏牡丹来抒发怀念故国和家乡的一片深情。②胡尘：指金兵。③伊洛：伊水和洛水，均在河南境内，流经洛阳。此处用来代指诗人的故乡洛阳。④青墩溪：在浙江桐乡市北。青墩，宋代镇名。作者晚年曾寓居于此。龙钟：形容老年人行动不便的样子。龙钟客为作者自指。

池州翠微亭^①

岳 飞

经年尘土满征衣^②，特特寻芳上翠微^③。

好水好山看不足，马蹄催趁月明归。

[题解与注释]

①这首七言绝句描写民族英雄岳飞在紧张的抗金战争中，抽空夜游池州齐山翠微亭，饱览祖国大好河山的情景。表达了作者无限热爱祖国河山的深厚感情，生动地刻画出一位抗金英雄的形象。池州：今安徽贵池区。翠微亭：在贵池区南齐山之麓。唐代杜牧所建。②经年：常年，经常。征衣：战袍，军装。③特特：特地，特意。

夜读兵书^①

陆 游

孤灯耿霜夕^②，穷山读兵书^③。

平生万里心^④，执戈王前驱。

战死士所有，耻复守妻孥^⑤。

成功亦邂逅^⑥，逆料政自疏^⑦。

陂泽号饥鸿^⑧，岁月欺贫儒^⑨。

叹息镜中面，安得长肤腴^⑩！

[题解与注释]

①本篇是一首五言古体抒情诗，全诗着重写诗人因读兵书而触发的种

种思绪和感慨，刻画出一位不得志的爱国者的形象。笔调委婉，感情深沉，忧国忧民之情溢于言表。②耿：光明，照亮。霜夕：秋夜。③穷山：深山。④万里心：为国立功于万里之外的壮志雄心。⑤妻孥（nú）：妻子儿女。⑥邂逅（xiè hòu）：偶然遇着。⑦逆料：预料。政：同"正"。疏：辽阔。⑧陂泽：低洼积水处。饥鸿：比喻饥饿的人民。⑨贫儒：贫困的读书人。作者自指。⑩肤腴（yú）：肌肤丰满润泽。

闻武均州报已复西京①

陆　游

白发将军亦壮哉，西京昨夜捷书来。
胡儿敢作千年计②，天意宁知一日回。
列圣仁恩深雨露③，中兴赦令疾风雷④。
悬知寒食朝陵使⑤，驿路梨花处处开⑥。

［题解与注释］

①这首诗通过武钜光复洛阳这一具体事件，表达了作者喜闻捷报的兴奋心情。诗的风格明快乐观，感情色彩很浓。淋漓尽致地表现了诗人听到胜利消息时刹那间难以抑制的激动情怀。武均州：武钜，绍兴末年任均州（治所在今湖北光化县）知州。西京：今河南洛阳市。②胡儿：指金朝统治者。③列圣：指北宋历代帝王。④赦令：皇帝的诏书、文告。⑤悬知：预想、料想。朝陵：朝拜祭扫皇陵的使臣。北宋帝王的陵墓在洛阳。⑥驿路：古代传递文书的道路。

哀郢①二首选一

陆 游

远接商周祚最长②，北盟齐晋势争强。
章华歌舞终萧瑟③，云梦风烟旧莽苍④。
草合故宫惟雁起，盗穿荒冢有狐藏。
离骚未尽灵均恨⑤，志士千秋泪满裳！

［题解与注释］

①此诗为悼念伟大爱国主义诗人屈原所作，原作两首，此为其中一首。屈原的爱国精神引起了陆游强烈的共鸣，使他受到深刻的教育和鼓舞。这首诗悼古伤今，感叹爱国志士不能任用，寄托了深深的忧国之情。哀郢：屈原《九章》有《哀郢》篇，此诗用以为题。郢，楚国的国都，在今湖北江陵。②祚（zuò）：国统、皇位。③章华：章华台，春秋时楚灵王所筑，遗址在今湖北监利县西北。④云梦：古代楚国薮泽名。原址在今湖北安陆南，湖南华容北一带。江北为云，江南为梦。⑤《离骚》：屈原的代表作。灵均：屈原的字。《离骚》："字余曰灵均。"

观大散关图有感①

陆 游

上马击狂胡，下马草军书。
二十抱此志，五十犹癯儒②。
大散陈仓间③，山川郁盘纡④。
劲气钟义士⑤，可与共壮图⑥。
坡陁咸阳城⑦，秦汉之故都。

王气浮夕霭⑧，宫室生春芜。

安得从王师，汛扫迎皇舆⑨。

黄河与函谷⑩，四海通舟车。

士马发燕赵⑪，布帛来青徐⑫。

先当营七庙⑬，次第画九衢⑭。

偏师缚可汗⑮，倾都观受俘。

上寿大安宫⑯，复如正观初⑰。

丈夫毕此愿，死与蝼蚁殊⑱。

志大浩无期⑲，醉胆空满躯⑳！

［题解与注释］

①本诗以观图抒感为主线驰骋想象，放飞激情，表达了强烈的爱国情怀，表达了自己理想与现实的矛盾心理，流露出积极向上的人格追求。大散关：在今陕西宝鸡市西南大散岭上，是南宋与金西部分界线上的边防要塞。②癯（qú）儒：清瘦的书生。③陈仓：山名，在今陕西宝鸡市南。④郁：树木茂盛。盘纡：盘曲迂回。⑤劲气：刚劲之气。钟：凝聚、贯注。⑥壮图：指收复失地、重整山河的宏伟计划。⑦坡陁（tuó）：高低不平。⑧王气：古代迷信的说法，帝王兴起，有一种瑞气作为预兆。霭（ǎi）：烟雾。⑨汛扫：洒扫。皇舆：皇帝的车驾。⑩函谷：函谷关，在今河南灵宝市西南。⑪燕赵：指今河北、山西一带。⑫青徐：青州（在今山东境内）和徐州（在今江苏境内）。⑬七庙：古代皇帝有七个祖庙。⑭九衢：九条大道。⑮偏师：全军中的一部分队伍。可汗：古代北方民族称君主为可汗。⑯大安宫：唐代有大安宫，这里是借指宋朝的宫殿。⑰正观：即贞观，唐太宗年号（627—649）。⑱殊：不一样。⑲浩：浩渺，渺茫。⑳醉胆：醉后的胆气。

金错刀行①

陆 游

黄金错刀白玉装②，夜穿窗扉出光芒③。

丈夫五十功未立，提刀独立顾八荒④。

京华结交尽奇士⑤，意气相期共生死⑥。

千年史策耻无名，一片丹心报天子。

尔来从军天汉滨⑦，南山晓雪玉嶙峋⑧。

呜呼楚虽三户能亡秦⑨，岂有堂堂中国空无人⑩！

[题解与注释]

①本篇作于乾道九年（1173）十月，陆游在嘉州任代理知州时。全诗从赞美宝刀入题，托物寄意，抒写渴望为国杀敌立功的迫切心情。字里行间洋溢着乐观精神和民族自豪感。金错刀：刀上的花纹用黄金装饰，叫金错刀。行：古代歌曲中的一种体裁。②白玉装：刀柄上饰以白玉。③扉：门扇。④八荒：八方荒远之地。⑤京华：京城，此指南宋京城临安。⑥意气：意志气概。相期：互相期望、勉励。⑦天汉：指汉水。⑧南山：终南山。⑨"楚虽三户"句：战国时，秦国灭亡楚国。楚国人民决心报仇复国，当时民间流传两句民谣："楚虽三户，亡秦必楚。"⑩堂堂：形容强大。

胡无人①

陆 游

须如猬毛磔②，面如紫石棱③。

丈夫出门无万里④，风云之会立可乘⑤。

追奔露宿青海月⑥，夺城夜踏黄河冰。

铁衣度碛雨飒飒⑦，战鼓上陇雷凭凭⑧。

三更穷虏送降款⑨，天明积甲如丘陵。

中华初识汗血马⑩，东夷再贡霜毛鹰⑪。

群阴伏，太阳升⑫；胡无人，宋中兴。

丈夫报主有如此，笑人白首蓬窗灯⑬。

［题解与注释］

①这首诗是乾道九年（1173）十月，陆游在嘉州时借用《胡无人》这个乐府古题写的。表达了诗人对抗金救国、振兴宋朝的必胜信念。胡无人：古乐府诗篇名。②猬毛：刺猬毛短，密而有刺。磔（zhé）：张开，直立。③棱：瘦劲貌。④无万里：不以万里为远。⑤风云之会：《易·系辞》："云从龙，风从虎。"谓龙遇云而升天，虎得风而出谷。后以风云遇合表示机会来到。⑥青海：指青海湖，古代边防要地。⑦铁衣：铠甲。碛（qì）：水中沙滩。飒飒：风雨声。⑧陇：陇山，在今陕西、甘肃两省交界处。凭凭：敲击声。⑨降款：降书。⑩汗血马：良马名。产于西域大宛，传说其汗颜色如血。⑪霜毛鹰：白鹰，性勇猛。⑫群阴：指入侵中原的少数民族。古代以中国为阳，夷狄为阴。⑬白首：白头。蓬窗：茅屋的窗户。

观长安城图①

陆　游

许国虽坚鬓已斑②，山南经岁望南山。

横戈上马嗟心在，穿堑环城笑虏孱③。

日暮风烟传陇上④，秋高刁斗落云间⑤。

三秦父老应惆怅⑥，不见王师出散关⑦。

[题解与注释]

①这首诗从观图起兴，抒发爱国激情，中间插入对山南军旅生活的回忆，展示出边防军民抗金的壮阔画面，结尾谴责朝廷按兵不动，贻误军机，辜负了中原父老盼望"王师"解救他们的一片心意。全篇感情深挚，意气豪迈，形象生动，具有很强的艺术感染力。②许国：献身祖国。③穿堑环城：围着城墙挖掘壕沟。作者原注："谍者言虏穿堑三重，环长安城。"堑，护城的壕沟。④陇上：指甘肃地区。⑤刁斗：古代军中用具，铜制。白天用来煮饭，晚上敲击发声用作巡更用。⑥三秦：指陕西一带。项羽三分关中，封秦降将章邯为雍王，司马欣为塞王，董翳为翟王，称为三秦。⑦王师：指宋朝的军队。散关：即大散关。

病起书怀①二首选一

陆 游

病骨支离纱帽宽②，孤臣万里客江干③。
位卑未敢忘忧国，事定犹须待阖棺④。
天地神灵扶庙社⑤，京华父老望和銮⑥。
出师一表通今古⑦，夜半挑灯更细看。

[题解与注释]

①这首七律作于淳熙三年（1176）夏，当时陆游在成都，由于被人诬陷而受到罢官的处分。全诗自明心志，感情自胸臆中自然流出，充分体现了陆游忧国忧民的高尚情怀和人生价值观。"位卑未敢忘忧国"这一千古名句，富有启迪和教益，已成为后人的座右铭。②病骨支离：病后身体虚弱，骨头都像散了架似的。纱帽宽：病后瘦损，感到纱帽宽松。②江干：江边。④阖（hé）棺：盖棺。《晋书·刘毅传》载，刘毅曾说："大丈夫盖棺事方定。"⑤庙社：宗庙、社稷。⑥京华：京师，此指北宋都城汴京。

和銮：车铃，指皇帝的车驾。在车前的叫"和"，在车后的称"銮"。⑦出师一表：指诸葛亮的《出师表》。

关山月①

陆　游

和戎诏下十五年②，将军不战空临边。

朱门沉沉按歌舞③，厩马肥死弓断弦④。

戍楼刁斗催落月⑤，三十从军今白发。

笛里谁知壮士心⑥？沙头空照征人骨。

中原干戈古亦闻，岂有逆胡传子孙⑦？

遗民忍死望恢复⑧，几处今宵垂泪痕！

[题解与注释]

①本诗在广阔的历史画面中，通过民族矛盾和广大民众、爱国将士与投降派的矛盾，以及三种人即朱门、将军（代表文武百官）、边防战士和中原遗民，深刻地反映了当时的社会现实。全诗爱憎分明，忧愤深广，具有强烈爱国主义情怀。关山月：汉乐府曲名，属鼓角横吹曲。②和戎：古代谓与其他民族和平相处为"和戎"。这里是指孝宗隆兴二年（1164）下诏与金人议和，到陆游写此诗时已经过了十四年。③朱门：以朱红色涂饰的大门。代指豪门贵族之家。沉沉：深邃。按歌舞：按着乐曲的节拍，且歌且舞。④厩（jiù）：马房，马棚。⑤戍楼：瞭望敌情的岗楼。⑥笛里：《关山月》属《横吹曲》，《横吹曲》的乐器多用笛，故云"笛里"。⑦逆胡：指强占中原的金人。⑧遗民：指沦陷区的人民。

书 愤①

陆 游

早岁那知世事艰②，中原北望气如山③。
楼船夜雪瓜洲渡④，铁马秋风大散关⑤。
塞上长城空自许⑥，镜中衰鬓已先斑。
出师一表真名世⑦。千载谁堪伯仲间⑧！

[题解与注释]

①本诗通过亲身经历和感受，概括了自己青年、壮年和老年三个时期的生活经历和思想感情，突出描写了现实和理想的矛盾，揭示出报国无门、英雄无用武之地的悲愤。②早岁：早年，指青年时期。世事艰：指北伐事业受到投降派的阻挠、破坏。③中原北望：即北望中原。气如山：收复失地的豪气壮心，有如山涌。④楼船：高大的战船。瓜洲：在今江苏扬州市南，地处运河流入长江口岸，是当时重要的军事据点。⑤铁马：披着铁甲的战马。⑥塞上长城：边疆上的万里长城。南朝刘宋（420—479）大将檀道济自称为能够抵御外侮的"万里长城"。⑦出师一表：即《出师表》。诸葛亮北伐前上给蜀汉后主的表章，有前后二表。⑧伯仲：古时兄弟间长幼的次序。伯为长，仲为次。引申为衡量人物等差之词。

秋夜将晓，出篱门迎凉有感①二首选一

陆 游

三万里河东入海②，五千仞岳上摩天③。
遗民泪尽胡尘里，南望王师又一年！

[题解与注释]

①全诗借景抒情，表达了作者对沦陷区人民的深切关怀、对祖国河山的热爱和对南宋统治集团的无穷怨恨。全篇意境雄浑苍凉，读来感人至深。②三万里：极言其长。河：此指黄河。③五千仞：极言其高。古代以八尺为一仞。岳：高山，此指华山。

十一月四日风雨大作①二首选一

陆　游

僵卧孤村不自哀，尚思为国戍轮台②。
夜阑卧听风吹雨③，铁马冰河入梦来。

[题解与注释]

①本篇作于绍熙三年（1192）冬，陆游在故乡山阴时。这时诗人已经六十八岁，虽然年老体衰，疾病缠身，但杀敌雄心尚在，报国壮志犹存，从不叹老嗟卑，一心只想能为收复中原、统一祖国的大业做出自己的贡献。诗中巧妙地通过自然界的风雨，将梦境和现实联系起来，渲染自己此心无时不在中原，表现了"烈士暮年，壮心不已"的崇高精神境界。②戍：防守边疆。轮台：古地名。在今新疆维吾尔自治区轮台县。汉武帝时曾派兵驻守其地。这里是泛指边防。③夜阑：夜深。

追感往事①五首选一

陆　游

诸公可叹善谋身，误国当时岂一秦②？
不望夷吾出江左③，新亭对泣亦无人④！

[题解与注释]

①本篇作于嘉泰元年（1201）春，陆游在家乡山阴时。原为五首，这是其中一首。"善谋身"三字一语破的，切中要害，揭穿了当朝"诸公"自私无耻、沆瀣一气、弄权误国、出卖民族利益的反动本质。诗的后两句，借用东晋初年周颖、王导等人对泣新亭的故事，叹息国中无人，表达作者对国事的深深忧虑。②一秦：指卖国贼秦桧。③夷吾：管仲名夷吾，字仲。春秋时齐国名相。东晋南渡，人们将王导称为"江左夷吾"。江左：江东。这里是指南宋。④新亭：又名劳劳亭，三国时吴国所建，故址在今南京市南。据《世说新语·言语》载，东晋初，南渡的士大夫们每逢好天气，常相邀在新亭饮酒赏花。一次周频感叹地说："风景不殊，正自有山河之异！"大家触景伤情，相视流泪。只有丞相王导愀然变色说："当共戮力王室，克复神州，何至作楚囚相对。"

示 儿①

陆 游

死去元知万事空②，但悲不见九州同③。
王师北定中原日，家祭无忘告乃翁④！

[题解与注释]

①本篇为陆游临终前的绝命辞。它是作者一生抱负和理想的总结，也是诗人爱国思想的艺术结晶。诗中没有片言只语涉及家事私事，唯一使他放心不下、死不瞑目的是失地尚未恢复、祖国尚未统一。这首诗洋溢着强烈的爱国主义精神，感人至深，激励着无数中华儿女，为民族的解放和祖国的强大、统一而斗争。②元知：本来知道。元，同"原"。②九州同：指全国统一。④乃翁：你们的父亲。作者自指。

州　桥^①

范成大

南望朱雀门，北望宣德楼，皆旧御路也^②。

州桥南北是天街^③，父老年年等驾回。

忍泪失声询使者，几时真有六军来^④？

［题解与注释］

①本诗通过沦陷区父老询问使者，使者无言以对的场面表达了对南宋当局妥协投降的强烈不满，诗中流露出诗人强烈的爱国之情。州桥：又名天汉桥。在北宋都城汴京，横跨汴河之上。②朱雀门：汴京旧城的正南门。宣德楼：汴京宫城的正门门楼。御路：古时皇帝车驾出入京城的街道，称为御路。汴京的御路由宣德楼南去，经过州桥，直达朱雀门、南熏门。③天街：即御路。④六军：古代以一万二千五百人为一军，天子有六军。这里是指宋朝的军队。

龙津桥^①

范成大

在燕山宣阳门外^②，以玉石为之，引西山水灌其下。

燕石扶栏玉作堆^③，柳塘南北抱城回。

西山剩放龙津水^④，留待官军饮马来^⑤。

［题解与注释］

①此首为作者使金达燕京后所作。诗人站在用玉石砌成的龙津桥上，遥望西山之水从桥下流过，从而引起联想，希望柳塘中尽量多积蓄一些

水，以便宋军北伐时好到这里来饮马。诗的前两句写景，后两句抒情，情景相生，浮想联翩，表达了光复中原、早日实现祖国统一的美好愿望。②宣阳门：金朝时燕京的南门，在今北京西南。③燕石：指汉白玉。一种白色的大理石。④剩：尽，多。⑤官军：指宋军。

四时田园杂兴①六十首选三

范成大

黄尘行客汗如浆②，少住侬家漱井香③。
借与门前磐石坐，柳阴亭午正风凉④。

［题解与注释］

①这首诗叙写盛夏时节农民主动热情地接待过路行人的一个场面。诗中通过一个普通的场面，表现了农民善良、纯朴、仁爱的美好品德。这一切今天仍值得我们学习和提倡。②行客：过路的客人。③侬家：我家。④亭午：中午。

又①

采菱辛苦废犁锄，血指流丹鬼质枯②。
无力买田聊种水③，近来湖面亦收租。

［题解与注释］

①这首诗揭露封建统治者对贫苦农民的残酷剥削，笔锋犀利，爱憎分明，用生活细节揭示现实的残酷，表达了诗人对封建剥削者的满腔义愤，以及对劳苦民众的同情。②血指流丹：手指被刺破，鲜血流淌。鬼质枯：形体枯瘦如鬼。③种水：指在湖水中种菱。

又①

新筑场泥镜面平，家家打稻趁霜晴②。
笑歌声里轻雷动，一夜连枷响到明③。

[题解与注释]

①这首诗描写秋后农村喜获丰收、连夜打稻的情景。笔调轻快，字里行间流露出诗人看到农民获得丰收而发自内心的喜悦之情。②趁霜晴：趁着霜后的晴天。③连枷：打稻的农具。

晓出净慈送林子方①二首选一

杨万里

毕竟西湖六月中，风光不与四时同。
接天莲叶无穷碧②，映日荷花别样红③。

[题解与注释]

①这是一首著名的赞美杭州西湖的写景诗，诗中表达了诗人对自然美的理解和独到的观察及表现，读来令人荡气回肠。净慈：寺名，全称为"净慈报恩光孝禅寺"。在西湖南岸。林子方：作者之友，曾任直阁秘书等官。②接天：形容荷花一望无边，仿佛与天相连。③别样红：红得很特别，不同于一般。

读　诗①

杨万里

船中活计只诗编，读了唐诗读半山②。

不是老夫朝不食，半山绝句当朝餐。

［题解与注释］

　　①这首小诗写他舟行途中的一个生活片断。诗人远行，身边只带了几部唐宋人的诗集，常常手不释卷。清早起床便在船上聚精会神地阅读起来，连早饭也顾不上去吃了。船家问他为什么还不去吃早饭，诗人举着手中的诗卷风趣地回答说：你看，我将半山的绝句当成了自己的早餐。小诗活泼自然，富有幽默感，同时也反映了他废寝忘食、勤奋好学的精神。②半山：王安石，字介甫，号半山。

过松源晨炊漆公店①六首选一

杨万里

莫言下岭便无难，赚得行人错喜欢②。

正入万山圈子里，一山放出一山拦。

［题解与注释］

　　①这首诗通过山区行路的感受，说明一个具有生活意义的深刻道理。它告诫人们，无论做任何事情，都要对前进道路上的困难做好充分的估计，不要被一时一事的成功所陶醉，以为过了这一关便万事大吉，前面就是平坦的大道了。在人生旅途上做好迎接千难万险的思想准备。松源：地名。晨炊漆公店：在漆公店用早餐。②赚得：骗得。错喜欢：空欢喜。

观书有感 二首选一

朱 熹

其 一①

半亩方塘一鉴开②，天光云影共徘徊。

问渠那得清如许③？为有源头活水来。

［题解与注释］

①这首小诗通过形象化的比喻，来阐明作者在读书过程中的心得体会。诗人以池塘活水作比，强调读书学习、不断吸取新知识的重要性。小小一块池塘，由于有活水不断从源头流来，因而才如此清澈明净，像一面镜子，映照着绚丽多彩、变化无穷的蓝天白云。做学问的人也应博览群书，经常吸收新知识，丰富自己的头脑，使思想不致凝固、僵化，才能正确反映客观世界。②鉴：镜子。③渠：它，指塘水。清如许：这样清澈。

其 二①

昨夜江边春冰生，艨艟巨舰一毛轻②。

向来枉费推移力③，此日中流自在行。

［题解与注释］

①本诗以江上行船作比，说明做学问和做其他事情一样，必须条件成熟，才能功到自然成。诗中写的是江上行船，其意在说明平时应当博览群书，积累知识，等条件一成熟，水到渠成，办事做学问就能得心应手，无往而不行。②艨艟（méng chōng）：古代战船名。③向来：从前，以前。

春 日①

朱 熹

胜日寻芳泗水滨②，无边光景一时新③。
等闲识得东风面④，万紫千红总是春。

[题解与注释]

①这是一首游春踏青之作。诗中不仅描绘了万紫千红、群芳争艳的美好春色，而且赞颂了"东风"的神妙功用。这首小诗语言清新流丽，色彩鲜明，画面生动，洋溢着热爱生活、热爱自然之情，就写景而言自是一篇佳作。但它并非单纯的写景诗，而是将自然的哲理寓于美景之中告诉人们自然界的缤纷总有着神奇的力量在发挥作用，需要我们不断地仔细体味。②胜日：风和日丽的晴朗日子。寻芳：赏花观景。泗水：古水名，在山东省中部。源出山东泗水县南麓，四源并发，故名。西流入运河，金代以后下游一段为黄河所夺。这里是泛指水滨。③光景：风光景物。一时新：同时焕然一新。④等闲：随便。识得：见到。

何处难忘酒①

王 质

何处难忘酒，英雄太屈蟠②。
时违聊置斝③，运至即登坛④。
梁甫吟声苦⑤，干将宝气寒⑥。
此时无一盏，拍碎玉阑干。

[题解与注释]

①诗作者是一位有才能、有抱负的爱国志士，但却受到当权者的排斥压抑，中年以后便奉祠返乡，退隐赋闲。这首五言律诗抒发了作者壮志难酬的悲愤不平之情，反映了当时与他遭遇相似的许多英雄豪杰共同的思想情感。②屈蟠：委屈盘伏。③时违：时运不好。置畚（bèn）：准备畚箕。《唐书·张志和传》："县令使浚渠，执畚无怍色。"畚，畚箕，以草绳或编竹制成的盛物器具。④登坛：登坛拜将的略语。⑤梁甫吟：乐府《楚调曲》名。梁甫，一作梁父，山名，在泰山下，死人聚葬之处。"《梁甫吟》，盖言人死葬此山，亦葬歌也。"（《乐府诗集·梁甫吟题解》）今所传古辞，写齐相晏婴以二桃杀三士，传为诸葛亮作。⑥干将：宝剑名。

送剑与傅岩叟①

辛弃疾

镆邪三尺照人寒②，试与挑灯子细看③。
且挂空斋作琴伴，未须携去斩楼兰④。

[题解与注释]

①这首咏宝剑的诗，托物寓意，抒发怀才不遇、报国无路的悲愤之情。作者将三尺莫邪赠送给友人傅岩叟，并和他一起在灯下仔细观看。宝剑虽然寒光闪闪，无比锋利，怎奈当前朝廷无意北伐，英雄无用武之地，杀敌的武器被弃置不用，只好将它挂在墙上去与琴书为伴。结句正话反说，谴责当权者忍辱偷安、执行妥协投降政策，更觉奇警有力，发人深省。傅岩叟：傅为栋，字岩叟，江西铅山人，曾为鄂州州学讲书，与辛弃疾有交往。②镆邪：即"莫邪"，古代宝剑名。③子细：同"仔细"。④楼兰：汉代西域的鄯善国，在今新疆维吾尔自治区鄯善县东南一带。

江郎山和韵①

辛弃疾

三峰一一青如削，卓立千寻不可干②。

正直相扶无倚傍③，撑持天地与人看。

[题解与注释]

①这首诗通过咏赞江郎山，歌颂顶天立地、光明磊落的英雄人物。笔力雄健，意象生动，洋溢着一股浩然正气，是一首咏物寄怀的佳作。江郎山：一名金纯山，又名须郎山，俗称三爿石。在浙江江山县城东南。传有江氏兄弟三人登巅化石，因名。②卓立：直立。寻：古代以八尺为一寻。干：冒犯。③倚傍：依靠。

夜思中原①

刘 过

中原邈邈路何长②？文物衣冠天一方③。

独有孤臣挥血泪，更无奇杰叫天阍④。

关河夜月冰霜重，宫殿春风草木荒。

犹耿孤忠思报主⑤，插天剑气夜光芒。

[题解与注释]

①本诗写作者思念中原、忠心报国的思想感情，诗的题目即为全篇主旨。首联由"思"字展开，写他环着沉痛的心情眺望已经沦陷了数十年的中原，表达对故国、故都的深深怀念。颔联追忆当年自己曾泣血上书，呼

吁北伐；慨叹如今文恬武嬉，再也无人向朝廷上书呈策。颈联宕开一笔，描写思念中的边关和汴京荒凉惨淡的景象。尾联再回到自己，表明报国忠心一如既往，丝毫未衰，随时准备携剑出征，去消灭敌人。全诗纵横开阖，承转自然，对仗精警，有虚有实，爱国激情溢于言表。②邈邈：遥远。③文物：礼乐、典章制度的总称。衣冠：指士绅、世家大族。④天阍：天门。阍，阍阖，传说中的天门，亦指皇宫的正门。⑤耿：忠诚。

题曹娥庙^①

许及之

当日曹娥念父心，千年江水有哀音。
可怜七尺奇男子^②，忍使神州半陆沉^③！

[题解与注释]

①这首诗通过描述曹娥为父尽孝，投身江水而死的事迹，抒写爱国志士眼看山河破碎、神州陆沉，却不能为国尽忠、献身疆场的悲愤之情。曲折地表达了作者对南宋当局苟且偷安、不图光复，致使中原长期沦陷，英雄豪杰无用武之地的强烈不满，流露出深深的爱国思想感情。曹娥：东汉时孝女。传说其父五月五日淹死江中，不见其尸。十四岁的曹娥昼夜沿江号哭，投江而死，五天后抱父尸出。后人感其事，为她修庙立碑，并名其江为曹娥江，镇曰曹娥镇。有墓在今浙江绍兴市东。②可怜：可惜，可叹。③陆沉：比喻国土沉沦。

国殇行^①

刘克庄

官军半夜血战来，平明军中收遗骸^②。
埋时先剥身上甲，标成丛冢高崔嵬^③。
姓名虚挂阵亡籍，家寒无俸孤无泽^④。
乌虖诸将官日穹^⑤，岂知万鬼号阴风！

[题解与注释]

①这首诗谴责将军们不恤士卒，只图升官发财的罪恶勾当。一场夜战后，无数战士英勇杀敌，为国捐躯，横尸沙场。他们本应立功受奖，可是将军们却毫无心肝，视之如草芥，在掩埋尸体时还下令将他们的衣甲剥下来。此诗笔锋犀利，义愤填膺，爱憎分明，深刻地揭露了南宋军队中将军们的腐败行为。国殇（shāng）：为国家作战而牺牲的人。②平明：天大亮的时候。③冢（zhǒng）：坟墓。崔嵬（wéi）：山高的样子。④泽：雨露。引申为恩泽。⑤乌虖：同"呜呼"，感叹词。穹：泛指高大。

游园不值^①

叶绍翁

应怜屐齿印苍苔^②，小扣柴扉久不开。
春色满园关不住，一枝红杏出墙来。

[题解与注释]

①这首诗写春日游园赏花，偏巧主人不在，柴门紧闭。轻轻敲了半天也不见人来开门，正要扫兴而归，忽然抬头看见一枝红杏伸出墙外。于是

产生了种种联想。诗人从一枝红杏出墙想到满园春色，百花盛开，"柴门"虽严也是关不住的。后两句尤其新警，既有诗情画意，又富于哲理。不值：没有遇到园主，未能进园门。②屐（jī）：一种木底鞋。鞋底前后有齿，可防泥水。

岳王坟①

叶绍翁

万古知心只老天，英雄堪恨复堪怜。

如公少缓须臾死，此寇安能八十年！

漠漠凝尘空偃月②，堂堂遗像在凌烟③。

早知埋骨西湖路，学取鸱夷理钓船④。

[题解与注释]

①本诗直抒胸臆，表达对英雄的无限敬仰和对奸臣的无比痛恨，充分肯定岳飞抗金的巨大功绩和当时身系国家安危的历史作用。全诗感情深挚，音调悲怆，爱憎分明，沉郁顿挫，表达了广大群众对抗金英雄岳飞的无限怀念。岳王坟：即岳飞墓，在杭州西湖边栖霞岭下岳王庙中侧。绍兴十一年（1141），抗金名将岳飞因坚持抗战，反对议和而被以宋高宗赵构和奸相秦桧为首的投降派杀害。岳飞被害后，狱卒隗顺潜负其尸，葬于北山之滣。隆兴元年（1163）宋孝宗即位后，以礼改葬其遗骸于此。②偃月：落月。偃，仰卧，引申为倒下，落下。③凌烟：凌烟阁。唐太宗贞观十七年（643），图画开国功臣长孙无忌、杜如晦、魏徵、尉迟敬德等二十四人于凌烟阁，阁在当时长安。④鸱夷：皮制的口袋。古人用以盛酒。据《越绝书》载，范蠡助越王勾践灭亡吴国后，功成身退，自号"鸱夷子皮"，驾扁舟游五湖而不返。

北行别友①

谢枋得

雪中松柏愈青青，扶植纲常在此行②。
天下岂无龚胜洁③，人间不独伯夷清④。
义高便觉生堪舍，礼重方知死甚轻。
南八男儿终不屈⑤，皇天后土眼分明⑥。

[题解与注释]

①宋亡后，谢枋得变名隐居，元朝统治者多次征召不出。后来为福建行省参政魏天祐强迫北行，到达元大都燕京后，即绝食而死。这首诗是他北行时为告别友人而写的。全诗自抒胸臆，并以古代的忠臣义士激励自己，向友人表明坚持民族气节，以身殉国的决心。北行别友：一作"北行别人"。②纲常："三纲五常"的简称。③龚胜：西汉人，哀帝时曾为光禄大夫。王莽篡汉欲拜胜为讲学祭酒，龚胜拒绝说："岂以一身事二姓？"从此不再开口饮食，十四日而卒。④伯夷：商末孤竹君长子。商亡与其弟叔齐逃入首阳山中，不食周粟而死。⑤南八：指唐代的南霁云。据韩愈《张中丞传后叙》载，南霁云协助张巡守睢阳，安史叛军破城后，他和张巡均被俘，在被害前，"巡呼云曰：'南八，男儿死耳，不可为不义屈！'云笑曰：'欲将以有为也，公有言，云敢不死！'即不屈。"⑥皇天：古代常称天为"皇天"。后土：古代称大地为"后土"。

元兵俘至合沙，诗寄仲子①

陈文龙

斗垒孤危势不支，书生守志定难移。
自经沟渎非吾事②，臣死封疆是此时③。
须信累囚堪衅鼓④，未闻烈士竖降旗。
一门百指沦胥尽⑤，唯有丹衷天地知⑥。

［题解与注释］

①这首诗是陈文龙被元军押往杭州、途经合沙时，写给他幸免于难的第二个儿子的。全诗自抒胸臆，一气贯注，表达宁死不屈、以身殉国的决心。本篇慷慨悲壮，义薄云天，体现了坚贞不屈的民族气节，是一曲感人至深的烈士之歌。②自经沟渎：自经，自缢，上吊。沟渎，沟洫，水沟。《论语·宪问》："岂若匹夫匹妇之为谅也，自经于沟渎而莫之知也。"③封疆：疆界，封疆之内统治一方的将帅。④累囚：被拘系的囚徒。衅鼓：以血涂鼓的缝隙。古代新制器物成，杀牲以祭，以其血涂缝隙，叫作"衅"。⑤百指：百个指头，即十口之意。沦胥：相率的意思。⑥丹衷：赤诚的忠心。

裂衣书诗寄弟①

赵卯发

城池不高深②，无财又无兵。
惟有死报国，来生作弟兄。

[题解与注释]

①本诗是作者在难敌敌军攻城，于城破之日晨起在书案上写了四句话："君不可叛，城不可降，夫妻同死，节义成双。"又从衣服上撕下一块布来，写了这首诗托人寄给他的弟弟。然后和他的夫人雍氏双双缢死于"从容堂"上。这四句诗是作者用血泪凝结成的，言为心声，朴实无华，表现了一位爱国志士在危难时刻以身殉国、从容就义的高风亮节。②城池：城谓城垣，池谓城河。古代都邑四围有城垣及护城河，以备防守，故有城池之称。

扬子江①

文天祥

几日随风北海游，回从扬子大江头。
臣心一片磁针石②，不指南方不肯休。

[题解与注释]

①这首诗是德祐二年（1176）二月，作者赴敌营谈判被拘北行，至镇江脱险，绕道海上，南归途中所作。表明自己一定要战胜重重困难，回到南方，再兴义师，重整山河的决心。语言浅近，比喻贴切，字里行间表现出坚定不移的爱国主义精神。扬子江：长江在今义征、扬州市一段，古称扬子江，因扬子津及扬子县而得名。近代通称长江为扬子江。②磁针石：即指南针。我国古代用天然磁铁矿石琢磨成针，用于航海和旅行中指示方向。

过零丁洋①

文天祥

辛苦遭逢起一经②，干戈寥落四周星③。

山河破碎风飘絮，身世浮沉雨打萍。

惶恐滩头说惶恐④，零丁洋里叹零丁。

人生自古谁无死，留取丹心照汗青⑤！

［题解与注释］

①祥兴元年（1278）十二月，文天祥在广东五坡岭战败被俘，被押往潮阳，见元军统帅张宏范。次年正月，元军追击逃亡至厓山的帝昺，张宏范要他写信招降张世杰，遭到文天祥的严词拒绝，并写了这首《过零丁洋》诗，以明心志，表示自己以身殉国的决心。诗中从回忆登第入仕以来的经历开始，展现了那个时危世艰、民生涂炭的苦难时代和自己的身世遭遇。本欲以身报国，挽狂澜于既倒，无奈大势已去，力不从心，如今国亡家破，做了南冠之囚，决心从容就义、以身殉国，在青史上留下一个美名。"人生自古谁无死，留取丹心照汗青"，最后两句大义凛然，视死如归，声若金石，气壮山河。零丁洋：在广东珠江口外。一作伶仃洋。②起一经：依靠精通一种经书，通过科举考试，走上仕途。文天祥于宝祐四年（1256），以明经考取进士第一名。③干戈：古代的两种兵器，这里是代指战争。寥落：不断的意思。四周星：四年。④惶恐滩：一作"皇恐滩"，原名黄公滩。在江西万安县境内赣江中，为赣江十八滩之一。⑤汗青：史册。古代制竹简时，先用火烤青竹，使水分蒸发，既易于书写，又可防腐蛀，称为"汗青"。后用以代指史册、书册。

正气歌①

文天祥

　　余囚北庭②，坐一土室。室广八尺，深可四寻③，单扉低小④，白间短窄⑤，污下而幽暗。当此夏日，诸气萃然⑥：雨潦四集，浮动床几，时则为水气；涂泥半朝⑦，蒸沤历澜⑧，时则为土气；乍晴暴热，风道四塞，时则为日气；檐阴薪爨⑨，助长炎虐，时则为火气；仓腐寄顿⑩，陈陈逼人⑪，时则为米气；骈肩杂遝⑫，腥臊汗垢，时则为人气；或圊溷⑬，或毁尸，或腐鼠，恶气杂出，时则为秽气。叠是数气，当侵沴⑭，鲜不为厉⑮，而予以孱弱俯仰其间⑯，于兹二年矣⑰，无恙。是殆有养致然⑱，然尔亦安知所养何哉？孟子曰："我善养吾浩然之气。"⑲彼气有七，吾气有一，以一敌七，吾何患焉！

　　况浩然者，乃天地之正气也。作《正气歌》一首。

天地有正气，杂然赋流形⑳。
下则为河岳，上则为日星。
于人曰浩然，沛乎塞苍冥㉑。
皇路当清夷㉒，含和吐明庭㉓。
时穷节乃见㉔，一一垂丹青㉕；
在齐太史简㉖，在晋董狐笔㉗，
在秦张良椎㉘，在汉苏武节㉙；
为严将军头㉚，为嵇侍中血㉛，
为张睢阳齿㉜，为颜常山舌㉝；
或为辽东帽㉞，清操厉冰雪㉟；
或为出师表㊱，鬼神泣壮烈；
或为渡江楫㊲，慷慨吞胡羯㊳；

或为击贼笏㊴，逆竖头破裂㊵。

是气所磅礴㊶，凛烈万古存㊷。

当其贯日月，生死安足论！

地维赖以立㊸，天柱赖以尊㊹，

三纲实系命㊺，道义为之根㊻。

嗟予遘阳九㊼，隶也实不力㊽。

楚囚缨其冠㊾，传车送穷北㊿。

鼎镬甘如饴51，求之不可得。

阴房阗鬼火52，春院闷天黑53。

牛骥同一皂54，鸡栖凤凰食55。

一朝蒙雾露，分作沟中瘠56。

如此再寒暑57，百沴自辟易58。

哀哉沮洳场59，为我安乐国。

岂有他谬巧60，阴阳不能贼61。

顾此耿耿在62，仰视浮云白63。

悠悠我心悲，苍天曷有极64！

哲人日已远65，典型在夙昔66。

风檐展书读，古道照颜色67。

[题解与注释]

①这首诗写于元世祖至元十八年（1281），即宋亡后两年，作者就义前一年。诗的序文用简练的语言叙述了两年来自己在敌人的监狱中，与险恶的环境进行了不屈的斗争。由于胸有"正气"，虽经种种严峻考验，仍旧安然无恙。全诗感情深沉，气壮山河，直抒胸臆，不尚雕饰，充分体现了作者崇高的民族气节和强烈的爱国主义精神，数百年来一直鼓舞着我国人民反对侵略和压迫的正义斗争。②北庭：指元大都燕京。③寻：古代以

八尺为一寻。④扉：门。⑤白间：窗子。⑥萃然：聚集。⑦涂泥：泥泞。
⑧蒸沤：夏天污水蒸发出来的水泡。历澜：波纹杂乱的样子。⑨爨
(chuàn)：生火做饭。⑩仓腐寄顿：储藏着腐烂的粮食。⑪陈陈：同"阵
阵"。⑫骈（piǎn）肩：并肩，肩挨肩，形容人多。杂逐（tà）：人多拥挤。
⑬圊溷（qīng hùn）：厕所。⑭侵沴（lì）：侵害。沴，因气候不合而生的灾
害。引申为相害，相克。⑮厉：染疫病。⑯孱弱：虚弱。俯仰其间：生活
于其中。⑰于兹：在这里，到现在。⑱是殆有养致然：大概是有修养所
致。⑲这句话见《孟子·公孙丑》。⑳杂然：众多貌。赋：赋予。流形：
各种形体。㉑沛乎：充满的样子。苍冥：天，天地之间。㉒皇路：国运。
清夷：清明太平。㉓含和：包藏着祥和之气。吐：吐露，表露。明庭：清
明的朝廷。㉔时穷：时世艰危。节乃见：气节就表现出来。㉕丹青：画
像，史册。㉖在齐太史简：春秋时齐国大夫崔杼杀其国君，太史（史官）
如实写道："崔杼弑其君。"崔杼就将太史杀掉。太史的两个弟弟仍然那样
写，也被杀了。最后，崔杼的另一个弟弟还是那样写，崔杼无可奈何，只
好让史册上记载着这件事。㉗在晋董狐笔：董狐是春秋时晋国的史官。晋
灵公想杀大夫赵盾，赵盾被迫逃亡。后来赵穿杀了灵公，赵盾才回来。于
是董狐写道："赵盾弑其君。"赵盾反对，董狐说：你身为正卿，逃亡并未
出国境，回来又不定赵穿的罪，你应负杀君的责任。㉘张良椎：张良的祖
先是战国时韩国人。韩国被秦灭后，张良决心为韩国报仇，找到一个大力
士，铸了一个一百二十斤的大铁锥，在秦始皇经过博浪沙时，突然出击，
但未击中。椎（zhuī，又读chuí），捶击器，如铁椎，木椎。㉙苏武节：汉
武帝时，苏武出使匈奴被扣留，遣送到北海（贝加尔湖）边上去牧羊。他
为了表示对祖国的忠诚，经常拿着从汉朝带去的符节。㉚严将军头：三国
时，严颜镇守巴郡，作战时被张飞所擒，要他投降。他说："这里只有断
头将军，没有投降将军。"㉛嵇侍中血：嵇绍，晋惠帝时为侍中（皇帝的
侍从官）。皇室内乱，他跟随司马衷和叛乱的贵族作战。司马衷的侍卫都
被击溃，只有嵇绍用自己的身体挡住司马衷，因而被杀死在司马衷身边，
鲜血溅在司马衷的衣服上。㉜张睢阳齿：唐朝安禄山叛乱时，张巡困守睢

阳（今河南商丘），每次督战，他都大喊誓师，牙齿都咬碎了。后来城破被俘，叛军用刀撬开他的嘴，看见他的牙齿只剩下了两三颗。㉝颜常山舌：颜常山，即颜杲卿。安禄山叛乱时，颜杲卿为常山太守，城破被俘，骂不绝口，舌头被割掉，仍然骂声不绝，直到牺牲。㉞辽东帽：东汉末年，管宁避乱于辽东，不愿做官，平常喜欢戴一顶白帽子。㉟清操：清高的节操。厉冰雪：比冰雪还洁白。㊱出师表：诸葛亮伐魏前，曾上表给蜀汉后主刘禅，表示要为统一事业奋斗到底，“鞠躬尽瘁，死而后已”！㊲渡江楫：东晋时祖逖北伐，渡江中流，击楫（船桨）而誓曰：“不能清中原而复济者，有如此江。”㊳胡羯（jié）：古代北方的少数民族。这里是指后赵的统治者石勒，他是羯族人。㊴击贼笏（hù）：唐德宗时，朱泚谋反，段秀实不肯同流合污，一次议事时突然用手中的笏猛击朱泚的头，结果遇害。笏，封建时代大臣朝见时所持的手板。㊵逆竖：指朱泚。㊶是气：指浩然之气。磅礴：同“旁薄”。广大无边貌，充塞貌。㊷凛烈：令人敬畏的样子。㊸地维：地的四角。古人认为地是方的，有四角，由四根大柱撑着。㊹天柱：神话传说，昆仑山有根大铜柱，支撑着天。㊺三纲：封建社会最高的道德规范。即君为臣纲，父为子纲，夫为妻纲。㊻道义：指封建社会道德行为的准则。这句说正气是道义的根本。㊼遘：遭逢。阳九：不吉利的时刻。㊽隶：古代下贱人的称谓。这里是作者自称。㊾楚囚：《左传·成公九年》：“晋侯观于军府，见钟仪。问之曰：‘南冠而挚者，谁也？’对曰：‘郑人所献楚囚也。’”本指楚人之被俘者，后用以比喻处境窘迫的人。这里是作者自指。㊿传车：驿车，古代驿站准备的车子。穷北：极远的北方。(51)鼎镬：本为古代烹饪的器具，此指鼎镬之刑，即将人放入鼎镬中煮死。镬（huò），古代指无足的鼎。饴：糖浆。(52)阴房：指牢狱。阒（qù）：静悄悄地。(53)闷（bì）：关闭着。(54)骥：良马，比喻杰出的人。皁：马槽。(55)鸡栖：鸡窝。(56)分（fèn）：估量，料想。瘠（zì）：没有完全腐烂的尸体。(57)再寒暑：再过两年。(58)百沴：各种疾病。辟易：退避。(59)沮洳场：卑下阴湿的地方。(60)谬巧：一作“缪巧”。机巧，窍门。(61)阴阳：指寒暑冷暖。贼：伤害。(62)耿耿：光明貌。这里是形容自己的忠心。

㊳浮云白：《论语·述而》："不义而富且贵，于我如浮云。"㊿曷有极：哪有尽头。㉙哲人：杰出的人物。㉙典型：榜样，楷模。夙昔：从前，过去。㉙古道：古代传统的美德。照颜色：照耀在我的面前。

出塞曲①二首选一

张　琰

腰间插雄剑②，中夜龙虎吼。
平明登前途③，万里不回首。
男儿当野死④，岂为印如斗！
忠诚表壮节，灿烂千古后。

[题解与注释]

①这是宋人的一首士兵之歌，也是一首烈士之歌。语虽粗豪，但感情朴实真挚，舍身报国之志溢于言表。②雄剑：传说春秋时干将、莫邪为夫妇，楚王命干将铸造两口宝剑，雄剑名干将，雌剑名莫邪。这里是泛指宝剑。③平明：天大亮时。④野死：在野外战死。

德祐二年岁旦①二首选一

郑思肖

有怀长不释，一语一酸辛。
此地暂胡马②，终身只宋民。
读书成底事③？报国是何人！
耻见干戈里，荒城梅又春。

[题解与注释]

①本诗即景感怀，音调凄怆，表达了作者深沉的忧国之心和绝不屈膝变节之志，同时责备自己读了书却未能尽到责任，袒露出对祖国的一片赤诚。德祐二年：即公元1276年。岁旦：元旦。②此地：指苏州。暂：突然。胡马：指元兵。③底事：何事，什么事。

咏制置李公芾①

郑思肖

举家自杀尽忠臣，仰面青天哭断云。
听得北人歌里唱②：潭州城是铁州城③。

[题解与注释]

①这是郑思肖所写的组诗《五忠咏》中的一首。这五首诗分别歌颂五位在抗元战争中英勇杀敌、光荣献身的烈士。诗直叙李芾的英雄事迹，抒写人民和作者对烈士的沉痛哀悼；全诗沉挚悲痛，朴实而自然，读来动人心魄。制置：官名，制置使的简称。唐代开始设置，宋代沿袭，为地方军事长官。李公芾：李芾，字叔章，衡州（今湖南衡阳）人。咸淳元年（1265）知临安府，为贾似道所排斥，被罢官。元军入侵，贾似道兵溃芜湖，芾起复为潭州知州兼湖南安抚使。德祐元年（1275）九月，元兵围困潭州，芾组织军民浴血奋战，坚守三月余，城破，除一子裕孙及一孙辅叔因当时不在潭州外，其余家人全都和他一起壮烈殉国。②北人：此指元人。③潭州：今湖南长沙市。

咏察使姜公才[①]

郑思肖

杀气盘空白昼阴[②]，始终不变似精金。
直疑碧落三更月[③]，来作将军一片心。

[题解与注释]

①此首亦为组诗《五忠咏》中之一篇。诗中歌颂的是一位在扬州保卫战中奋不顾身，英勇杀敌，誓死不降，最后被叛徒出卖，惨遭杀害的下级军官姜才。诗中称赞他对祖国的忠诚如同"精金"，又像碧空一轮皓月，光辉纯洁，一尘不染，令人肃然起敬。察使：官名，观察使的简称。唐代始置，至宋代，仅成为武官迁转的职衔。姜公才：姜才，濠州（今安徽凤阳）人。少年时曾被金人掠入河朔，稍长逃归。以善战闻名，为通州副都统。元军入侵，协助李庭芝守扬州，与敌大战于扬子桥、召伯堡、瓜洲渡一带，流矢贯肩，拔矢挥刀向前，敌军为之退避。德祐二年（1276）七月，与李庭芝突围，准备南下福建，至泰州被追兵围困，元军统帅阿术使人招降，被严词拒绝。后被叛将曹安国执之献敌。阿术欲降而用之，再次遭到拒绝，被杀害于扬州。②盘空：盘旋于空中。③碧落：碧空，天空。

画 菊[①]

郑思肖

花开不并百花丛[②]，独立疏篱趣未穷。
宁可枝头抱香死，何曾吹落北风中[③]。

[题解与注释]

①这是一首题画诗，也是一首咏物诗，又是一首言志诗。诗中以秋菊为喻，称赞它凌霜傲雪，宁肯枯死在枝头，也不会被凛冽的北风吹落，表现了作者坚持民族气节、绝不向元朝统治者屈膝投降的崇高精神。②不并：不在一起，不列其中。③北风：比喻元军、元朝。

湖州歌①九十八首选一

汪元量

其　六

北望燕云不尽头②，大江东去水悠悠。
夕阳一片寒鸦外，目断东南四百州③。

[题解与注释]

①德祐二年（1176）二月，元军统帅伯颜进驻湖州（今属浙江省），派人到南宋京城临安受降。随即俘虏太皇太后谢氏、皇太后全氏、幼主、宫女、内侍等北去。作者也在被俘北去的人员中。这首诗是他乘船被俘北去途中所作。诗中即景抒情，通过"北望燕云"和"目断东南"，表达了深沉的亡国之恨和去国离乡之苦。音调悲怆，词情哀伤，意象幽冷，读来令人泪下。②燕云：即燕云十六州。辖境包括今河北、山西两省部分地区。这里是泛指北方。③目断：望到看不见。四百州：宋初统一全国后，共有三百二十八州。这里是举整数而言，以四百州代表宋朝的国土。东南四百州：指东南地区的宋朝疆土，并非说东南有四百州。

苏幕遮①

范仲淹

碧云天，黄叶地，秋色连波，波上寒烟翠。山映斜阳天接水，芳草无情，更在斜阳外②。

黯乡魂③，追旅思④，夜夜除非，好梦留人睡。明月高楼休独倚⑤，酒入愁肠，化作相思泪。

［题解与注释］

①本篇为秋日旅途思乡之词。词以绚丽多彩的画笔描绘碧云、黄叶、翠烟、斜阳、水天相接的秋天江野的壮丽景色，触景伤怀，抒写诗人夜不能寐、高楼独倚、借酒浇愁、怀念家园故里的深情。词的意境开阔，感情真挚，风格缠绵婉曲。②"芳草"二句：此指一望无际的芳草伸向遥远的天外。古人多以草喻离情，芳草绵绵即喻离愁无穷无尽。③黯（àn）乡魂：因思念家乡而黯然销魂，心情沮丧。江淹《别赋》："黯然销魂者，惟别而已矣！"④追旅思：为羁旅愁思所缠扰纠困。追：追随，纠缠。⑤"明月"句：化用曹植《七哀》诗"明月照高楼，流光正徘徊，上有愁思妇，悲叹有余哀"诗意。

木兰花①

宋 祁

东城渐觉风光好，縠皱波纹②迎客棹。绿杨烟外晓云轻，红杏枝头春意闹。

浮生长恨欢娱少，肯爱千金轻一笑③？为君持酒劝斜阳，且向花间留晚照④。

[题解与注释]

①本篇为宋词名篇。描绘早春绚丽多彩的风光，抒写诗人伤逝嗟老的愁绪。"红杏枝头春意闹"一句以视觉与听觉融通的手法表现姹紫嫣红蜂蝶争喧的生意盎然的春色，极为动人，可称千古名句。作者曾因此句获得"红杏枝头春意闹尚书"的雅号。②縠（hú）皱：即绉纱，比喻水的波纹。③肯爱：怎肯吝啬。④"且向"句：引用李商隐《写意》诗句"且向花间留晚照"，意谓希望夕阳不要匆匆落山，暂留于花间。

八声甘州①

柳　永

对潇潇暮雨洒江天②，一番洗清秋。渐霜风凄紧③，关河冷落④，残照当楼。是处红衰翠减⑤，苒苒物华休⑥。惟有长江水，无语东流。

不忍登高临远，望故乡渺邈⑦，归思难收。叹年来踪迹，何事苦淹留⑧？想佳人、妆楼颙望，误几回、天际识归舟？争知我⑨、倚阑干处，正恁凝愁⑩？

[题解与注释]

①本篇为作者的名篇。词以如椽之笔描绘江野暮秋萧瑟寥廓、浑莽苍凉的景色，抒写了思乡怀人欲归不得的愁郁。在作者多篇写羁旅行役的长调中，本篇是最富于意境的典范之作。②潇潇：急骤的风雨响声。③霜风：秋风、寒风。④关河：即山河。⑤是处：到处、处处。红衰翠减：花残叶稀。⑥苒苒（rǎn）：渐渐。物华休：美好景物凋残。⑦渺邈：渺茫遥远。⑧淹留：久留。⑨争：怎。⑩恁：如此。凝愁：愁思凝结。

水调歌头^①

苏 轼

丙辰中秋欢饮达旦，作此篇兼怀子由^②。

明月几时有，把酒问青天。不知天上宫阙^③，今夕是何年。我欲乘风归去，又恐琼楼玉宇^④，高处不胜寒^⑤。起舞弄清影，何似在人间^⑥。

转朱阁^⑦，低绮户^⑧，照无眠^⑨。不应有恨，何事长向别时圆？人有悲欢离合，月有阴晴圆缺，此事古难全。但愿人长久，千里共婵娟^⑩。

［题解与注释］

①本篇为中秋节咏月抒怀之词。上片一波三折，抒写诗人由于政治失意想要超脱尘世但又热爱人间眷恋人生的矛盾心态。下片由月有阴晴圆缺，人有悲欢离合，慨叹人生好事难全，古今一样，进而表达"但愿人长久，千里共婵娟"的心愿，抒写怀念兄弟的深情，总体上表现出旷达理性的人生态度。②丙辰：宋神宗熙宁九年（1076）。子由：苏轼之弟苏辙，字子由。③天上宫阙：指月宫。④"我欲乘风"二句：乘风用列子《黄帝》"列子乘风而归"句意。琼楼玉宇：指月宫。⑤不胜寒：月宫又名广寒宫，故说"不胜寒"。⑥何似：哪似。⑦朱阁：华丽的楼阁。⑧绮户：雕花的门窗。⑨无眠：难以成眠的人。⑩"千里"句：化用谢庄《月赋》"美人迈兮音尘阙，隔千里兮共明月"和许浑《怀江南月志》"唯应洞庭月，万里共婵娟"句意。婵娟：美好貌，指明月。

念奴娇①

苏 轼

赤壁怀古②

大江东去，浪淘尽，千古风流人物。故垒西边③，人道是、三国周郎赤壁④。乱石崩云，惊涛裂岸，卷起千堆雪。江山如画，一时多少豪杰。

遥想公瑾当年⑤，小乔初嫁了⑥，雄姿英发，羽扇纶巾⑦，谈笑间，强虏灰飞烟灭。故国神游，多情应笑我，早生华发⑧。人生如梦，一尊还酹江月⑨。

[题解与注释]

①本篇为作者谪居黄州游赤壁时所写名词。在词中作者挥洒巨笔描绘赤壁古战场雄奇壮丽的景色，表现三国名将周瑜风流儒雅指挥若定的大将风采，有力地歌颂了祖国大好江山和英雄人物，也抒写了自己政治失意老大无成的迟暮之悲。全词气象宏阔、笔力遒劲，为苏轼豪放词风的代表作，胡仔在《苕溪渔隐丛话前集》盛赞本词为"古今绝唱"。②赤壁：指湖北黄冈赤壁。因苏轼两游闻名，人称东坡赤壁。③故垒：古战场留下的旧营垒。④周郎：指三国名将周瑜。⑤公瑾：周瑜字公瑾。⑥小乔：东吴著名美女，周瑜妻。其姐大乔嫁吴主孙策。⑦羽扇纶巾：羽毛做的扇子，丝带做的头巾。⑧华发：头发斑白。⑨酹：以酒洒地祭奠。

定风波①

苏 轼

三月七日沙湖道中遇雨②，雨具先去，同行皆狼狈，余独不觉。已而遂晴，故作此。

莫听穿林打叶声，何妨吟啸且徐行③。竹杖芒鞋轻胜马④，谁怕？一蓑烟雨任平生。

料峭春风吹酒醒⑤，微冷，山头斜照却相迎。回首向来萧瑟处⑥，归去，也无风雨也无晴。

[题解与注释]

①本篇为醉归遇雨抒怀之作。借雨中潇洒徐行之举动，表现作者虽处逆境而不颓丧的旷达乐观的情怀，全词幽默、诙谐。②沙湖：在湖北黄冈市东。③吟啸：吟诗、长啸。④芒鞋：草鞋。⑤料峭：微寒貌。⑥向来：刚才。萧瑟处：遇雨之处。

江城子
乙卯正月二十日夜记梦①

苏 轼

十年生死两茫茫②。不思量，自难忘。千里孤坟③，无处话凄凉。纵使相逢应不识，尘满面、鬓如霜。

夜来幽梦忽还乡。小轩窗④，正梳妆。相顾无言，惟有泪千行。料得年年肠断处，明月夜，短松冈⑤。

[题解与注释]

①本篇为悼亡名作。上片抒写对亡妻永远难忘的思念之情和爱妻去世后生活的凄凉辛酸和伤痛。下片写梦会亡妻，再现当年闺房生活情景，刻绘梦中悲伤相见的场面，表现了深挚的情意。全词感情凝重，格调高尚凄清。乙卯：宋神宗熙宁八年（1075）。②十年：苏轼妻王弗死于宋英宗治平二年（1065），到熙宁八年，正好十年。③千里孤坟：此指苏轼任地密州和亡妻坟墓在四川彰山县相隔数千里。④轩窗：门窗。⑤短松冈：指坟地。

减字浣溪沙①

贺　铸

不信芳春厌老人，老人几度送余春②。惜春行乐莫辞频③。
巧笑艳歌皆我意④，恼花颠酒拼君瞋⑤。物情惟有醉中真⑥。

[题解与注释]

①本篇为作者晚年抒怀之作。词人以乐观豁达的态度表现了年老心不老珍惜春日及时行乐的豪情，真情感人。②余春：残春。③"惜春"句：化用李珣《浣溪沙》"遇花倾酒莫辞频"句意。④巧笑艳歌：谓尽情恣意欢乐。⑤恼花：指心情不好看花感到烦恼。颠酒：指狂饮没有节制。瞋：怒。⑤醉中真：谓酒醉中方显出真性情。

洞仙歌①

李元膺

一年春物②，惟梅柳间意味最深。至莺花烂漫时，则春已衰迟，使人无复新意。余作《洞仙歌》，使探春者歌之，无后时之悔③。

雪云散尽，放晓晴池院。杨柳于人便青眼④。更风流多处，一点梅心，相映远，约略颦轻笑浅⑤。

一年春好处，不在浓芳，小艳疏香最娇软⑥。到清明时候，百紫千红花正乱，已失春风一半。早占取韶光、共追游⑦，但莫管春寒，醉红自暖。

[题解与注释]

①本篇以咏梅为中心歌咏早春风光的美好，抒写赏春要及早、莫怕春寒的生活哲理，极富情趣。②春物：春天的景物。③后时：过期、来晚。④青眼：用阮籍为青白眼典。人高兴看人，露出眼青，称青眼。此指柳眼。⑤颦（Pín）：皱眉。⑥疏香：淡香、浅香。⑦韶光：美好时光。指春光。

西 河①

金陵怀古②

周邦彦

佳丽地③，南朝盛事谁记④？山围故国绕清江，髻鬟对起。怒涛寂寞打孤城，风樯遥度天际⑤。

断崖树⑥、犹倒倚。莫愁艇子曾系⑦？空余旧迹郁苍苍，雾沉半垒⑧。夜深月过女墙来，伤心东望淮水⑨。

酒旗戏鼓甚处市⑩？想依稀、王谢邻里⑪。燕子不知何世，向寻常巷陌人家，相对如说兴亡，斜阳里⑫。

[题解与注释]

①本篇为歌咏金陵古迹感伤历史兴亡的词。全词隐括唐刘禹锡《金陵

五题·石头城》和《乌衣巷》两首诗的诗意，铸成画面壮美情感深沉的咏古新篇，自出机杼，浑化无迹。②金陵：今江苏南京，为六朝宋、刘、梁、陈故都。③佳丽地：美好壮丽的胜地。指金陵。谢朓《入朝曲》："江南佳丽地，京陵帝王州。"④南朝：指建都于金陵的吴、东晋和南朝宋、齐、梁、陈六朝。盛事：繁华往事。⑤"山围"四句：化用刘禹锡《金陵五题·石头城》诗意："山围故国周遭在，潮打空城寂寞回。"髻鬟：女子发髻，此比喻青山相对。风樯：帆船，樯，桅杆，代指船。⑥断崖：悬崖峭壁。⑦莫愁艇子：用南朝乐府《莫愁乐》诗句意："莫愁在何许？莫愁石城西。艇子打两桨，催送莫愁来。"莫愁为古代金陵女子。⑧雾沉半垒：指雾气笼罩石头城的军垒。⑨"夜深"二句：化用刘禹锡《金陵五题·石头城》诗句："淮水东边旧时月，夜深还过女墙来。"淮水：指秦淮河，贯穿南京城。女墙：城上的矮墙。⑩酒旗：即酒帘。戏鼓：演出戏剧用的乐器。⑪依稀：隐约、仿佛。王谢：东晋时最大的豪门士族，在乌衣巷一带建有豪华住宅。⑫"燕子"四句：隐括刘禹锡《金陵五题·乌衣巷》诗意："朱雀桥边野草花，乌衣巷口夕阳斜。旧时王谢堂前燕，飞入寻常百姓家。"寻常巷陌：平常街巷，指乌衣巷。

贺新郎①

叶梦得

　　睡起流莺语②，掩苍苔、房栊向晚③，乱红无数。吹尽残花无人见，惟有垂杨自舞。渐暖霭④、初回轻暑，宝扇重寻明月影，暗尘侵、上有乘鸾女⑤。惊旧恨，遽如许⑥。

　　江南梦断横江渚⑦，浪粘天⑧、葡萄涨绿⑨，半空烟雨。无限楼前沧波意，谁采蘋花寄取？但怅望、兰舟容与。万里云帆何时到？送孤鸿⑩，目断千山阻。谁为我，唱《金缕》⑪。

［题解与注释］

①本篇为暮春怀人之作。上片描写春末夏初黄昏幽暗暮色，表现孤独寂寞情怀。下片抒写对伊人深挚想念之情和不能相见的怅恨。全词风调清婉而又豪逸潇洒。②流莺语：指黄莺在唱歌。③房栊：窗户。向晚：傍晚。④暖霭：温暖雾霭。⑤乘鸾女：月中仙女。据说唐明皇在九月十五游月宫，"见素娥千余人，皆皓衣乘白鸾"。⑥遽（jù）：骤然，匆促。如许：如此。⑦横江：印横江浦，在今安徽和县东南。⑧浪粘天：指浪很大。⑨葡萄涨绿：指碧绿的江水好像葡萄酒。李白《襄阳歌》："遥看江水鸭头绿，恰似葡萄初泼醅。"⑩孤鸿：离群的大雁。⑪金缕：乐曲名。

汉宫春①

李　邴

潇洒江梅，向竹梢疏处，横两三枝。东君也不爱惜②，雪压霜欺。无情燕子，怕春寒、轻失花期。却是有、年年塞雁③，归来曾见开时。

清浅小溪如练④，问玉堂何似⑤，茅舍疏篱⑥？伤心故人去后，冷落新诗。微云淡月，对江天、分付他谁⑦。空自忆、清香未减，风流不在人知。

［题解与注释］

①本篇为咏梅抒怀之作。上片描绘江梅潇洒横斜的美姿，表现作者对江梅不畏雪压霜欺的坚强品格的赞美。下片写江梅清高的风韵，借以表现作者自甘淡泊的情怀。跌宕有致，婉曲情深。②东君：指春神。③塞雁：关塞的大雁，春天在北方生活，秋季飞往南方。④如练：如白色绸子。谢朓《晚登三山还望京邑诗》："澄江静如练。"⑤玉堂：指豪华厅堂。⑥疏篱：指稀疏的篱笆墙。⑦分付他谁：指把他（梅花）委托给谁。苏轼《洞

仙歌》："江南蜡尽，尽梅花开后，分付新春与垂柳。"

兰陵王[①]

张元幹

卷珠箔[②]，朝雨轻阴乍阁[③]。栏杆外，烟柳弄晴，芳草侵阶映红药[④]。东风妒花恶，吹落梢头嫩萼[⑤]。屏山掩[⑥]，沉水倦熏，中酒心情怯杯勺[⑦]。

寻思旧京洛[⑧]，正年少疏狂[⑨]，歌笑迷著[⑩]。障泥油壁催梳掠[⑪]，曾驰道同载[⑫]，上林携手[⑬]，灯夜初过早共约[⑭]，又争信飘泊。

寂寞，念行乐。甚粉淡衣襟[⑮]，音断弦索[⑯]，琼枝璧月春如昨[⑰]。怅别后华表[⑱]，那回双鹤。相思除是，向醉里，暂忘却[⑲]。

[题解与注释]

①本篇为南渡后作者感怀故国之作，上片写朝雨初晴的春景，触景抒怀。中片追忆怀念在京洛生活时期年少疏狂情事，抒写兴亡之痛。下片写离别相思，抒写凄凉索寞之情。沉郁深婉。②珠箔（bó）：珍珠串成的帘子。③乍阁：指刚停止。"阁"，同搁。王维《书事》："轻阴阁小雨。"④红药：红芍药。⑤萼（è）：指花的景外面一层叶状薄片。⑥屏山：屏风。⑦中酒：喝闷酒。⑧京洛：指北宋京都（今河南开封）和洛阳。⑨疏狂：张狂。⑩迷著：指着迷。⑪障泥：用来垫马鞍，遮挡泥土的布垫，这里指马匹。油壁：指彩车。梳掠：指化妆。⑫驰道：指皇帝车行驶的御道。⑬上林：指官内花园，这里指汴京的园林。⑭灯夜：指元宵节。⑮粉淡衣襟：指衣服上的香气已淡没。⑯弦索：琴弦。⑰琼枝璧月：指花好如玉，月圆如璧。《陈书·张贵妃传》："璧月夜夜满，琼树朝朝新。"⑱华表：古代矗立在宫殿、城垣、陵墓前的石柱。⑲除是：除非是。化用李清

照《菩萨蛮》"故乡何处是，忘了除非醉"句意。

满江红①

岳 飞

怒发冲冠②，凭阑处、潇潇雨歇③。抬望眼，仰天长啸，壮怀激烈。三十功名尘与土，八千里路云和月。莫等闲④，白了少年头，空悲切。

靖康耻⑤，犹未雪，臣子憾，何时灭。驾长车踏破、贺兰山缺⑥。壮志饥餐胡虏肉⑦，笑谈渴饮匈奴血⑧。待从头、收拾旧山河，朝天阙⑨。

[题解与注释]

①本词为千古传颂的爱国名篇。词以满怀豪情和忠义奋发之气抒写勇赴国难抗敌复国的壮志。以"怒啸"始，以"笑谈"终，境界雄豪，神完气足，慷慨激昂，感人至深。②怒发冲冠：指愤怒得头发竖立，顶住帽子。③潇潇：指骤急的雨声。④莫等闲：切莫轻易虚度了年华。⑤靖康耻：指北宋钦宗二年，京师和中原沦陷，徽宗、钦宗二帝被金兵掳去的国耻。⑥贺兰山缺：指内蒙古和宁夏交界处。缺：缺口。残缺。⑦胡虏：指入侵的金兵。⑧匈奴：指北方的少数民族，这里指金兵。⑨朝天阙：朝拜皇帝。天阙，皇帝的宫殿，借指皇帝。

六州歌头①

张孝祥

长淮望断，关塞莽然平②。征尘暗，霜风劲，悄边声。黯消凝③，追想当年事，殆天数④，非人力；洙泗上⑤，弦歌地⑥，亦膻腥⑦。隔水毡乡⑧，落日牛羊下，区脱纵横⑨。看名王宵猎⑩，骑火一川明⑪，笳鼓悲鸣，遣人惊。

念腰间箭，匣中剑，空埃蠹⑫，竟何成！时易失，心徒壮，岁将零，渺神京。干羽方怀远，静烽燧⑬，且休兵。冠盖使⑭，纷驰骛，若为情。闻道中原遗老，常南望、翠葆霓旌⑮。使行人到此，忠愤气填膺，有泪如倾。

[题解与注释]

①本篇为作者忧时抒愤之作。作者为主战派。上片写淮河边岸武备不修凄凉冷落景象，渲染战后的凄寒，表现作者的忧心。下片抒写报国无门，复国壮志难酬之悲愤。气象阔大，壮怀激烈。②莽然：指草木茂密。③黯消凝：黯然神伤。④殆：大约，可能是的意思。⑤洙泗：指山东曲阜，洙水和泗水流经之处。⑥弦歌地：指礼乐文化之邦。⑦膻腥：指牛羊身上散发的臊臭气味。⑧毡乡：指北方游牧民族聚居的地方。这里指金兵。⑨区（ōu）脱：土堡，金兵屯兵的据点。⑩名王：借指金兵主将。宵猎：晚间打猎。这里指夜行军。⑪骑火：骑马所持的火把。⑫埃蠹（dù）：指武器落满灰尘，被虫蛀。⑬烽燧：烽火，报警信号。⑭冠盖使：此指议和使臣。⑮翠葆霓旌：指用翠鸟羽毛装饰的车盖，彩旗。均为皇帝车驾所用。

念奴娇①

张孝祥

洞庭青草②，近中秋、更无一点风色。玉鉴琼田三万顷③，著我扁舟一叶。素月分辉，银河共影，表里俱澄澈。怡然心会，妙处难与君说。

应念岭海经年④，孤光自照⑤，肝胆皆冰雪。短发萧骚襟袖冷⑥，稳泛沧浪空阔。尽挹西江⑦，细斟北斗，万象为宾客⑧。扣舷⑨独啸，不知今夕何夕。

[题解与注释]

①本篇为夜泛洞庭抒怀之词。上片写夜泛洞庭的澄澈浩渺景色，表现作者愉悦的心境。下片抒写泛舟湖面的兴趣，显示作者与大自然同一的豪旷胸怀和凌云气度。意境空阔，笔势雄奇。②洞庭青草：指洞庭湖和青草湖，在湖南省。③玉鉴琼田：形容湖水清澈洁白如玉田。④岭海：指广东广西地域内的五岭、南海。⑤孤光：指月光。⑥萧骚：指稀少。⑦尽挹：把长江水作为酒吸尽。⑧万象：指万物。⑨扣舷（xián）：敲打船沿。

水龙吟①
登建康赏心亭②

辛弃疾

楚天千里清秋③，水随天去秋无际。遥岑远目④，献愁供恨，玉簪螺髻⑤。落日楼头，断鸿声里，江南游子。把吴钩看了⑥，阑干拍遍，无人会、登临意。

休说鲈鱼堪脍⑦，尽西风、季鹰归未⑧？求田问舍⑨，怕应羞见，刘郎才气。可惜流年，忧愁风雨，树犹如此⑩。倩何人⑪、唤取红巾翠袖，揾英雄泪⑫？

[题解与注释]

①本篇为登临感怀抒愤之作。上片写登临所见水天开阔景色，抒发英雄无用武之地的苦闷。下片抒写伤时忧世和自己虚度光阴不得用世的悲愤。意境雄豪、悲壮沉郁。②建康：今江苏南京。赏心事：在城西下水门城上，下临秦淮，尽观览之胜。③清秋：凄凉冷落的秋天。④遥岑

(cén)：指远山。⑤玉簪螺髻：形容山有的像女人头上的碧玉簪，有的像螺旋盘结的发髻。⑥吴钩：指吴国制造的弯形宝刀。杜甫《后出塞》："少年别有赠，含笑看吴钩"。⑦脍（kuài）：把鱼、肉切成细块。⑧季鹰：指西晋张翰，字季鹰。《晋书·张翰传》载，在洛阳做官的张季鹰，因为秋风吹起，思念家乡的菰菜羹和鲈鱼脍，便忘情世事，弃职还乡。⑨求田问舍：指购买田地房屋。《三国志·魏书·陈登传》载，刘备说许汜："君有国士之名，今天下大乱，帝主失所，望君忧国忘家，有救世之意，而君求田问舍，言无可采。"指许汜一心想购田买屋，寻求个人的安乐生活。⑩树犹如此：刘义庆《世说新语·言语》："恒公北征，经金城，见前为琅琊时种柳，已皆十围，慨然曰：'木犹如此，人何以堪！'攀枝执条，泫然流泪。"⑪倩（qiàn）：请。⑫揾（wèn）：指擦拭。

摸鱼儿①

辛弃疾

淳熙己亥②，自湖北漕移湖南③，同官王正之置酒小山亭④，为赋。

更能消几番风雨⑤，匆匆春又归去。惜春长怕花开早⑥，何况落红无数。春且住！见说道⑦、天涯芳草无归路。怨春不语，算只有殷勤，画檐蛛网，尽日惹飞絮。

长门事⑧，准拟佳期又误，蛾眉曾有人妒。千金纵买相如赋⑨，脉脉此情谁诉？君莫舞！君不见、玉环飞燕皆尘土⑩。闲愁最苦，休去倚危阑，斜阳正在，烟柳断肠处。

［题解与注释］

①本篇为惜春抒怀之词。上片描写暮春衰残景色，惋惜春逝，隐含身世家国之痛。下片借写美人迟暮抒发词人闲寂不遇的愁郁。全词托物起

兴，借古伤今，融身世之悲和家国之痛于一体，沉郁顿挫，寄托遥深。②淳熙己亥：宋孝宗淳熙六年（1179）。③漕：漕司的简称。指转运使。④同官：同僚，同事。王正之：作者好友，这时接任辛弃疾湖北转运副使的职务。⑤消：经受。⑥惜春：指爱惜春光。⑦见说道：听说，据说。⑧长门事：汉武帝时，陈皇后失宠后住在长门宫。⑨相如赋：指陈皇后曾用重金请司马相如写了《长门赋》献给皇帝，来表达自己的忠贞，希望重新受到宠幸。⑩玉环：唐玄宗宠妃杨玉环。飞燕：汉成帝宠妃赵飞燕。

永遇乐①
京口北固亭怀古②

辛弃疾

千古江山，英雄无觅、孙仲谋处③。舞榭歌台④，风流总被、雨打风吹去。斜阳草树，寻常巷陌，人道寄奴曾住⑤。想当年，金戈铁马，气吞万里如虎。

元嘉草草⑥，封狼居胥⑦，赢得仓皇北顾⑧。四十三年，望中犹记、烽火扬州路。可堪回首、佛狸祠下⑨，一片神鸦社鼓⑩。凭谁问，廉颇老矣，尚能饭否⑪？

[题解与注释]

①本篇为作者名篇。为登临怀古感时抒愤之作。通过对一连串历史人物如孙权、刘裕、刘义隆、廉颇等的追怀褒贬，抒发作者坚持复国的雄心壮志和壮志未酬的悲愤。词格苍劲沉郁。②京口：今江苏镇江市。北固亭：在镇江市东北北固山上，面临长江，形势险要，又名北顾亭。③孙仲谋：孙权，字仲谋，三国时吴国君主。④舞榭（xiè）歌台：歌舞用的楼台。⑤寄奴：南朝宋武帝刘裕的小名，随先祖移居京口。他在这里起兵，平定了桓玄的叛乱，北伐灭南燕后秦，后推翻东晋，做了皇帝。⑥元嘉：

宋文帝刘义隆年号。⑦封狼居胥：指汉代霍去病战胜匈奴，追击至狼居胥（山名，今内蒙古五原县），登山祭天，纪念胜利。⑧仓皇北顾：看到北方追来的敌人而惊惶失色。⑨佛狸祠：佛狸指魏太武帝拓跋焘的小名，拓跋焘击败王玄谟的军队后，率兵追到长江北岸瓜步山，在山上修建一座行宫，后称佛狸祠。⑩神鸦：指吃庙里祭品的乌鸦。社鼓：每年春秋两次祭祀土神，称为社日，社日祭神的鼓声叫社鼓。⑪"凭谁问"两句：廉颇是战国时赵国名将，后被罢官，但一直念念不忘为国尽力。所以他在赵王的使者面前，"一饭斗米，肉十斤，披甲上马，以示尚可用"。赵使者回报赵王说："廉颇虽老，尚善饭；然与臣坐，顷之，三遗矢矣"，（《廉颇蔺相如列传》）赵王以为老而无用，遂不召用。

元明清诗词

在金日作①三首选二

宇文虚中②

其 二

遥夜沉沉满幕霜，有时归梦到家乡。

传闻已筑西河馆③，自许能肥北海羊④。

回首两朝俱草莽⑤，驰心万里绝农桑⑥。

人生一死浑闲事⑦，裂眥穿胸不汝忘⑧。

[题解与注释]

①宇文虚中作为南宋使者而被金国扣留，内心极不情愿。这首诗一方面抒发对家乡故国的思念之情，同时表明自己不肯屈事金人的心志。在金日作：在金国所作，原诗共三首，这里选的是第二首。②宇文虚中（1080？—1146）：字叔通，成都华阳（今四川成都）人。北宋末官至资政

殿大学士。宋高宗建炎二年（1128），以太上祈请使被遣至金，被金扣留，任翰林学士，尊为国师。金熙宗皇统六年（1146），密谋劫持金帝，挟宋钦宗赵桓南归，为人告发，全家遇害。③西河馆：《史记·仲尼弟子列传》："子夏居西河教授，为魏文侯师。"这里指金人拜宇文虚中为国师之事。④北海羊：指汉朝苏武出使匈奴被扣留，在北海（今贝加尔湖）一带牧羊。⑤两朝：指北宋徽宗、钦宗。草莽：本指杂草丛生的荒芜之象，这里指朝政腐败，宋室衰颓。⑥驰心：即心驰、心想。绝农桑：农业生产遭到破坏，见不到男耕女织。⑦浑闲：等闲，平常。⑧裂眥（zì）：眼眶瞪裂。穿胸：指胸中痛苦，犹如被穿透。不汝忘：不忘汝。汝，指家乡。

望海潮①
从军舟作

折元礼

地雄河岳②，疆分韩晋③，潼关高压秦头④。山倚断霞，江吞绝壁，野烟萦带沧州⑤。虎旆⑥拥貔貅。看阵云截岸⑦，霜气横秋。千雉⑧严城，五更残角⑨月如钩。

西风晓入貂裘。恨儒冠误我⑩，却羡兜鍪⑪。六郡⑫少年，三明⑬老将，贺兰烽火新收。天外岳莲楼⑭。想断云横晓，谁识归舟。剩著黄金换酒⑮，羯鼓醉凉州⑯。

[题解与注释]

①本词诚如其题《从军舟作》，是边塞词中的力作。读来格调高昂，气势逼人，如闻两军对垒厮杀。毫无悲观气息。全词豪气干云，充满乐观精神，上片写潼关"地雄"，将士众志成城，严阵以待的氛围渲染得密不透风。下片写"人雄"追古抚今，赞颂将士的牺牲精神。"山倚断霞、江

吞绝壁"、"阵云截岸，霜气横秋"，句式整饰，铿锵有力，从不同侧面加重了语气，如黄钟大吕，余音绕耳，雄浑不绝。②地雄河岳：是说有黄河急流，华山高耸，潼关地势雄壮。③疆分韩晋：是说潼关地当韩晋要冲。战国时韩国晋国，包括今河南中部及山西一部分。因在三家分晋后，尚保留绛州和曲沃两座城给晋献公，所以说韩晋。④潼关高压秦头：潼关，在陕西省潼关县。陕西为古时秦国所在地，所以说压秦头。⑤沧州：犹言水滨。滨，水边。⑥虎旆（pèi）：即虎旗，军中旗帜。旆，旗子边上的边。⑦阵云截岸：是说战地风云拦住对岸。⑧千雉（zhì）：雉，古代城墙高三丈为一雉，此指雉堞（dié），即城上女墙。千雉，形容女墙之多。⑨五更残角：形容五更时的鼓角之声悲壮凄凉。⑩儒冠误我：杜甫诗曰："纨绔不饿死，儒冠多误身。"意思是那些不学无术的纨绔子弟生活得很好，而饱学儒术的仕子们却误了自身的前途。⑪兜鍪（dōu móu）：俗语叫盔，这时指作战的将士。⑫六郡：汉代六郡，指陇西、天水、安定、北地、上郡、金城。⑬三明：东汉大将段明与皇甫威明、张然明一道知名显达，被称为"凉州三明"。此代指身经百战的将士们。⑭岳莲楼：在西岳华山附近。⑮剩著黄金换酒：指用黄金换酒。打了胜仗的将士们不惜用重金换酒来庆贺胜利。⑯羯鼓醉凉州：羯鼓，一种乐器。羯族为我国古代少数民族之一，羯鼓据说是由羯族传来的。形状像漆桶，下以小牙床作架，用两仗敲击，声音急促高亢。凉州，地名，包括今天的张掖、酒泉、敦煌等地，而酒泉出名酒，故曰醉凉州。

同儿辈赋未开海棠①二首选一

元好问②

其 二

枝间新绿一重重，小蕾深藏数点红③。
爱惜芳心莫轻吐，且教桃李闹春风。

[题解与注释]

①原诗共二首，此为第二首。元好问这首诗所表现的人生哲学、处世态度是很明显的，那就是淡泊名利，与世无争。他和儿辈共赋海棠，在劝说海棠不要轻易吐露芳心的同时，也在教诲儿辈内敛自守，而不要向外驰骛。②元好问（1190—1257）：字裕之，号遗山，太原秀容（今山西忻县）人。金兴定三年（1219）进士，金亡不仕。他生活在金元之际，有不少伤时感事的诗作，形成沉挚而苍劲的风格。③小蕾：小花蕾。

岳鄂王墓①

赵孟頫②

鄂王墓上草离离③，秋日荒凉石兽危④。

南渡君臣轻社稷⑤，中原父老望旌旗⑥。

英雄已死嗟何及⑦，天下中分遂不支⑧。

莫向西湖歌此曲，水光山色不胜悲⑨。

[题解与注释]

①赵孟頫是宋朝宗室成员，对于宋朝的灭亡有切肤之痛。这首诗是在凭吊岳飞墓时所作，他在追悼岳飞这位抗金名将的同时，对于宋朝的灭亡表现出莫大的悲哀。岳鄂王：指南宋抗金名将岳飞，被害死后追封鄂王，其墓在杭州西湖栖霞岭。②赵孟頫（1254—1322）：字子昂，号松雪道人、水晶宫道人，湖州（今属浙江）人。他是宋朝宗室，宋亡后隐居在家。元世祖至元年间被荐入朝，官至翰林学士承旨，封魏国公。他是元代著名书画家，风流文采，冠绝当时，有《松雪斋集》传世。③离离：繁盛的样子。④石兽：指列在墓前的石马、石狮之类。危：高踞屹立的样子。⑤社稷：土神与谷神，代指国家。⑥望旌旗：指盼望以岳字为旗号的大军早日到来。⑦嗟何及：叹息已来不及。⑧天下中分：国土分裂为南北。遂不

支：终于支持不住。⑨不胜（shēng）：不禁。

挽文山丞相①

虞　集②

徒把金戈挽落晖③，南冠无奈北风吹④。

子房本为韩仇出⑤，诸葛宁知汉祚移⑥！

云暗鼎湖龙去远⑦，月明华表鹤归迟⑧。

不须更上新亭望⑨，大不如前洒泪时⑩。

［题解与注释］

　　①文天祥1283年被元朝杀害，当时虞集只有九岁，本诗当是后来追挽之作。文天祥的浩然正气感动了许多人，虞集作为南人作家，对文天祥自然无比敬仰崇拜，并对他的悲剧结局深表同情。文山丞相：指文天祥，号文山。②虞集（1272—1348）：字伯生，人称邵庵先生。祖籍仁寿（今属四川），迁崇仁（今属江西）。元大德初任大都路儒学教授，累官至奎章阁侍书学士。晚年告病回江西。在大都时最负文名。③金戈挽落晖：《淮南子·览冥训》记载，鲁阳公与韩作战，日将暮，他以戈挥日，"日为之反三舍"。④南冠：囚犯的代称，指文天祥被囚禁于燕京。南冠，南方人戴的帽子，事见《左传·成公九年》。钟仪为楚人，被囚于晋，"南冠而絷"，因借指囚犯。⑤子房：汉张良字子房，其祖先为韩人。秦灭韩后，他为了复仇，派人在博浪沙狙击秦始皇，误中副车。⑥诸葛：指三国时蜀汉丞相诸葛亮。汉祚（zuò）移：蜀汉的国运衰颓，必将被他人取代。⑦鼎湖龙去：《史记·封禅书》载：黄帝采首山铜，铸鼎于荆山下，鼎成而乘龙升天，因名其处曰鼎湖。这里指南宋末代天子已死。⑧华表鹤归：汉丁令威学道灵虚山，后化为鹤归辽东，栖息在城门华表柱上。此指文天祥魂归江南。⑨新亭：亭名，在今南京市南，东晋初一些南渡名士在此宴饮，有感

于国土沦丧；相对流涕，事见《晋书·王导传》。⑩大不如前：指元初形势和东晋初年不同，变得更加严峻。意谓已是大元帝国一统天下，而不是南北分立的格局。

石灰吟①

于　谦②

千锤万凿出深山，烈火焚烧若等闲③。
粉身碎骨浑不怕④，要留清白在人间。

［题解与注释］

①白灰矿产于深山，最初是整块矿石，需要把它开凿出来。进行开掘时要"千锤万凿"，白灰矿石经历反复的打击，由整块变成碎块。这个工序完成之后，要把矿石投入炉窑焚烧，最后成为白灰。于谦把白灰拟人化，把它作为峻洁人格的象征，同时也寄托诗人本身的人格理想。诗人本身也确实是为了坚持自己的理想、保全自己的操守而赴汤蹈火，视死如归。白灰的纯洁来之不易，要承受各种苦难、付出巨大的代价，在现实社会要保持峻洁的人格，又何尝不是如此呢！②于谦（1398—1457）：字廷益，号节庵，钱塘（今浙江杭州）人。明永乐年间进士，为官清廉刚正，不畏强暴，深得民心。正统十四年（1449）"土木之变"，蒙古瓦剌军进逼北京，英宗被俘。于谦坚决主战，拥立景帝，固守京师，击败瓦剌。英宗复位，论罪处死。其诗雄浑苍凉，兴象深远。有《于忠肃公集》传世。③若等闲：好像很平常。④浑：全。

咏煤炭①

于 谦

凿开混沌见乌金②，藏蓄阳和意最深③。

爇火燃回春浩浩④，洪炉照破夜沉沉⑤。

鼎彝元赖生成力⑥，铁石犹存死后心⑦。

但愿苍生俱饱暖⑧，不辞辛苦出山林。

[题解与注释]

①白灰白而煤炭黑，虽然白黑有别，对比鲜明，但都是人的重要物质生活资料。因此，于谦既吟咏白灰，又赞美煤炭，这两首诗可以对照阅读。煤炭是人类的救星，是人类的呵护者。诗人是怀着感激的心情赞美煤炭的这种功能，把他本身愿意奉献的精神也传达出来。②混沌：本谓天地未分时的状态，这里指煤的矿体；煤包藏在石头等其他物体中。乌金：指煤，言其黑。③阳和：这里指煤炭所蕴藏的光和热。④爇（jué）火：本指火炬、火把，这里指煤炭的燃烧。春浩浩：春意很浓，非常温暖。⑤烘炉：大火炉。夜沉沉：指夜晚的黑暗。⑥鼎：古代烹煮用的器具。彝（yí）：古代盛酒的器具。生成力：指鼎彝之类器具靠煤炭的热能铸成。⑦铁石：古代认为煤是铁石所变。⑧苍生：指广大百姓。

临江仙

二十一史弹词，第三段说秦汉开场词。①

杨 慎

滚滚长江东逝水，浪花淘尽英雄。是非成败转头空。青山依旧在，几度夕阳红。

白发渔樵②江渚③上，惯看秋月春风。一壶浊酒喜相逢。古今多少事，都付笑谈中。

[题解与注释]

①二十一史弹词：弹词是说书之一种。词题中的"二十一史弹词"是杨慎以明以前的中国朝代历史为题材写成的弹词唱本。"开场词"是说书中的一种格式，即以词的形式出现的开场白，是作者对所讲故事的点评。这首"临江仙"就是二十一史弹词中讲秦汉这段历史故事的开场词。建功立业，匡时济世历来是古代文人士大夫的最高的人生志向，由此他们也特别崇拜治国平天下的古代英雄，秦汉三国那种英才辈出的时代更为他们所向往。但是，由于官场的黑暗，以及佛道思想的影响，士大夫们在对仕途失望之后，往往转而在山水田园的隐逸生活中寻求寄托。不过虽然很多人倡言老庄，但内心仍不能忘怀于儒家的济世理想。此词的所谓"笑谈"，其实是充满了历史与人生的迷惘、无奈和伤感。②渔樵：打鱼拾柴之人，词中指不愿做官的隐士。③江渚：江边。

舟中忆邵景说寄张子退①

夏完淳②

登临泽国半荆榛③，战伐年年鬼哭新④。
一水晴波青翰舫⑤，孤灯暮雨白纶巾⑥。
何时壮志酬明主⑦，几日浮生哭故人⑧。
万里飞腾仍有路，莫愁四海正风尘⑨。

[题解与注释]

①这首诗就是夏完淳为回忆邵景说而写，又将它寄给他的另一位友人张子退。诗中表达了他复明抗清的决心和意志，表现出一位战士兼诗人的

英雄气概。邵景说：名梅芬，与夏完淳的老师陈子龙等同为明末几社成员。清军入关后，闭门家居，坚卧不出，以病卒。张子退：名密轨。曾任明南京兵部司务。②夏完淳（1631—1647）：原名复，字存古，松江华亭（今上海松江）人。十四岁就投身抗清斗争，跟从父夏允彝，老师陈子龙起兵。1647年被捕后，誓不屈服，大义凛然，终被杀。所做的诗多抒写国破家亡的悲痛，具有慷慨悲壮的风格。有《夏完淳集》传世。③泽国：多水地域，一般指江南地区。荆榛：两种丛生的灌木。④鬼哭新：指不断有人死亡。杜甫《对雪》诗："战哭多新鬼。"⑤青翰舫：船名，刻鸟形于船，涂以青色。⑥纶（guān）巾：古代一种丝带做的头巾。相传为诸葛亮所创制。文人喜欢戴白纶巾，相沿为文人的代称，这里指夏完淳本人。⑦明主：英明的君主，此指明朝天子。⑧浮生：人生、平生。人生一切无定，故曰浮生。⑨风尘：指战乱。戎马所至，风起尘扬，故云风尘，这里指清兵入关后的战争。

竹　石①

郑　燮

咬定青山不放松，立根原在破岩中。
千磨万击还坚劲，任尔东西南北风。

［题解与注释］

　　①郑板桥是扬州八怪之一，他的画怪诗亦怪。他擅长画竹，也擅长吟竹，本诗通过写竹子生长在乱石之中，赞美其生命之强劲，性格之倔犟，也是诗人人格追求的自我表达。竹石：这首诗是为题画而作。

塞外杂咏①

林则徐②

天山万笏耸琼瑶③，导我西行伴寂寥。
我与山灵相对笑④，满头晴雪共难消。

［题解与注释］

①塞外杂咏：原诗共八首，这里选录一首。道光二十二年（1842），林则徐因禁烟事远戍伊犁，贬谪途中写下一系列诗歌，这首是其中之一。诗中表达了林则徐旷达乐观的人生态度和对清廷做法的不满。②林则徐（1785—1850）：字元抚，一字少穆，晚号竣村老人，侯官（今福建温州）人。嘉庆十六年（1811）进士，历官两广、云贵总督。曾到广东禁烟，焚毁鸦片。后远戍新疆伊犁。其诗直抒胸臆，豪迈昂扬。有《云左山房诗钞》传世。③笏：本指笏板，玉制，古代官员上朝时所执。琼瑶：美玉。④山灵：山神。

高阳台①

和懈筠尚书韵

林则徐

玉粟②收余，金丝③种后，蕃航④别有蛮烟⑤。双管横陈⑥，何人对拥无眠。不知呼吸成何味，爱挑灯、夜永如年。最堪怜，是一丸泥⑦，损万缗⑧钱。

春雷歘破零丁峡⑨，笑蜃楼⑩气烬，无复灰燃⑪。沙角台高，乱帆收向天边。浮槎^⑫漫许陪霓节^⑬，看澄波、似镜长圆。更应传，绝岛重洋，取次回舷^⑭。

[题解与注释]

①林则徐所撰诗词，与当时平庸文人的显著区别，就是他的作品里充满了强烈的爱国主义精神。这首《高阳台》痛陈鸦片流布之广，危害之深，表达作者禁烟意志顽强，盼望边关静，都是这种精神的体现。②玉粟：作者自注："罂粟，一名苍玉粟。"按罂粟，草名；实未熟时，中有浆，为制鸦片的原料。③金丝：作者自注："吕宋烟草曰金丝醺。"④蕃航：指英国船，蕃与番通。⑤蛮烟：借指英商贩卖鸦片烟土。⑥"双管横陈"四句：描写吸鸦片烟者的情状。横陈，侧卧状。李商隐诗："小怜玉体横陈夜。"⑦是一丸泥：形容鸦片烟膏。⑧缗（mín）钱：钱贯。⑨春雷欻破零丁峡：欻，忽。零丁峡即零丁洋，在广东珠江口。此句的春雷，当谓炮声击破零丁洋的沉寂，指中英爆发战争。⑩蜃楼：《史记·天官书》：海旁蜃气象楼台，广野气成宫阙然。按蜃楼现象，实由空气变化及光线反射所致。⑪灰燃：烧残的灰重新燃烧起来。⑫浮槎：编竹木代舟。⑬霓节：古代使臣及封疆大吏执符节，用以示信。霓，指符节上装饰物之色彩。《宋史·乐志》："霓旌羽盖。"时林则徐系以钦差大臣赴粤帮办军务，故曰陪霓节。⑭回舷：舷，船边。此代"船"字。回舷，指敌舰返航。